L'OMBRA D'ALÍ BEI
(PRIMERA PART)

MALEÏT CATALÀ!

ALBERT SALVADÓ

A Albert Dumortier. Gràcies per la seva inestimable amistat i per tot allò que em va ensenyar del món de l'escriptura.

ISBN: 978-99920-1-910-8
Dipòsit legal: AND.184-2012

© **Albert Salvadó** ®
www.albertsalvado.com

Disseny de coberta: Sarabia Photo

ÍNDEX

PRINCIPALS PERSONATGES HISTÒRICS

Addington	Polític anglès. Cap de govern en substitució de William Pitt.
Barras, Paul	1755-1829. Vescomte de Barras. Comissari a Occitània i membre del Directori.
Carles IV	1748-1819. Rei d'Espanya.
Comte de La Unión	1752-1794. Militar espanyol, capità general de Catalunya.
Danton, George Jacques	1759-1794. Polític francès. Ministre de justícia el 1792
Domènech Badia	1766-1818. Aventurer, viatger i escriptor nascut a Barcelona.
Dugommier, general	1736-1794. Militar francès.
Ferran VII	1784-1833. Fill del rei Carles IV d'Espanya i successor seu.
Floridablanca, comte de	1728-1808. Estadista murcià- Secretari d'estat d'Espanya entre els anys 1777 i 1792
George III	1738-1820. Rei d'Anglaterra
Godoy, Manuel de	1767-1851. Estadista extremeny. Primer ministre de Carles IV.
Grenville, William	1759-1834. Baró de Grenville. Ministre d'afers estrangers anglès (1791-1802). Cap de govern (1806-1807).
Lluís XVI	1754-1793. Rei de França.
Marat, Jean Paul	1748-1793. Revolucionari francès. Diputat de París.
Maria Antonieta	Esposa de Lluís XVI i reina de França.

Maria Lluïsa	Esposa de Carles IV i reina d'Espanya
Montgolfier, germans	Inventors francesos. Van enlairar el primer globus aerostàtic.
Napoleó Bonaparte	1769-1821. Emperador dels francesos.
Pitt, William	1759-1806. Nomenat Pitt el Jove. Cap de govern anglès el 1783 fins al 1801.
Ricardos, Antonio Ramón	1727-1794. Militar castellà. Tinent general.
Robespierre, Maximilien	1758-1794. Polític francès. President del Club dels Jacobins. Màxim dirigent del Comitè de Salvació Nacional
Stewart, Robert	1769-1822. Polític irlandès. Primer secretari del lloctinent anglès a Irlanda.

1.- L'HOME DE MADRID

La conclusió, s'ho mirés com s'ho mirés, era prou clara. Havia vist massa sovint, a la política, que algú pot esdevenir ningú en un tres i no res. De la mateixa manera que qui mana pot decidir que algú que no és ningú es converteixi important d'un dia per l'altre. El problema, per a ell, era saber qui concedeix el poder per manar, que, en el fons, és qui mana de debò. L'experiència li havia ensenyat que, en aquesta vida, qui et mana és qui està per damunt teu. Aquesta norma tan senzilla construeix una piràmide que, forçosament, ha de tenir una cúspide i al capdamunt de la qual hi ha d'haver algú que és més algú que ningú. Durant molts anys, segles sencers, la cadira més alta l'ocupava el rei, tot tenint en compte que el poble sempre havia cregut que el poder emana de Déu i que els monarques l'havien rebut de les seves mans i, per tant, eren, d'alguna manera, inqüestionables. Tan inqüestionables que per substituir-los només hi havia dos camins: esperar que es morissin o matar-los. Tanmateix, el temps havia temperat aquesta necessitat de buscar solucions dràstiques, perquè també resulta evident que qui s'asseu al tron pot manar perquè hi ha un poble que obeeix. Tot i així, els darrers esdeveniments començaven a contradir seriosament aquest plantejament tan simplista i el poder dels reis havia minvat. Encara amb més raó els ministres canviaven amb rapidesa i el seu poder era efímer. Només que, en aquest cas, hi havia un avantatge: habitualment no calia matar-los. N'hi havia prou amb destruir-los o fer-los dimitir. Aquesta era l'Europa de finals del segle XVIII.

Alfred Gordon també havia arribat a una altra conclusió que anava lligada amb la primera: els funcionaris procuren seguir unes normes fixes que els permeten continuar treballant amb independència de qui mana. Aquesta acurada conducta, que el temps i l'experiència han anat construint lentament, evita un possible daltabaix que es podria produir si només depenguessin del caprici del nou ministre. Qualsevol ministeri és una màquina que es mou contínuament, malgrat que hi hagi un canvi de cap, un canvi d'orientació o, fins i tot, un canvi de política. Ells, els funcionaris, són, en definitiva, l'engranatge del sistema, la corretja de transmissió que interpreta i trasllada les ordres i les converteix en moviment. I, mentre no hi ha ordres, la inèrcia fa que el moviment segueixi endavant.

Per això, invariablement, a dos quarts d'onze del matí de cada dilluns, dimecres i divendres, ni un minut abans ni un minut després, la porta s'obria i apareixia al llarg i ample passadís de les dependències dels serveis d'informació de Sa Majestat George III d'Anglaterra el cos gran i rodó d'Alfred Gordon. Llavors, respirava fondo, com si volgués amagar el timbal que tenia per panxa, i les carns, per un instant, disminuïen per tornar a lloc tan bon punt deixava escapar l'aire dels pulmons. Després, en un curiós ritual, es mirava les mitges, s'arreglava les puntes dels punys de la camisa, tossia lleugerament per aclarir-se la veu i, acabat aquest cerimonial, repetit des del 7 d'abril de 1790, dia en què va prendre possessió del càrrec de comissionat per l'anàlisi d'estratègies de recerca d'informació, enfilava el llarg passadís i no s'aturava fins atrapar la porta dels dominis de Sir Blum, el cap dels serveis d'informació del ministeri d'afers estrangers encarregat de l'àrea del Mediterrani compresa entre Espanya, França, Itàlia i el nord d'Àfrica.

Però aquell matí, just quan s'arreglava les puntes dels punys, va notar una presència estranya, es tombà i gairebé s'esglaià.

—Ferguson! Quin ensurt que m'heu donat! —va fer amb ràbia, i s'agafà la panxa amb les dues mans, no fos que la perdés.

—Disculpeu-me, senyor. Us esperava. He pensat que el tema és prou important.

Important?, pensà Gordon. Ferguson era massa ximple per conèixer el significat d'aquesta paraula. La senyora Gordon deia que aquell jove era força educat i molt atent, però ell sabia que, si ocupava el lloc que ocupava a la secretaria d'afers estrangers, era gràcies a la intervenció de certa dama que apreciava molt la seva joventut i... altres coses, malgrat que, pel gust de Gordon, aquell home era massa prim, massa estirat i sensiblement mancat de bona educació. Aquell costum d'amagar-se darrere d'una columna i esperar que el seu interlocutor s'atansés per gairebé saltar-li al damunt, era un detall de força mal gust que ni la ben retallada barba ni el seu posat elegant podien apaivagar.

—M'espera Sir Blum —digué Gordon.

—Sí, però he pensat...

—M'ho podeu explicar mentre caminem. Ja sabeu que la puntualitat és una gran virtut britànica.

—Ahir va arribar Andrew McFar —anuncià Ferguson.

La màquina funciona si totes les peces compleixen amb la seva funció. Tanmateix, de tant en tant, poden aturar-se un instant per comprovar si el moviment és el correcte, si hi ha alguna cosa que afecta algun engranatge o si s'han d'introduir petits canvis que aportin millores als resultats. De manera que Gordon alentí el seu pas i el mirà.

—No havia de ser a Madrid? —demanà força estranyat.

—Ha hagut de fugir. El capità John Lear és mort.

—Què ha passat? —s'aturà de patac.

Per una vegada Ferguson havia encertat amb el significat de la paraula *important*, i a Gordon ja no li preocupava arribar tard a la cita amb Sir Blum. Hi ha moments que els peons esdevenen peces cabdals.

—Un duel —respongué Ferguson.

—Amb qui?

—Un noble... No sé com es diu, però es cosí llunyà de Godoy. Va desafiar el capità per defensar l'honor de la seva germana.

—Maleït sigui! Sempre ho he dit, que Lear era un idiota —bellugà Gordon el cap, a dreta i esquerra—. Tard o d'hora havia de passar. Això d'anar darrere de les faldilles... I, més encara, darrere d'una parenta de Godoy.

—El problema és un altre —digué Ferguson.

—Ah, sí?

—El capità Lear no empaitava la dama en qüestió, sinó McFar.

—I què hi pintava Lear en tota aquesta història?

—El marit cornut va pensar que era el capità Lear, però com es tracta d'un home gran i impedit, el germà de la dama va prendre el seu lloc i el desafià. I com que era l'honor britànic que estava en joc... Lear no va esmenar l'error i va acudir al duel.

—Ja ho veig! —exclamà Gordon—. L'honor britànic. Idiota! Això és el que era Lear. L'honor britànic! —bramà de nou i aixecà els braços esparverat—. Els collons britànics! I suposo que Godoy sabia la veritat, no va quedar content, va ordenar empresonar McFar i aquest ha hagut de fugir.

—Suposo que així ha estat, perquè no hem d'oblidar que el primer ministre espanyol és... és... —va fer Ferguson.

—Perillós —Gordon acabà la frase que Ferguson no era capaç de coronar.

—No anava a dir, precisament, això —es queixà Ferguson.

Ell considerava que els espanyols, tots plegats, eren... eren... Mai no trobava el qualificatiu més escaient, la qual cosa desesperava Gordon.

—Ah, no? I com qualificaríeu, doncs, un home que escalfa el llit de la reina, ensems que dirigeix una nació? Potser penseu que és un babau? —somrigué Gordon.

Ferguson es posà tens. La seva intel·ligència li permetia trobar un paral·lelisme entre el primer ministre espanyol i ell, que també devia la seva feina còmoda a unes altres escalfades de llit.

—Què faig amb McFar? —preguntà Ferguson.

Gordon mirà el seu interlocutor, incrèdul. Allò era el que el preocupava. Què faig amb McFar? Pobre Ferguson! Mai no sabia el que havia de fer. Si més no, suposava que al llit, amb la seva protectora, devia saber el que calia fer.

—El problema no és saber què podem fer amb McFar, sinó el que podem sense ell, i sense el capità Lear.

—A Madrid no ens queda ningú —digué Ferguson. Gordon se'l quedà mirant, i el seu subordinat afegí—: Vull dir ningú de rellevància. Hi tenim l'ambaixador i el segon secretari, Albert Flint. La resta són peons —acabà.

—En fi! No gaire cosa. Flint és massa conegut i l'ambaixador... —mormolà Gordon, i es gratà la barbeta. De sobte, aixecà els ulls i els clavà en els de Ferguson. Acabava de recordar un detall important—. L'esposa ultratjada, no serà per casualitat la mateixa dama que perseguia Harry Berg?

—Em temo que sí, senyor.

Déu meu! Harry Berg també havia fugit de Madrid després d'un afer amb la mateixa dama i havia estat assignat a les ordres de Jack Smith, que ocupava el mateix càrrec que Sir Blum, però amb responsabilitat sobre el centre d'Europa.

—Tres homes en menys d'un any! Si segueix així, ella sola acabarà amb tots els agents de l'imperi britànic. ¿Que no saben els nostres homes que a Espanya una testa coronada amb banyes és una cosa molt grossa? —Llavors, abaixà la veu—. No pas com a casa nostra, tal com podem veure cada dia —afegí, com si el seu comentari no tingués res a veure amb el seu interlocutor, que enrogí lleugerament. Premé els llavis amb força. Després, murmurà—: Aquest costum dels duels i de l'honor ens pot costar molt car. Però, no havien estat prohibits?

—Així és, però la policia espanyola mira cap a un altre costat. Ja sabeu que són... són...

—Sí, ja ho sé —el va tallar Gordon. Potser aquell idiota, algun dia trobaria el qualificatiu que cercava, però ara no podien perdre el temps.

Havien destinat John Lear a Madrid feia pocs mesos, quan el rei Carles IV d'Espanya va nomenar secretari d'estat Manuel de Godoy i Álvarez de Faria, que en poc temps havia passat de simple cadet del *Cuerpo de Guardias de Corps* a tinent general de l'exèrcit, Gran d'Espanya i duc d'Alcudia. I ara no hi tenien ningú de pes. L'ambaixador feia la seva feina, però no podia fer segons què. John Lear, per contra, es podia moure lliurement.

Gordon brandà el cap. Aquella era una notícia terrible. Havien de pensar alguna cosa. I ràpid!

—Què faig amb McFar? —insistí Ferguson.

I és clar! Què faig amb McFar! Incapaç de prendre cap decisió, Ferguson l'havia anat a trobar. Ara que, ben pensat, era molt millor que no prengués cap iniciativa sense consultar-lo.

14

—Si ha tornat, que redacti un informe dels anys que ha viscut com un senyor a Espanya. Més endavant ja pensarem alguna cosa per a ell. Entesos?

—Entesos. Li assigno una taula?

Oh, Senyor! Quin brètol, que li havia tocat! Tanmateix, l'havia d'aguantar. Llàstima que la sang anglesa no fos tan calenta com l'espanyola. Tant de bo el marit cornut desafiés aquell tanoca i el matés! A Gordon se li acabarien molts problemes.

Ja feia tard a la seva cita, i tot per culpa d'aquell estúpid. Li assigno una taula? Déu del cel! Ni això era capaç de decidir.

—Sí. I proporcioneu-li paper, una ploma i tinta —va fer amb ironia, i el va deixar palplantat.

Caminà de pressa, procurant que la panxa no el destorbés. No va mirar cap dels retrats que ocupaven les parets ni va saludar el soldat que s'estava dret al peu de l'escala que conduïa al pis superior, a les dependències de lord Grenville, ministre d'afers exteriors, on tenia el despatx Sir Blum.

Arribà a la seva destinació, entrà sense demanar permís al petit cau que era l'antesala dels dominis del responsable dels Serveis d'Informació, saludà Harry, el secretari particular de Sir Blum, un home prim que ocupava una taula petita i que li va contestar amb un cop de cap, i trucà a la porta del despatx. Únicament podia fer-ho, sense esperar que Harry l'anunciés, els dilluns, els dimecres i els divendres. Són els avantatges d'una màquina ben greixada. Una veu li va concedir permís per entrar.

Sir Blum s'estava assegut a la gran taula de fusta fosca i lluent. Els seus ulls blaus, sota les celles rosses, van mirar furtivament Gordon. No calia dedicar-li més atenció. Ja coneixia prou bé aquella figura rodona, les seves galtes inflades, els seus ulls vius i escorcolladors i els seus llavis molsuts que sempre estaven corbats cap avall en un petit rictus de fàstic. Sortosament, Gordon gaudia d'una bona intel·ligència i, més que eficient, era eficaç. Això disculpava la seva cara de fàstic.

Sir Blum havia ordenat encendre les dues llànties. El dia era gris i trist, com ell en aquells moments. Ja feia un bon parell de mesos que no s'estava d'orgues i patia constantment atacs de mal geni.

Com s'ho prendria, quan li comuniqués les males notícies?, pensà Gordon.

—Seieu, Gordon —ordenà Sir Blum, i assenyalà la butaca que hi havia davant la taula.

Durant una estona, el cap dels serveis d'informació va seguir redactant un document sense badar boca, mentre Gordon contemplava les mans de dits llargs i prims que s'adeien amb la resta de la figura de Sir Blum. L'única cosa que destacava de tot aquell cos era la barba rossa que amagava uns llavis que semblaven dibuixats pel pinzell més fi que existís i la perruca blanca, que acabava en una cua agafada per un llaç negre i que servia per tapar la seva calvície.

Quan Sir Blum acabà d'enllestir el seu escrit, prengué la campaneta de damunt la taula i la va fer sonar. Immediatament s'obrí la porta que hi havia a la seva dreta i aparegué Harry que caminava amb l'esquena plegada i el cap cot.

—Aquest document és pel ministre Grenville —Sir Blum va allargar-li el paper—. Conducte urgent. Entesos, Harry?

—Sí, senyor —féu una reverència el secretari, que va passar desapercebuda perquè ja hi havia entrat amb l'esquena plegada, i desaparegué.

—No pinta gaire bé aquest final de segle —es queixà Sir Blum. Gordon no va fer cap comentari. Prou que coneixia aquella cantarella—. Fa pudor de guerra —va prendre un full que tenia al davant—. Escolteu el que hi diu, aquí: França ha començat a bellugar tropes cap al nord. Sabeu què significa? Que els rumors s'estan fent realitat. Ahir vaig estar amb lord Grenville. Fa un any que és ministre d'afers exteriors i em va dir que hem d'aconseguir que 1792 acabi millor que no pas ha començat, perquè està resultant massa mogut. El tema d'Irlanda encara remena massa la cua, mentre que Àustria i Prússia segueixen la seva guerra particular amb França. No va ser cap bona idea que el general de les tropes prussianes... com és diu?

—El duc de Brunswick —li recordà Gordon.

—Això mateix, el duc aquest —li agraí Sir Blum, i continuà el seu raonament—: Doncs, no va representar cap encert que aquest babau amenacés l'Assemblea de destruir París si no retornaven el poder a Lluís XVI.

—És normal que Prússia no es quedés quieta. Leopold II és germà de la reina Maria Antonieta i... —comentà Gordon.

—Sí, ja ho sé, ja ho sé —Sir Blum aixecà la mà. El treia de polleguera que el tallessin quan encetava un discurs. Va prendre un altre document de damunt de la taula i el mostrà a Gordon—. Aquesta és una còpia del manifest de Coblença, signat per l'emperador Francesc i per Caterina de Rússia. És de fa deu dies, mireu la data. També exigeixen els francesos que retornin la sobirania al rei. Tant de bo eliminin l'Assemblea Nacional i Lluís XVI recuperi el poder! I, enmig de tot l'enrenou, no sabem què farà Espanya, perquè Aranda fa poc temps que és al poder i encara no ha pres cap decisió important.

—Excuseu-me, senyor, Aranda ja no pinta res en la política d'Espanya. El nou secretari d'estat és Godoy.

—Què us empatolleu? Aranda fa dos dies que va ser nomenat...

—Aranda va substituir el comte de Floridablanca a començaments d'any, però només s'hi ha estat uns mesos. El rei Carles IV l'ha destituït per causa de la seva política de neutralitat. Ara, qui mana a Espanya és Godoy.

Sir Blum també havia estat nomenat per al càrrec de cap dels serveis d'informació feia pocs mesos. En el seu nomenament no havien prevalgut ni l'experiència ni els coneixements ni la vàlua del personatge, sinó la intervenció de lord Bristol, amic personal de William de Brooksheeld, que era cosí de Sir Arthur Blum. Quina merda! Pensà Gordon. Però, un funcionari és un funcionari i un càrrec polític és un càrrec polític i no hi ha res a pelar.

—En fi! Que amb tot aquest enrenou vull dir que no és un final de segle com ens agradaria —digué Sir Blum, tot tapant el seu desconeixement—. Amb la seva revolució els francesos han escalfat tot Europa, i sembla que han travessat l'Atlàntic, perquè George Washington cada cop està més allunyat d'Anglaterra. Estem perdent una bona part de les colònies i això no agrada a Sa Majestat George III ni al primer ministre. I només ens faltava el tema d'Irlanda — repetí.

—A Irlanda tenim un home de molta vàlua —Gordon procurà suavitzar la visió negra del seu cap. Més ben dit: la falta total de visió.

I era sincer. No podia oblidar que Robert Steward, el primer secretari del lord lloctinent anglès a Irlanda, en tres anys havia aconseguit uns bons èxits. De tant en tant, en política, hi ha homes que saben fer coses.

—Sí —afirmà Sir Blum amb un cop de cap—. Tanmateix, els espies francesos no deixen d'escalfar la població amb missatges que intoxiquen les pobres ments d'aquells desgraciats perquè busquin la independència.

—També comptem amb William Pitt, el millor primer ministre que hem tingut en molts anys. Abans, el rei George nomenava els ministres sense tenir en compte la vàlua de cadascun d'ells, però la victòria aclaparadora de William Pitt a les urnes no deixa lloc al dubte. Ell és qui mana. —afegí en un intent per animar la conversa. Després ja vindrien les males notícies. No calia encendre el foc de bon començament.

—Cert —afirmà de nou Sir Blum, malgrat que, en aquesta ocasió, ho va fer sense gaire entusiasme. William Pitt no era sant de la seva devoció. No pertanyien al mateix partit.

Bé! Ja havien fet el repàs general. Aquell costum de despatxar tres cops per setmana, dilluns, dimecres i divendres a la mateixa hora, de vegades era absurd perquè repetien converses ja passades. Es veien força sovint als passadissos i parlaven, però Sir Blum era una persona de costums fixos. Tanmateix, aquell dia Ferguson havia proporcionat a Gordon un tema de conversa. No gaire agradable, però.

—Acabo de parlar amb Ferguson... —encetà Gordon.

—Com ho porta aquest jove? —s'interessà Sir Blum. Gordon va prémer els llavis i simulà un somriure—. És decidit i molt educat —va lloar. I és clar! Era un protegit—. Que me n'heu de dir res?

—No, senyor. El problema és el nostre home a Madrid.

—Madrid?

—Sí, senyor. El capità Lear.

—Lear?

—John Lear, senyor —li recordà Gordon—. El nostre número ú a Madrid.

—Un jove molt emprenedor. És el fill d'Horaci Lear. Oi que sí? —va fer memòria Sir Blum. Per a ell, algú que té un pare important mereix molt de respecte. Gordon afirmà amb un cop de cap—. Què li passa?

—McFar és aquí. Va arribar ahir. M'ho acaba de comunicar Ferguson.

—McFar?

—Andrew McFar —aclarí Gordon amb un pessic de desesperació—. El nostre número dos a Madrid.

—Ah, sí! I és clar —Sir Blum assentí diverses vegades amb el cap, però Gordon va veure de seguida que no sabia ni qui era McFar. No era fill de ningú—. Què hi fa, McFar, aquí? —demanà simulant estranyesa.

—El capità Lear ha mort en un duel, a mans d'un cosí llunyà del primer ministre espanyol. —Callà un instant, i acabà—: Per causa d'una dama.

Sir Blum va respirar fondo, aguantà l'aire uns instants i buidà amb força els pulmons. Allò volia dir que l'olla començava a bullir. Sempre passava, quan les notícies eren dolentes. I què pretenia?, pensava Gordon. Afers Estrangers és un ministeri que rep contínuament sorpreses i, donades les circumstàncies a Europa, darrerament mai no eren bones.

—Ja l'hi vam advertir, que es feia veure massa — exclamà Sir Blum. De sobte ja no recordava que acabava de dir que Lear era un jove molt emprenedor i Gordon tampoc no recordava l'advertiment, però va callar—. Madrid és així, responia l'imbècil —va seguir carregant contra el difunt—. Com se li ha pogut acudir enfrontar-se a un cosí de Godoy?

—Cosí llunyà —rectificà Gordon.

Sir Blum es posà tens. Aquella constant precisió per part de Gordon, de vegades l'alterava. Encara més en moments com aquell.

—Cosí llunyà —acceptà—. Un error que ens pot costar molt car —brandà el cap, a banda i banda—. Els nostres oficials han d'obrir les línies enemigues i no pas les cames femenines —digué, i somrigué satisfet per l'acudit que acabava de fer.

—No va ser ell, senyor, sinó Mcfar.

—Com dieu?

—Ferguson diu que McFar era l'amant, però el marit es pensà que era el capità. Tanmateix, Godoy coneixia la veritat i Mcfar ha hagut de fugir per no morir.

—Ja pensava jo que Lear no podia haver comès un error com aquest —rectificà Sir Blum tots els seus plantejaments.

Gordon no va replicar. No pagava la pena. Sir Blum es quedà en silenci, reflexionant. Reflexionant?, es demanà

Gordon. El seu cap feia veure que reflexionava, però ell prou que sabia que en aquell magí només hi havia buidor. Ara, com sempre, Sir Blum esperava que Gordon pronunciés la primera paraula, i ell s'enganxaria al carro.

Bé! Gordon ja estava fart de treure-li les castanyes del foc i li feia mal la punta dels dits. En ben pocs mesos ja havia rebut massa cremades. De manera que romangué en silenci.

—Qui ens queda a Madrid? —demanà finalment Sir Blum.

Una gran pregunta, afirmà Gordon amb el cap.

—Albert Flint —anuncià—. Però és el segon secretari de l'ambaixada i és massa conegut. No pot bellugar-se amb llibertat.

—I ara què?

També una pregunta pròpia d'una ment privilegiada. Tan clara com la de Ferguson. I ara què? I és clar que s'entenien tan bé! Sir Blum i Ferguson eren pastats.

—Costa temps i esforç crear un nou capità Lear.

—I costa ben poc engegar-ho tot a dida! —pontificà Sir Blum. Llavors, va tenir una inspiració—: Harry Berg! —exclamà—. Ja hi va estar i té experiència —coronà la seva gran descoberta.

—És a Viena, senyor —li recordà Gordon.

—Sí, però és l'única opció ràpida.

Gordon reflexionà un instant. O començava a repassar tota la història de la sortida a corre-cuita de Berg de Madrid, li recordava que ja no estava sota les seves ordres, li explicava que Jack Smith no es desfaria fàcilment de cap recurs humà... i es perdia en mil i un detalls per culpa de les preguntes de Sir Blum, o prenia una drecera i enllestia el tema amb rapidesa.

—No, senyor —negà repetidament amb el cap—. Impossible. No podem despullar Viena per vestir Madrid i menys encara tenint en compte que França s'està bellugant. Espanya, en aquests moments, no representa cap amenaça, però França i Àustria poden acabar molt malament. Ens interessa tenir uns ulls a Viena.

—D'això, d'Àustria, encara no hi ha res de concret —somrigué Sir Blum—. La guerra acabarà en un tres i no res i es decantarà del costat del més poderós.

Quan un ha nascut idiota, ja li pots donar un càrrec important, que seguirà sent idiota. Els austríacs no havien entrat a França amb tanta facilitat ni ho feien tan de pressa com havien promès i, per tant, no hi havia res que fos clar. Dos i dos fan quatre. Negar-ho, és estúpid.

—Doncs, el senyor Smith diu que les notícies apunten que l'olla s'està escalfant de valent —replicà Gordon.

—Bé! No nego que les suposicions de Jack Smith poden tenir fonament, però segueixen sent rumors. Hem de pensar què fem amb Espanya.

Hem de pensar volia dir que algú havia de pensar-hi. I no pas Sir Blum, precisament. No calia donar-hi més voltes. Potser era el moment de recordar-li la idea que ell tenia sobre l'espionatge en els temps que corrien. Va dubtar. Ja ho havia intentat en diverses ocasions i la resposta mai no havia estat positiva.

—Em posaré a treballar a l'acte —conclogué finalment Gordon. No paga la pena encetar una discussió filosòfica quan l'interlocutor no hi entén ni una paraula.

—No descuideu Berg. En aquests moments Àustria és vital —va fer Sir Blum.

—I és clar! Teniu raó, senyor —somrigué amablement Gordon.

Aquell home era increïble. Per què li deia, a ell, que no descuidés Berg, si depenia de Jack Smith? Pobre idiota! Per no saber, ni tan sols era conscient del càrrec que ocupava. Tanmateix, la darrera paraula, encara que sigui repetida o equivocada o copiada o robada, sempre la té el superior.

Gordon tenia molta feina per davant. Com havia dit, crear un nou capità Lear no era una tasca senzilla. En fi!, que la reunió s'havia acabat. De manera que es va aixecar i va marxar.

Primer tema: parlar amb McFar. Gordon havia de conèixer la situació real i les explicacions de Ferguson no havien estat gaire àmplies. A més, no se'n refiava.

McFar es presentà tot seguit i Gordon va fer l'esquena enrere, ben enrere, a la seva cadira i es disposà a conèixer de primera mà aquella absurda història d'amants, marits cornuts i espies morts.

—De fet, ja li vaig advertir que era una dona perillosa. Encara recordo la història de...

—Però, qui era l'amant de la dama: vós o ell? —va fer Gordon, en escoltar les primeres explicacions de McFar.

—En principi el capità John Lear.

Sants del cel! Ferguson era un inútil incapaç de passar un missatge com Déu mana. Capgirava les històries, oblidava els noms...

—Què vol dir en principi? Vejam: expliqueu-me tota la història de bon començament. Qui és ella? Comencem per aquí.

—L'esposa del baró de Malpica —digué McFar, aixecant les celles—. Una dona molt llaminera en tots els sentits — afegí, mentre Gordon tancava les parpelles i escoltava amb atenció. A veure si ara aconseguia assabentar-se de la veritat —. El capità Lear hi va caure de quatre potes, però el problema és que aquesta dama mai no en té prou i diu que, com que els anglesos som més freds, doncs... anem més lents i treballem més estona. Això és bo, perquè la cosa dura més temps, però també diu que ho fem amb menys intensitat i ella necessita més... més... força. M'enteneu? —va fer una petita pausa, fins que Gordon assentí amb el cap, i després prosseguí—. De manera que va engrescar el capità perquè em convencés a mi per fer un joc de llit a tres bandes

Gordon obrí les parpelles i posà uns ulls com taronges. Li havien dit que el caràcter espanyol era molt calent, però allò superava la seva imaginació.

—Tres bandes? —va fer.

—Tots tres jugant a l'hora —explicà McFar, Es mossegà els llavis—. Ja m'enteneu.

—Pel que puc deduir no li va costar gaire, al capità, engrescar-vos en el joc —afirmà Gordon—. M'equivoco?

McFar va tossir per escurar-se la gola, negà amb un lleuger moviment de cap i es posà vermell.

—El fet és que a la dama en qüestió li va agradar i ho vam repetir, amb tan mala fortuna que el marit ens descobrí. Allà, a Madrid, tenen una dita que fa: «*tanto va el cántaro a la fuente, que al fin se rompe*» —seguí explicant McFar i, en veure que Gordon posava cara de babau, li va traduir la frase.

—Què és un *cántaro*? —demanà Gordon.

—És un recipient de terrissa que manté l'aigua fresca. És rodó i l'aigua raja per un forat que té dalt, a un costat —respongué McFar i, com Gordon no l'acabava d'entendre, l'hi va explicar amb gests—. Així, rodó, i el lloc per on raja l'aigua és una petita protuberància que... —i va tancar els dits.

—S'assembla a un mugró?

—Sí, és un exemple prou adient —acceptà McFar.

—Amb una forma rodona... Potser com el pit d'una dona?

—Això mateix. D'una dona de carns generoses.

—Entesos! I manté l'aigua fresca i suposo que escalfa la sang —somrigué Gordon. Llavors, esborrà el somrís—. Bé, prosseguiu.

—El fet és ens va venir a veure Don José Manuel de Castro, el germà de la dama, i... ens acusà d'haver abusat de la seva germana i d'haver ofès l'honor del seu cunyat. Durant la conversa, Don José Manuel va dir que el seu cunyat, el baró, era un pobre home impedit... camina ajudat d'un bastó... i sense recursos, i ens demanà diners per pagar l'afront al seu honor. Quinze mil duros. El capità es burlà d'ell i digué que, si volien anar a judici, doncs... hi aniríem, perquè la dama en qüestió és una puta i tot Madrid ho sap. De manera que cap jutge es creuria aquella absurda història. La conversa pujà de to i Don José Manuel ens desafià ambdós. Si no pagàvem, primer lluitaria amb el capità i després amb mi. El capità Lear, com ja sabeu, és un gran tirador de pistola... —dubtà un instant—. Vull dir que ho era. Però Don José Manuel, en qualitat d'ofès, va triar el floret. Quan em vaig assabentar que Don José Manuel, l'endemà a primera hora, es va desfer del capità en un tres i no res... i com no disposo de fortuna i no podia pagar els quinze mil duros... no vaig creure oportú quedar-me a Madrid.

—No hi éreu present quan va morir Lear?

—No, senyor. El duel va tenir lloc a primera hora del matí i Don José Manuel diu que amb un duel al dia ja en té prou. A mi em tocava l'endemà i ell em va prohibir que hi assistís.

—I vau fugir.

—Don José Manuel és una de les primeres espases de Madrid —va fer McFar, amb un gest d'impotència—. Si el capità Lear no havia pogut guanyar-lo, no crec que jo tingués més sort. Amb pistola, potser sí, però amb l'espasa o el floret no sóc cap expert.

Gordon ja en tenia prou. Com se'n pot anar en orris tot un pla meticulosament preparat amb una bajanada com aquesta?, pensava. Tenia al seu servei una colla d'inútils.

—Feu-me un informe detallat de tot el que està passant a Madrid en aquests moments i adjunteu-hi una relació de tots els noms que recordeu de tots els anglesos que resideixen a Espanya. No us en deixeu cap ni un. I he dit Espanya, no només la capital.

—Per quan ho voleu? —demanà McFar.

—Per aquesta tarda a primera hora.

—Hi estaré estona i gairebé és l'hora de dinar —encara va gosar fer McFar, però la mirada que li dirigí Gordon ho deia tot.

A la tarda, Gordon va arribar al seu despatx amb una cara de pomes agres que hi havia per llogar-hi cadires. Durant la resta del matí havia repassat tots i cadascun dels seus homes i no n'havia trobat cap de prou talla que estigués disponible. L'enrenou que sacsejava el continent no donava peu a gaire alegries i, després de les baixes dels darrers mesos, el problema que li havien generat aquell parell de babaus era força complicat. No sabia ni per on havia de començar. Només sabia que, si no trobava una solució ràpida, Sir Blum s'aixecaria de la cadira i començaria a bramar com un foll.

—Gordon, m'heu decebut —diria—. Potser haurem de prendre decisions.

Maleït Sir Blum! Qui era Gordon per a ell? Doncs, simplement Gordon. Gordon cap aquí, Gordon cap allà, Gordon fes això, Gordon treballa, Gordon descobreix, Gordon... I a l'hora de la veritat no escoltava les seves aportacions ni les seves idees. O, en tot cas, si li n'hi agradava una, se la feia seva i en paus.

I qui era Sir Blum? Doncs, ni més ni menys que un senyor, un descendent d'una gran família, amb un títol nobiliari i un càrrec important. Per tant, ell mana, ell decideix, ell figura, ell alterna amb els seus iguals i ell espera solucions i respostes, perquè ell no pot pensar. Massa treball!

Va contemplar la taula plena de papers. Cada dia s'hi amuntegaven més i més documents. L'informe de McFar era al damunt de tot i Gordon el va prendre, es va cavalcar les ulleres damunt del nas i el va començar a llegir per veure què hi explicava aquell idiota.

Palla, palla, palla i més palla per mirar de justificar-se. Això era l'única cosa que hi trobava. Malaguanyada tinta que havia gastat. I malaguanyat temps perdut.

Va seguir llegint mecànicament, mentre meditava sobre el problema de Madrid.

Després va prendre la llista d'anglesos que residien a Espanya, però no se la va mirar. Estava cansat i necessitava un miracle.

Es va treure les ulleres, les deixà lentament damunt la taula, es va aixecar i es dirigí cap a la finestra. La tarda era tan gris com el matí.

Abandonà la finestra, prengué la llista confeccionada per McFar i obrí la porta petita que donava al despatx del costat, el que ocupava Brenton, un home petit i escanyolit, però eficient. L'havia triat Gordon, personalment.

—Vull tota la informació que pugueu aconseguir sobre tots els noms d'aquesta llista —ordenà a l'home que s'amagava amb timidesa darrera de la taula.

—Sí, senyor —respongué Brenton, que abandonà la cadira com un llamp i es va fer càrrec del document.

—Urgent, Brenton.

—Sí, senyor.

—Ja sabeu què busco. Detalls. Entesos?

Bé! Alguna cosa se li acudiria. Perquè, si no...

2.- LA VERITABLE INTEL·LIGÈNCIA

Als seus cinquanta anys, a la senyora Gordon no li calia que el seu marit li expliqués res per assabentar-se que el senyor Gordon arribava de molt mala lluna. La manera de treure's el barret i deixar-lo damunt del moble del rebedor, enlloc de penjar-lo, ja era un llibre obert. Això volia dir que tenia un problema preocupant i que l'estiu estava resultant més calent de l'habitual.

Després, durant el sopar, el silenci s'apoderà del menjador. Malament!, perquè significava que el qualificatiu preocupant augmentava fins esdevenir greu.

I la senyora Gordon, quan va contemplar que Budy, el nét gran del senyor Gordon rebia un petó i un gruny, va arribar a la conclusió que la situació, més que greu, era dramàtica. Més, encara, quan el senyor Gordon durant els dies següents abandonava la casa sense acomiadar-se de ningú i amb un cop de porta.

Alfred no era un home agraciat. Mai ho havia estat i el temps no havia fet altra cosa que confirmar una realitat que tothom ja advertia quan va demanar la mà als seus pares.

—Com t'has de casar amb un home com aquest? —li deien les amigues.

—És funcionari de duanes i sempre tindrà un sou i la possibilitat de fer bons negocis —va dir el seu pare, que era, en definitiva, qui havia de prendre la decisió.

De manera que Helen Courtney esdevingué Helen Gordon i, a mesura que passà el temps, el senyor Gordon s'engreixà més i més fins esdevenir un home enganxat a un timbal. Tanmateix, era un home honest i intel·ligent i va acabar entrant a treballar al ministeri d'Afers Exteriors. En la seva relació matrimonial no hi va haver passió. Alfred, tot i que era delicat i amable, no encenia cap foc dintre d'ella, però Helen, amb el temps, havia arribat a estimar-lo. La senyora Gordon considerava que havia tingut sort amb el seu marit. Li havia donat dos fills que, sortosament, havien sortit més a ella que no pas a ell, en el terreny físic. I, més sortosament, havien heretat del seu pare la capacitat de treball i el sentit de la responsabilitat. De mica en mica, Alfred Gordon havia passat de ser un obscur funcionari a ocupar càrrecs de responsabilitat dins del ministeri, obtenir un bon sou i complir amb part de les expectatives del seu sogre, que en pau descansi, perquè, si bé era honrat i no havia fet grans negocis, havia dotat la seva esposa d'una casa digna i del servei imprescindible que la situava en una posició respectable. Això, tenint en compte que la seva imatge no l'acompanyava, era digne del major dels respectes. I Helen Gordon el respectava profundament. De manera que no es queixava.

Arribat el dia 11 d'agost, Alfred li va comunicar que el poble francès havia atacat les Tuilleries i havia empresonat el rei. Ara, Helen ja entenia perfectament el caràcter agre del seu marit. Quines conseqüències podia tenir aquell gir de la situació per a Anglaterra? Ella no entenia gaire de política i, menys encara del que passava fora del seu entorn més immediat, com la immensa majoria dels britànics, però una dona casada amb un alt funcionari del ministeri d'Afers Exteriors ocupava un lloc de privilegi i havia sentit a dir, al seu marit, que podia esclatar una guerra al continent i que, evidentment, l'imperi britànic no podia restar al marge. A partir d'aquí, el senyor Gordon es va despatxar a gust, com sempre acabava fent amb la seva esposa, i li va explicar tot l'enrenou que duia entre mans, amb l'afer Lear. Ella el va escoltar en silenci, com sempre, i el senyor Alfred Gordon, com sempre, es va quedar més tranquil, però amb la mateixa cara de mala llet.

Per això Helen es va endur una gran sorpresa quan, la nit anterior, va observar que l'humor del senyor Gordon havia canviat. Va sopar bé i se'l veia gaudir de la taula. Fins i tot, la senyora Gordon va veure somriure el seu marit quan, l'endemà al matí, s'arreglava els punys, prenia el bastó i el barret i abandonava la casa. El va contemplar des de la finestra i va descobrir que aixecava el bastó amb energia per saludar els veïns.

Helen coneixia a bastament els canvis d'humor del seu marit i allà, a la finestra, es demanava què havia passat perquè Alfred manifestés aquell tarannà. Potser havia trobat una solució al problema generat pel capità Lear. I havia de ser bona, perquè no n'havia parlat. Quan tenia dubtes o no sabia cap a on anar, parlava amb ella. Bé! Més que parlar, reflexionava en veu alta davant d'ella. Helen romania en silenci tota l'estona i, només quan Alfred havia acabat, gosava fer algun comentari. No pas poques vegades Helen li havia proporcionat, amb els seus comentaris, propis de la intuïció femenina, una sortida.

Fos com fos, tard o d'hora Alfred ja li comunicaria el motiu dels seus sobtats canvis d'humor.

Dos dies abans, Gordon havia decidit abandonar la feina cap a les sis de la tarda. Per més voltes que li donava, no trobava ningú que pogués enviar a Madrid amb una mínima garantia d'èxit i ja estava fart de pensar i de trencar-se les banyes a la recerca d'una solució, mentre que Sir Blum, tal com li havia comunicat, per si es donava el cas que sorgís alguna cosa interessant, era a una recepció de l'ambaixador rus que vindria seguida d'un sopar i acabaria amb una festa i un ball. Amb els caps grossos, naturalment. En aquesta vida hi ha qui treballa i qui viu i a cadascú li toca el seu paper. Sempre ha estat així. Per això els francesos, amb la seva revolució i aquell intent de capgirar l'ordre natural de les coses, havien aixecat una bona polseguera. Deien que l'època feudal ja tocava a la seva fi. Tindrien raó?, es demanava Gordon. Si els reis i la noblesa perdien la partida, uns altres ocuparien el seu lloc i manarien. L'ésser humà està fet com està fet. Necessita que algú el dirigeixi. Perquè canviessin les coses, hauria de canviar l'home. Llavors, potser, existiria una possibilitat de crear un món diferent. Però, això no és tan fàcil. En fi, que el poder és el poder.

Aquella tarda, quan baixava les escales es va sorprendre de veure William Pitt que es dirigia cap al despatx del ministre d'Afers Exteriors. ¿El primer ministre no havia d'assistir a la famosa recepció? A més, normalment era lord Grenville que es desplaçava per parlar amb el primer ministre. Evidentment, hi ha qui treballa i qui viu, conclogué, pensant en Sir Blum.

Tot i que l'escala era prou ampla, es va fer a un costat per deixar-lo passar i inclinà respectuosament el cap. Sentia una gran admiració per aquell home jove que desplegava una activitat que li havia valgut el respecte de tot Europa. No és fàcil, amb vint-i-quatre anys, esdevenir primer ministre. I això li recordava que Godoy també havia accedit al càrrec, a Espanya, amb pocs anys. Tal vegada Europa estava canviant i el jovent aportava noves idees.

—Què tal, Gordon? —el saludà Pitt, aturant-se un instant.

—Bé, senyor primer ministre —se sentí afalagat que William Pitt es recordés del seu nom—. Mirant de trobar una solució al problema de Madrid —afegí.

Sempre és convenient que els superiors estiguin al corrent que treballes de valent, malgrat que amb William Pitt no calia. Gordon sabia que dedicava una especial atenció als afers estrangers. Donades les circumstàncies, no era gens estrany.

—Encara no heu trobat cap substitut per a John Lear?

Allò era un vertader primer ministre, somrigué Gordon. William Pitt estava al cas de tot, coneixia tothom i sempre sabia de què li parlaven només escoltar les primeres paraules. No com Sir Blum.

—No és fàcil, senyor.

—Si vós ho dieu, deu ser veritat. Potser, en aquest cas, hi haurem de posar un xic d'imaginació —respongué Pitt.

Aquelles paraules van esperonar Gordon, que d'imaginació no n'hi faltava.

—Teniu raó, senyor. Els temps que corren requereixen nous mètodes, però els canvis costen i no són ben rebuts —gosà dir.

—Què voleu dir? —demanà Pitt. L'expressió en el rostre de Gordon el feia sospitar que darrere del comentari s'hi amagava alguna cosa.

—Fins ara, senyor, hem confiat la tasca dels serveis d'informació a la noblesa, als banquers i als diplomàtics. Paguem molts diners als partidaris del rei de França, a una bona colla de girondins, a certes dames de la noblesa, a algun marquès espanyol, a algun comte italià... Disposem d'una xarxa de bancs ben muntada que es fa càrrec dels deutes dels nostres informadors. De tant en tant, i cada cop amb més freqüència, són descoberts i ajusticiats. Sobretot a França, on la guillotina està fent hores extraordinàries. En fi, una sagnia en tots els aspectes. Tanmateix, els temps són diferents i, malgrat que les grans decisions es prenen als despatxos de la gent important, no hauríem de perdre de vista que qui belluga l'economia és la burgesia. Els francesos han marcat un camí, amb la seva revolució, i les classes burgeses estan prenent molta volada. El mateix podria passar a tot Europa. De manera que la burgesia s'està convertint en el centre de la societat.

—Pensava que el centre era la cort —féu Pitt, força interessat per la teoria de Gordon, i el convidà a prosseguir.

—Quan parlo de centre, m'estic referint a l'estrat que ocupen. Penseu que ells són al bell mig, que parlen amb els nobles i amb els proletaris. Ho fan per tal d'estar al cas de tot el que s'hi cou. S'hi juguen el pa de cada dia, la seva fortuna i el futur —va callar un instant. William Pitt va afirmar amb un lent cop de cap. Això volia dir que estava més que interessat en aquella teoria—. A més, són extremadament prudents i discrets i no es fiquen en embolics. Aquestes, per a mi, haurien de ser les qualitats d'un bon informador.

—Discret i prudent... Gairebé anònim. Interessant, Gordon.

—Si, a més, aconseguíssim una persona que, encara que sigui aparentment, tingués problemes a Anglaterra, ningú no sospitaria.

—Com ho heu fet anar això? Ja teniu l'home?

—Pel moment només és una idea —respongué Gordon. Potser havia parlat massa.

—Una idea força peculiar. Heu parlat amb lord Grenville?

—El meu superior és Sir Blum, i no puc saltar-me l'escalafó.

—I heu parlat amb ell?

Gordon va fer que sí, amb el cap, i aixecà les celles alhora que premia els llavis. Mai no gosaria criticar Sir Blum, però una insinuació...

—Sir Blum s'estima més seguir els procediments habituals —digué finalment.

Pitt va somriure. Ell tampoc criticaria Sir Blum, el protegit de lord Bristol, el secretari particular de Sa Majestat. Estava massa ben relacionat, però bé podia prendre nota d'aquell comentari.

Aquí havia conclòs aquella conversa, però l'endemà, a primera hora de la tarda, Gordon va rebre l'ordre de presentar-se al despatx del ministre Grenville. Va ser-hi durant gairebé tres hores. Tres hores extremadament intenses, durant les quals va exposar el seu pla amb tot detall i va haver de respondre moltes preguntes.

Sir Blum també hi era i en el seu posat es reflectia la ràbia. Al final de l'entrevista, Grenville el va mirar fixament.

—Un pla complex i arriscat —havia mormolat el ministre—. Encara que, ben meditat —havia afegit—. Quina seguretat tenim que les informacions de la nostra gent de Madrid siguin correctes?

—He estudiat amb molta cura totes les dades i, a més, heu de tenir en compte que els informes els vaig demanar personalment —havia respost Gordon.

—Al meu darrere —s'havia queixat Sir Blum.

—Bé, ara no és moment de retrets —l'havia tallat Grenville, i després s'havia encarat amb Gordon—. Seríeu capaç de trobar un home d'aquestes característiques?

—Tinc absoluta llibertat per triar l'home? —va respondre Gordon amb una altra pregunta.

—Teniu absoluta llibertat per proposar un nom i teniu la meva paraula que l'estudiaré amb molta cura —respongué Grenville, mentre mirava significativament Sir Blum.

Amb aquella mirada estava llençant el missatge que no hi hauria filtres ni interferències i, a més, havia recalcat el verb *proposar*. Quedava clar que qui mana, segueix manant.

L'endemà, Gordon va tornar a contemplar la figura alta d'Andrew McFar, que l'esperava a la porta del seu despatx. La tarda anterior havia ordenat Brenton que el cridés. El volia veure a primera hora. Havia de parlar amb ell.

—Un informe força detallat —va lloar Gordon.

Només va fer un gest amb la mà, per tal que McFar hi entrés. No li va dir que s'assegués, però no va caler. McFar, només escoltar les primeres paraules de Gordon i el to amb que les havia pronunciades, es dirigí amb seguretat cap a la cadira i en va prendre possessió com si es tractés d'un territori conquerit, mentre exhibia el somrís de l'home que ho domina tot. McFar se sentia segur davant d'aquella lloança. No com quan havia arribat de Madrid, que hi havia entrat encongit.

Gordon va prendre les ulleres i se les apropà als ulls per llegir un nom de la llista. Després, apartà les ulleres, les diposità de nou damunt la taula, creuà les mans i mirà McFar als ulls.

—En aquesta llista esmenteu un tal Thomas Headking. Què en sabeu, d'aquest home? —demanà Gordon.

McFar va aixecar els ulls, com si es mirés el cervell. Buscava informació i Gordon va entendre de seguida que no sabia ni qui era. Tanmateix, alguna cosa havia de dir, perquè per alguna raó l'havia escrit a la llista.

—Vaig escoltar algú que pronunciava el seu nom i com es tractava d'un nom anglès, en vaig prendre nota —va fer, finalment.

—I...? —bellugà els dits Gordon, tot convidant McFar que tragués tot el que duia dintre, si és que hi havia res.

El seu interlocutor va fer un esforç i va obrir dos o tres cops la boca per deixar anar un so de la seva gola, entre la a i la e, que indicava que seguia buscant noves dades.

—Sé que viu a Barcelona i poca cosa més —va dir. Després deixà anar un nou so i, de sobte, es va fer la llum dins del seu cap—. Sí. Té un petit negoci d'olives —afegí més animat—. Les compra a Andalusia i les porta a Catalunya. Algú en una festa va esmentar el nom, perquè... em sembla que n'hi havia comprat. No és ningú important. Un anglès que ha desembarcat a Barcelona i procura guanyar-se les garrofes amb olives —McFar féu oscil·lar el cap a dreta i esquerra, mentre deixava caure les parpelles i somreia amb suficiència. Fins i tot li havia fet gràcia la seva ocurrència de les garrofes i les olives.

—No sou vós que heu d'assignar el grau d'importància de les dades ni dels noms ni de les persones —va fer Gordon—. La vostra tasca consisteix a trobar informació i comunicar-la. M'heu entès?

McFar esborrà el somriure, va tossir lleugerament per escurar-se la gola, redreçà l'esquena i afirmà amb un cop de cap.

—Ja podeu marxar —somrigué Gordon.

McFar s'aixecà i es dirigí cap a la porta. No entenia res de res. Primer Gordon li somreia i el lloava, després l'esbroncava i finalment li dedicava un nou somrís. S'hauria tornat boig?

—La propera vegada que vingueu, espereu que us ho ordeni per embrutar la cadira amb el vostre cul —va escoltar que feia la veu de Gordon.

McFar va tombar lleugerament el cap. Tanmateix, no va respondre. Simplement obrí la porta, sortí i la tancà. Sí, Gordon devia haver perdut el seny.

Bé, tot havia sortit com era previst. L'idiota de McFar deia que no era ningú important, però quan algú l'hi demanés, no tindria més remei que explicar que ell havia consignat el nom a la llista. D'altra banda, Brenton era eficient i sabia que la importància de la gent no radica en el seu nom o en el càrrec que ocupa, sinó en les circumstàncies que l'envolten. De manera que havia fet una bona tasca, sense saber que Thomas Headking tenia una importància cabdal des de feia dies i que Gordon ho presentaria com una idea genial i Sir Blum hauria de pair moltes coses i engolir-se tot el vinagre i tota la mala llet dels darrers dies. No deia que Madrid s'havia de vestir? Doncs, Gordon vestiria la cort espanyola. Evidentment, el que no comunicaria era que ja tenia notícies de Headking des de feia temps.

*** ***

Allò era un insult. Gordon ho pagaria car. Molt car!, pensava Sir Blum. Aquell home gras i fastigós s'estava rient d'ell i volia deixar-lo en ridícul. No tan sols plantejava un pla absurd, sinó que gosava proposar el nom d'un assassí per a una missió tan delicada. I tant que ho pagaria car! Li havia amagat que Tom Headking fos a Espanya i ara, a més a més, demanava que el convertissin en poc menys que un heroi, el salvador de la pàtria. L'única solució ràpida i efectiva, deia Gordon.

—Tom Headking és responsable de la mort del meu nebot Peter i de l'estat actual de la meva germana, lady Miriam de Brooksheeld. Aquest malparit va fugir d'Anglaterra abans no se celebrés el judici i és un proscrit. No ho toleraré! —va cridar Sir Blum, davant de lord Grenville—. Sota cap circumstància.

—Anglaterra és per damunt de tots nosaltres i a tots plegats ens demana sacrificis —replicà el ministre.

—Lady Miriam, des del dia que Headking va matar el seu fill, viu un calvari. Va acabar patint un atac de feridura que l'ha deixat impedida. Té mig cos paralitzat, li costa caminar i parlar. Tom Headking és un criminal —repetí Sir

Blum amb ràbia continguda—. Va dur la desgràcia a la meva família i els vaig jurar, a Miriam i al seu marit William, que l'hi faria pagar.

Aquella havia estat una història, un trist episodi que va aixecar molta polseguera. William de Brooksheeld era amic personal del rei i la fugida del responsable de la mort del seu fill va ser un desgraciat incident que va afegir més llenya al foc. Tanmateix, Gordon tenia raó en una cosa: havien repassat la llista de possibles candidats i no en trobaven cap de disponible. Lord Grenville necessitava una solució, i ràpida.

—Si no accepta, m'ocuparé personalment que el duguin fins aquí, que el jutgin i que el pengin —digué.

—Si no s'hi avé, aniré a buscar-lo jo mateix —afegí Gordon.

—De debò? —exclamà Sir Blum—. Vós sabíeu que era a Barcelona i no me n'heu dit res. Ara us exigeixo que hi aneu i que torneu amb ell. En cas contrari...

—He tingut notícies de Headking per la llista de McFar. No en sabia res fins que Brenton em va dur tota la informació —mentí Gordon.

—Ateses les circumstàncies, crec convenient que vós us mantingueu allunyat d'aquest afer —els tallà lord Grenville, dirigint-se a Sir Blum.

—Sóc un dels caps dels Serveis d'Informació i no puc quedar-me al marge —replicà Sir Blum.

—I jo sóc el ministre i decidiré.

Sir Blum es va aixecar de la cadira, es disculpà i sortí del despatx amb un bon cop de porta. Lord Grenville va estar temptat d'aturar-lo i obligar-lo a seure de nou, però coneixia prou bé Sir Blum i era conscient del greuge que tot aquell afer li provocava. Bé! Alguna cosa hauria de fer al respecte, però ara havia de prendre decisions.

—El pla és bo, però em sembla que heu triat una persona que pot donar més d'un disgust —medità en veu alta.

—En sóc conscient, senyor. No obstant això, penseu que, si ha estat capaç de viure tot aquest temps perseguit pels nostres serveis i els ha burlat en una bona colla d'ocasions, és el nostre home. Viu a Barcelona i, si no fos perquè algú el va veure al carrer i el va reconèixer, no en tindríem cap notícia. Ha canviat de nom, ha creat un petit negoci i s'ha rigut de tots els perseguidors que Sir Blum li ha enviat al darrere. Sap què s'ha de fer amb una pistola a les mans o amb una espasa. I, per si fos poc, té deutes amb la justícia britànica. No em negareu que és tot un personatge i una gran troballa. A més, he estudiat el cas i hi ha certs detalls que no acaben de fer-me el pes. M'estic referint a l'afer entre el nebot de Sir Blum i Headking.

—No perdeu el temps amb misteris i dediqueu-vos al tema que ens ocupa —l'advertí Grenville, que prou coneixia que Gordon era com un buldog i quan anava darrere d'un afer que l'interessava podia perdre l'oremus, el nord, el rumb i tot el que es pot perdre.

—Entesos, senyor ministre.

Dos dies després, lord Grenville va ser cridat per William Pitt. Que anés acompanyat de Gordon, deia la nota.

—Heu cuinat un bon pastís —va fer Pitt, quan van arribar lord Grenville i Gordon—. Sir Blum ha parlat amb lord Bristol, i aquest volia parlar amb el rei. He hagut d'emprar tot el meu poder de persuasió per aturar el desastre.

—Ho sento i us demano disculpes, senyor —digué Gordon—. Però, Tom Headking és el nostre home. És educat, jove, emprenedor, intel·ligent i imaginatiu. Sap manegar l'espasa i no és mal tirador, malgrat que és prudent i discret.

—Prudent i discret? —aixecà una cella William Pitt.

—Duu una vida tranquil·la i no es fica en embolics. És un home amb iniciativa i imaginació, que sap amagar-se i que no se sent inclinat a fer-se veure gaire —Gordon callà un instant, i afegí amb decisió—: Seria com un alè d'aire fresc. Però, si ningú no s'arrisca, mai no canviarà res.

El primer ministre el mirà als ulls. Gordon era un bon element. I Pitt no s'equivocava gaire sovint amb la gent. Tanmateix...

—És per això que encara sou on sou, perquè he decidit arriscar-me. Més del que us imagineu. La idea que vau llençar damunt la taula té moltes possibilitats. Un home que pugui viatjar és un element molt valuós. M'explico amb claredat?

Gordon dirigí els ulls al terra i es mossegà els llavis. Mentalment era molt ràpid i el plantejament que acabava de fer el primer ministre, tal com havia dit, obria unes perspectives insospitades. De manera que afirmà lentament.

—Si Headking no accepta o falla, és home mort, perquè Sir Blum seguirà al front del cas —seguí parlant Pitt—. He hagut de cedir en aquest punt per poder continuar i vós haureu d'acceptar les seves ordres.

—Si és així, el fracàs pot ser absolut —intervingué lord Grenville—. Sir Blum té el cap molt dur i és força venjatiu. Si ha arribat fins a lord Bristol, pot seguir el seu camí i acabar condemnant el nostre home.

—Headking ja està condemnat. Viurà si accepta treballar per a Anglaterra, perquè llavors voldrà dir que és un bon anglès. Si més no, aquest és l'únic argument que ha aturat lord Bristol —féu Pitt—. En cas contrari, l'haureu de fer venir a Londres —llavors es va dirigí cap a Gordon i afegí —: Com sigui. M'heu entès? I aquest cop, procureu que no s'escapi.

—Sí, senyor —contestà Gordon.

—Bé! Doncs, no hi ha res més a dir.

—Disculpeu, senyor, però no hem parlat del preu —digué Gordon amb timidesa.

El primer ministre se'l va mirar amb sorpresa. Preu? De quin preu parlaven? Gordon es va aclarir la veu.

—Tot servei té el seu preu i Headking no farà res per res. Seria absurd.

—Conservarà la vida —respongué lord Grenville.

—L'ha conservada fins ara i sense l'ajut d'Anglaterra —replicà Gordon—. D'altra banda, ens interessa aquest home i presentar-nos amb les mans buides seria tant com fer-li el joc a Sir Blum.

—Si seguim el vostre pla, obtindrà diners i una vida còmoda —digué Pitt.

—I si aquest no és el preu? —va fer Gordon.

—On voleu anar a petar? —demanà Pitt—. Potser sabeu alguna cosa més, que no ens heu comunicat?

—He estudiat el cas de la Corona contra Thomas Headking i n'he tret bons ensenyaments. De vegades no tot són els diners i com ha dit lord Grenville, les finances van curtes. Si jo trobés un preu que no fossin diners, estaríeu disposats a pagar-lo?

—Per exemple?

—Encara no se m'ha acudit, però podria comptar amb vós?

—Si no hi emboliqueu ningú més, de cap servei ni de cap ministeri, sí.

—Entesos, senyor.

—Vull estar al corrent, de tot —féu Pitt—. I quan sapigueu quin preu pot demanar Headking, m'ho comuniqueu abans de prendre qualsevulla decisió.

—Així es farà —digué Grenville.

Els dos homes abandonaren el despatx del primer ministre i sortiren al carrer per pujar al cotxe que els havia portat.

William Pitt, des de la finestra, va contemplar com el cotxer fustigava els cavalls i com el vehicle arrencava i s'allunyava. Llavors, es dirigí cap a la seva taula, obrí el calaix, prengué la carpeta i n'examinà el contingut amb atenció. Ell també havia estudiat el cas de la Corona contra Thomas Headking i també n'havia tret conclusions.

El seu pare, que també havia ocupat càrrecs polítics importants, li havia dit en diverses ocasions que la vertadera intel·ligència d'un polític és saber-se envoltar de gent intel·ligent. Indubtablement, lord Grenville i Gordon ho eren. I molt! O ell anava molt equivocat o aquells dos homes també sabien quin era el preu de Tom Headking. Per això ell havia recalcat que ni cap servei ni cap ministeri s'hi veurien involucrats, perquè depenia d'una altra persona.

D'altra banda, estava més que convençut que Gordon havia copsat immediatament el seu suggeriment. Headking podia ser molt útil viatjant per Europa. Allò que Gordon no podia suposar era que Pitt també pensava en una altra idea. Thomas Headking podria ser l'esquer ideal per als serveis d'intel·ligència de França o d'Espanya, que serviria per protegir els espies convencionals. Havia de donar-hi més voltes, a aquella idea. I somrigué.

Aquella nit, per fi, la senyora Gordon va conèixer la idea del seu marit. Després d'escoltar-lo, al llit, quan anaven a dormir, va assentir i va somriure. Alfred Gordon va veure com el cap de la seva dona es bellugava munt i avall i es quedà satisfet. Si a ella li agradava, indubtablement era una bona idea. Va apagar el llum i es va quedar dormit gairebé a l'instant.

3.- LA GRÀCIA DEL REI

Barcelona era una ciutat plena de vida. El port rebia constantment nous vaixells carregats de mercaderies i d'allà tornaven a sortir amb nous carregaments per dirigir-se a tots els punts del Mediterrani.

La major part de la gent que omplia el carrer Bonaventura caminaven en una mateixa direcció: cap al mercat. Els carros carregats amb verdures i llegums, carn, formatges, oli, vi, pa i tot tipus de mercaderies entorpien el pas dels vianants i el soroll de les rodes de fusta damunt de l'empedrat feia que la cridòria s'enlairés fins a l'extrem que l'enrenou impedia mantenir una conversa amb un to mesurat. Només va faltar que un dels carros perdés una roda i tota la mercaderia caigués amb gran estrèpit.

Enmig de tot aquell terrabastall i de tant de tràfec, dos homes ben vestits i amb capa, que no s'adeien amb el quadre, intentaven sortejar els obstacles i evitar que la pols els atrapés. La gent del mercat repartia la seva curiositat entre l'accident i els nouvinguts. Un era alt i més aviat prim, duia un bastó amb el puny de plata i botes de mitja canya. L'altre era més baix que el seu acompanyant i gras, i duia mitges i sabates. Feien tota la fila de dos cavallers o dos homes de negocis perduts pels carrers de Barcelona. De tant en tant s'aturaven i miraven les cases. Finalment, van entrar en un cafè ple de treballadors que havien fet una aturada per prendre's un got de vi i escalfar-se un xic.

Només entrar-hi van veure l'home que ocupava una taula prop de la porta, que els va mirar. Ells van cercar una altra taula, es van treure els barrets, els van deixar damunt del banc de fusta i es van seure al costat de la finestra per poder observar el carrer i la porta.

Després de diversos intents, van aconseguir que un home ple i calb, que duia un davantal, que es bellugava entre les taules i que semblava l'amo, perquè donava ordres a tort i a dret, es fixés en ells i prengués nota mental de la seva comanda.

Encara van haver d'esperar una estona i insistir perquè l'amo del cafè es recordés de la seva comanda. No se n'havia oblidat, però a aquella hora el cafè era ple de gom a gom, es disculpà.

L'estiu no havia estat generós i aquell octubre era un mes fred a Barcelona. A Barcelona i a Londres, va pensar Gordon, després d'agafar amb les dues mans la tassa de cafè amb llet, ben calenta, que l'amo de l'establiment acabava de dipositar davant d'ell. S'hauria estimat més una tassa de te, però el seu company ja li havia advertit que a Espanya demanar un producte tan anglès era picar ferro fred. Va sentir una esgarrifança. La humitat del mar se li enganxava als ossos. Després va mirar el plat que contenia una llesca de pa moreno i cansalada. Sí, pertot arreu feia fred, aquella tardor, mormolà mentre bufava el líquid per refredar-lo un xic.

MALEÏT CATALÀ!

Ara recordava el viatge per mar, que havia estat força mogut per causa d'un vent fort que venia del nord, i els vaixells, a més, no li feien cap gràcia. Tanmateix, no s'hi va poder negar. Sir Blum s'havia venjat.

—Us n'encarregareu personalment —li havia ordenat, quan va veure que freturava d'arguments per discutir el pla del seu subordinat i que tota la seva autoritat moral li havia estat manllevada.

Sir Blum ho va dir amb la cara enrogida per la ràbia. Tom Headking no li portava records gaire agradables. Gordon no n'hi havia dit res, de la seva existència. I quant de temps feia, que hi vivia, a Barcelona? Dos anys. Maleït sigui! Però, com que ell també havia dit que havien de menester una solució ràpida, va haver de callar. No hi havia cap més possibilitat i Gordon, com sempre, tenia resposta per a tot. Tanta meticulositat el treia de polleguera. Tanta meticulositat i que hagués parlat amb el primer ministre, saltant-se tots els graons. No sabia si les coincidències són únicament això, coincidències, però el fet era que lord Grenville i Pitt duien el mateix nom de pila: William. A Sir Blum mai no li havia agradat aquell nom, malgrat que el seu cunyat es deia William de Brooksheeld i que Grenville ostentava el títol de baró i era membre del partit *tory*. Llavors, què hi feia al costat d'un *whig*? Els *whigs* eren republicans i demòcrates, mentre que els *tories* eren partidaris de les prerrogatives reials davant del parlament. A més a més, els *tories* sempre havien estat els defensors dels terratinents. No s'entenia. I ell, Sir Blum, què era? *Tory*, evidentment! Fins al moll de l'os.

Una setmana abans, Gordon havia desembarcat a Gibraltar. Era un lloc segur i discret. Així ho havien convingut. Ningú no s'estranyava que un vaixell anglès arribés a la immensa roca que era territori britànic des del tractat d'Utrecht de 1713, ara convertida en fortalesa mercès als túnels excavats dins la muntanya, que la feien inexpugnable. Allà l'esperava Albert Flint, segon secretari de l'ambaixada a Madrid, un home que coneixia prou bé Espanya i que parlava castellà. De res li havia servit argumentar que ell, Gordon, no parlava ni una paraula de castellà. Sir Blum, fins i tot, havia somrigut foteta.

—Em sorprendria que un detall insignificant us aturés. Sobretot, després d'haver presenciat la vostra audàcia davant lord Grenville, en plantejar un pla tan fantasiós —havia conclòs amb una espurna de victòria als ulls. Una victòria estúpida i minsa, però Sir Blum, malgrat que no era cap llumener, tampoc era un estúpid i no s'acontentaria amb les engrunes. Perseguia Headking: el premi gros.

Andalusia tenia un clima diferent, més càlid, però a mesura que pujaven cap al nord les coses van canviar. Havien trobat pluja prop de Toledo, però no a Madrid, una ciutat que creixia dia rere dia. La indústria començava a florir lentament i el naixent proletariat omplia cada cop més els carrers. La llarga tasca de dotar la capital de carreteres i camins que es dirigien cap als quatre punts cardinals començava a donar els seus fruits. La cort sempre serà la cort, i sempre arrossegarà prosperitat, meditava Gordon. Abans de sortir de Londres s'havia informat sobre la situació real d'Espanya, on la major part de la terra pertanyia a la noblesa i al clergat. La pagesia malvivia amb el poc que li quedava després de pagar les altes rendes als amos de la terra, i els grans senyors de la terra no invertien en cap millora i, fins i tot, tenien duanes interiors que dificultaven enormement el comerç. Als pobles l'analfabetisme era l'estat natural, mentre que a ciutat començaven a aparèixer veus il·lustrades que reclamaven canvis substancials, malgrat que entre els habitants de les grans urbs també regnava una ignorància considerable. El poder del rei era absolut i tot plegat era el més semblant a l'època feudal.

Després es dirigiren cap al nord-est i creuaren els Monegros. Gairebé un desert. També hi feia fred i la terra era seca. Va pensar que en arribar a Barcelona, la temperatura augmentaria. I així va ser, però la humitat ho espatllava tot.

Abans d'atrapar al carrer Bonaventura, Gordon havia ordenat Flint que comprès el *Diario de Barcelona*. Una publicació que havia nascut feia ben poc, concretament l'1 d'octubre d'aquell any 1792. Deien que era conservador, catòlic i monàrquic i que representava la primera premsa escrita d'Espanya amb una periodicitat constant i un interès per donar notícies d'Europa. Això sí que era una revolució. Tres anys abans, el 1789, el comte de Floridablanca va fer mans i mànigues per tal que no arribés a la població cap notícia procedent de l'exterior. Tenia por que la Declaració dels Drets de l'Home encengués fogueres que podien resultar perilloses per la monarquia. Sobretot després que els il·lustrats manifestessin inclinacions massa acusades pels plantejaments del poble francès, que no havien estat ben rebudes per l'Església Catòlica i, menys encara, per la Inquisició. I la religió catòlica, a Espanya, era molta religió i molt catòlica.

Dos anys abans havia nascut el *Diario de Valencia*, però el *Diario de Barcelona* havia aprofitat els avenços tècnics per convertir-se en un diari de debò. També hi afegien que defensava els interessos regionals. No és que Gordon el volgués llegir, perquè no entenia ni una paraula de castellà. De manera que el va llegir el seu company i li va traduir les notícies més importants, les que feien referència a Europa.

No hi havia gaire notícies per ressaltar. Europa, llevat de França, semblava que romania tranquil·la. Això, si més no, és el que es desprenia del diari. Tanmateix, Gordon sabia que una cosa és el que expliquen els diaris i una altra, de ben diferent, el que està passant de debò, perquè els periodistes rarament tenen accés a allò que amaguen els murs dels despatxos on es prenen les grans decisions i, a més, a Espanya, no estaven gaire ben vistos per les autoritats. A

Anglaterra, malgrat que la llibertat d'informar era un grau més alta, ell tenia constància de com es bellugaven els fils i de com arribaven les notícies al gran públic. Era un altre tipus de censura molt més discreta. De fet, llegir els diaris li servia per conèixer fins a quin punt el món estava informat de la realitat. I molts dies somreia divertit. ¿Algun d'aquells descarregadors de carros, que hi havia a la taverna, era conscient de tot el que s'hi coïa fora de les seves fronteres? Mirant les seves cares, escoltant com reien i bevien, la resposta era evident: no. Ai! La ignorància pot aportar felicitat. Si més no, momentània. De fet, Gordon hauria de confessar que els envejava. Ell, només quan tenia algun dels seus néts a la falda, podia oblidar durant breus instants el món. Molt breus. I la ignorància permet als que manen seguir manant sense interferències. Així és el món. Qui està al capdamunt sap que ho ha de dominar tot i que les notícies han de ser acurades, però només en el sentit que li siguin favorables. Per aquesta raó, el comte de Floridablanca havia donat instruccions al Sant Ofici de requisar tots els documents impresos i manuscrits que anessin en contra de la monarquia i del Papa. I els seus successors, tant Aranda com Godoy, continuaven amb tan profitosa política, però amb més discreció.

Ja feia una bona estona que eren al cafè quan van veure arribar un home moreno, més alt del que era habitual entre els habitants de Barcelona, que vestia una jaqueta que es veia d'una hora lluny que feia diverses funcions. La darrera havia estat un pèl moguda, va pensar, en veure que el nouvingut s'espolsava les mànigues per treure's del damunt la pols que hi havien deixat alguns sacs. No vestia mitges, sinó un pantaló gris i botes.

L'home que ocupava la taula prop de la porta, que els havia mirat significativament quan havien entrat, es va aixecar i va marxar. Aquest era el senyal convingut.

—Què, Don Tomàs? —va saludar l'amo del cafè al nouvingut, sense deixar de caminar cap a la cuina—. Com anem avui?

—Bé, bé —va respondre el jove.

Després va fer broma amb un parell de clients, saludà uns altres i s'assegué amb tanta naturalitat que Gordon va deduir a l'instant que era un client habitual.

—Ara mateix us porto l'esmorzar —va dir l'amo del cafè, mentre feia un gest amb la mà per indicar a uns altres clients que de seguida seria amb ells.

—Gràcies —somrigué aquell home, i desplegà el diari.

—Què han dit? —demanà Gordon a Flint.

—No he entès ni una paraula, excepte que l'amo de l'establiment li ha dit Don Tomàs.

—Havia cregut que m'acompanyàveu perquè parleu espanyol —se sorprengué Gordon.

—Jo sí, però ells no han parlat espanyol. Han parlat català —respongué Flint, i en veure el posat de babau de Gordon, explicà—: Espanya és un país força especial. Som a Catalunya i tenen la seva llengua i els seus costums.

—Ah! Com Irlanda? —va fer Gordon, i Flint assentí—. I ens entendrem amb ells? —demanà.

—Ja heu vist que sí. També parlen castellà, com molts irlandesos, que parlen anglès —somrigué Flint, tot senyalant l'esmorzar que tenien al davant.

Així doncs, Don Tomàs... reflexionà Gordon i va mirar l'home. Això volia dir que, tot i els seus vestits, en aquell barri se'l respectava. També li agradava estar informat i era l'únic que llegia el diari dins d'aquell local. Un home que sap llegir i escriure és algú important. Si, a més a més, parla anglès i francès i té un petit negoci, mereix el tractament de Don Tomàs, tot i la familiaritat amb què l'amo del cafè havia pronunciat el títol, va pensar Gordon, mentre Albert Flint li dirigia una mirada. Era l'home que buscaven? Aquesta va ser la pregunta que el seu acompanyant va llençar sense paraules i que Gordon va respondre amb una lleugera inclinació de cap. Així ho suposava, malgrat que mai no l'havia vist. I també imaginava que l'informador, que havia marxat just en arribar Don Tomàs, no s'havia equivocat.

Thomas Headking. Don Tomàs per a l'amo del cafè. Sí, segur que aquest era l'home que buscaven. La descripció de Sir Blum coincidia. El nas recte, els ulls vius, jove, semblava fort, malgrat que no era gaire corpulent. Per tant, havia de ser àgil. Sabia llegir. No era d'estranyar, si el seu pare havia estat mestre d'escola. Com devia haver arribat fins allà?

Encara que només fos per fer la guitza a Sir Blum, aquell jove ja li queia bé. No tenia pinta d'assassí, però... algun assassí en té? Gairebé ningú exhibeix els seus crims a la cara. Els errors, potser sí. Però, els crims són errors massa greus i s'han de disfressar.

Mercès a la gent que omplia el cafè, Gordon podia romandre amagat de la mirada de Tom Headking. No hi havia pressa. Sabia on vivia el jove, un xic més avall, més lluny del mercat, damunt del magatzem d'un drapaire.

El jove va acabar l'esmorzar, es va acomiadar dels clients, va pagar, va fer algun comentari amb l'amo del local, que li demanava sobre el que hi deia al diari, tal com va deduir Gordon, i va sortir per tirar carrer avall. Devia haver enllestit la feina del dia i tornava a casa.

Ara sí que havia arribat el moment de fer les coneixences.

Gordon va fer un gest a Flint, que es va fer càrrec de pagar el compte, i van sortir al carrer. No calia córrer. Prou sabien on anaven. De manera que van deixar que Headking arribés a casa seva i s'endinsés al portal. Van calcular que ja devia ser dalt i llavors van decidir que ja podien pujar-hi.

Tom Headking va tancar la porta i es va treure la jaqueta. A l'altura del colze va descobrir que la tela estava desgastada i que aviat allà apareixeria un estrip. Se n'hauria de comprar una de nova. El petit negoci personal començava a rutllar, però no tenia temps. Havia de rebre un nou carregament d'olives. Potser dilluns vinent, quan la feina hauria disminuït, s'atansaria fins al sastre que vivia dos carrers més amunt i miraria si disposava d'alguna cosa que li anés bé. No gaire cara, però.

Havia triat el nom de Tomàs Garcia i en aquell barri tenien entès que havia arribat a Barcelona després de viure de petit a Bèlgica, on suposadament havien mort els seus pares. Això explicava el deix en l'accent i que parlés francès i anglès. Vint-i-cinc anys i solter, no tenia amants, malgrat que era alt i les dones el consideraven atractiu. La seva mare, segons explicava, era belga. Això també explicava que fos alt. No es ficava en cap embolic, no se'l veia per les festes, no alternava... Era, en definitiva, un home gris que no aixecava cap interès i, menys encara, en una ciutat oberta al mar que rebia constantment gent de tota mena, per la qual cosa els nouvinguts deixaven de ser novetat de seguida.

S'havia llevat a les cinc del matí, s'havia dirigit al port i no havia parat fins que totes les olives ja eren a les parades del mercat. Sacs i caixes, amunt i avall. Ara estava cansat. S'atansà a la finestra i contemplà el cel de Barcelona, que s'havia despertat com cada dia. Ell també s'havia llevat com cada dia.

Dos anys enrere va arribar a aquella ciutat amb quatre rals i ara ocupava unes habitacions al carrer Bonaventura. Allà dormia i rebia els seus clients i proveïdors. No era el millor lloc del món, però estava a prop del mercat i, si més no, era decent. L'únic problema d'aquell habitatge era que, de tant en tant, li arribava la flaire del drapaire, sobretot a l'estiu, quan la calor l'obligava a obrir la finestra i el sol arrencava la pudor de podrit del racó on s'amuntegaven les porqueries que no servien per a res més que com a cau de rates. Hauria volgut cercar unes estances més adients, però els diners d'un home que arrenca un negoci no arriben gaire lluny. Primer s'ha de pagar els proveïdors, per tal que vegin que poden confiar en ell. De manera que, pel moment, s'havia de conformar amb aquell forat. Calia un xic de paciència i, tard o d'hora, tot canviaria. El seu pare sempre li havia dit que hem nascut dins d'una família i d'un entorn i que cal acceptar aquestes circumstàncies. Tanmateix, ell vivia convençut que, si bé cal acceptar-les, també s'ha de lluitar per millorar-les. Si no hagués passat tot el que havia passat, ell encara seria a Reigate, la petita ciutat situada unes llegües al sud de Londres, i, possiblement, hauria acabat com el seu pare, mestre d'una escola rural i sense cap més futur que viure humilment i abaixar el cap cada cop que es creuava amb els grans senyors.

Saltar al continent i fugir durant gairebé cinc anys l'havia ensenyat a sobreviure en condicions ben precàries. Aleshores ja parlava francès i una mica d'italià. França, en aquells dies, era un bon amagatall, si pretenies fugir dels britànics, però no era un país segur. Els francesos se'l miraven amb recel. El seu accent el delatava i ja estava fart de donar explicacions. Per aquesta raó va decidir que Bèlgica era un lloc més adient. I ho va ser durant un temps, fins que els omnipresents britànics van trobar-lo i van demanar a les autoritats que l'empresonessin. Llavors, va haver de fugir cap al sud, cap a Àustria, que tampoc va resultar cap bona solució. L'alemany era un idioma massa complicat per poder aprendre'l en poc temps i els treballs que trobava eren cada cop pitjors. A més, el perseguien contínuament. Llavors, va baixar fins Grècia, es va enrolar en un vaixell i desembarcà a les costes africanes.

Àfrica no el va acollir bé. No s'entenia amb aquella gent. Els seus costums eren tan diferents i la seva llengua tan complicada que se sentia un estrany entre estranys. Però, si més no, la seva estada en aquelles terres va servir perquè els seus perseguidors s'oblidessin d'ell i va poder sobreviure.

Finalment, va arribar al Marroc i d'allà va saltar de nou al continent.

Espanya era completament diferent. La gent tenia un tarannà més obert, era alegre i divertida. El castellà s'assemblava a l'italià i es va fer de seguida amb els habitants d'aquelles terres, que li van donar tota mena de facilitats, perquè feien esforços per entendre'l. Primer va estar per terres andaluses, per aquells camins plens de pols, amb una calor que en certs moments li recordava el desert. Després va seguir cap al nord, pujant, fins que va arribar a Madrid, una ciutat que despertava amb força, amb cent setanta mil habitants, que havia crescut perquè era la capital del regne i seu de la cort. En definitiva, una nova oportunitat. Va treballar pels mercats, estalviant tant com podia, malvivint, fins que arreplegà quatre rals i va viatjar cap al sud per comprar uns quants sacs d'olives. En el seu viatge per Andalusia havia vist els camps de conreus i, després d'una estada pels mercats de Madrid, se li havia acudit que podia muntar un negoci d'olives.

Tot va anar bé durant uns mesos, va realitzar diversos viatges a Andalusia, va fer coneixences, va començar a comprar i va entrar dins del món del suborn als funcionaris de les duanes interiors. En fi, que tot començava a rutllar, fins que, un dia, algú de l'ambaixada de Madrid es va interessar per ell i va haver de sortir esperitat cap al nord-est, fins atrapar Barcelona, una ciutat portuària on, si les coses anaven mal dades, podria prendre un vaixell i fugir més ràpidament. Allà va muntar de nou el seu negoci i, de mica en mica, durant dos anys, havia anat prosperant lentament. Ja no li calia viatjar a Andalusia amb tanta freqüència. Tenia contactes a Jaén, que li enviaven la mercaderia per mar i, de retruc, s'estalviava una bona part del suborns als duaners interiors. Vés per on, encara hi havia sortit guanyant.

Llogar aquelles habitacions va ser un gran pas endavant. Ja podia rebre clients i negociar amb altres proveïdors més propers que no pas els del sud, i en un lloc, si més no, digne. Ara, començava a tenir compte obert en dos d'ells i ja no havia de pagar-los al comptat. També era cert que la gent havia deixat de parlar del belga, per dir-li Don Tomàs. A més, afegien que se'l veia educat, i això d'haver viatjat molt li atorgava una aurèola de senyor. I és clar que també s'havia de tenir present el respecte que va aconseguir després de desfer-se dels tres galifardeus, primer d'un i després de dos més, que li havia enviat Brunell, l'home que governava l'entramat de relacions que bellugava la major part de diners del port i del mercat i que veia de mal ull que algú pretengués fer-se un forat en el seu territori. De manera que no tot havien estat flors i violes. Però, ara, era Don Tomàs, un home que anava per lliure, sense haver de pagar ni proteccions ni peatges. Una excepció que confirmava la regla. A més, havia après el català. Mal parlat, però suficient per fer-se entendre. I això era un punt positiu entre la gent del barri.

Se sentia cansat. Hauria de prendre algun mosso al seu servei, algú que l'ajudés a descarregar les mercaderies. Així, ell podria dedicar-se més a cercar nous clients. Ja en va tenir un, d'ajudant, però un dia va patir un accident i es va trencar els dos braços. Un accident en el qual Brunell havia tingut alguna cosa a veure. Si bé el deixava en pau, a ell personalment, també volia deixar ben clar que no permetria que ningú treballés a les seves ordres. Una cosa és una excepció i una altra, de ben diferent, és un furóncol al clatell que comença a créixer massa ràpid. Hauria de buscar algú que fos especial, com ell, sense por. Si no, ja havia tocat sostre.

En aquell precís instant va escoltar uns cops a la porta i es va sorprendre. Aquell matí no esperava ningú. Va respirar fondo i va apartar els seus pensaments per anar a veure qui era.

—Tomàs Garcia? —va demanar l'home que va aparèixer tan bon punt va obrir.

No era d'allà, evidentment. Havia pronunciat el seu nom amb un marcat accent anglès. A més, era massa alt, anava ben vestit i el caient de la roba li recordava altres temps i altres llocs.

—Per servir-lo —va fer, no obstant això, en català.

L'home va somriure. Venia acompanyat d'un altre que era gras i moreno.

—Podem passar? —va dir l'home alt, en anglès.

Tomàs es va apartar i els va deixar entrar. Després va fer una ullada a l'escala. No hi havia ningú més. Va tancar la porta i conduí els seus visitants fins al petit despatx del darrere. Pel camí va prendre la jaqueta i se la posà. Calia estar a l'altura de les circumstàncies i no podia rebre dos cavallers en mànigues de camisa.

—L'única cosa que us puc oferir és un got d'aigua —digué, alhora que els indicava on podien seure. En aquesta ocasió havia emprat l'anglès.

L'home gras, que no havia parlat, va mirar la seva cadira. Era plena de pols. Tom se'n va adonar, va prendre un drap que hi havia damunt d'una posella i la netejà. Llavors, es va tombar per fer el mateix amb l'altra cadira, però el seu acompanyant ja s'hi havia assegut.

—El meu nom és Albert Flint. Li presento el senyor Alfred Gordon. Som del ministeri d'afers estrangers de Sa Majestat George III —va fer l'home alt.

L'altre romania en silenci i passejava la seva mirada pertot arreu.

No era un habitatge miserable, però tampoc no era senyorívol. Mobles vells i atrotinats, parets que feia anys i panys que no rebien la visita de cap pintor, alguna taca d'humitat i poca cosa més. De fet, la seva tasca seria molt més senzilla del que havia imaginat, pensà Gordon.

En dos anys ningú no l'havia molestat, ningú que no fos anglès, i Tom Headking vivia convençut que ja s'havien oblidat d'ell. A més, les relacions entre Espanya i el govern de Sa Majestat no eren el bo i millor que calia esperar. L'etern conflicte, no declarat, entre les dues potències per obtenir la supremacia al continent americà imposava sempre una situació tensa. No feia ni dos anys que havia esclatat una crisi que havia durat uns mesos. Què hi feien, doncs, aquells homes allà? Instintivament va pensar que tenia guardada una pistola a la calaixera de l'habitació, però era massa lluny. Si intentava alguna cosa i ells anaven armats, havia begut oli.

—Què puc fer per vostès? —demanà.

—Més que per nosaltres, per Anglaterra —respongué Flint amb un somriure.

—Per Anglaterra? —s'estranyà el jove. Aquella era l'última resposta que s'hauria esperat—. Jo? —encara hi afegí—: Crec que us equivoqueu de persona.

—Depèn de si vós sou el Thomas Headking que va néixer a Reigate i que va haver de fugir després d'haver mort el fill del senyor de Brooksheeld, cunyat de Sir Arthur Blum, el cap dels Serveis d'Informació del Ministeri.

El jove es va quedar en silenci i amb un posat de babau.

—Si haguéssim volgut, podríem haver-nos presentat d'una manera... força diferent, però hem vingut per parlar tranquil·lament —digué Flint.

Headking encara va dubtar uns moments. Era massa evident que aquell parell sabia molt bé qui buscaven i que no s'havien equivocat de persona. Per tant, no pagava la pena fer-se l'orni. A més, com acabava de dir Flint, no semblava que vinguessin amb ganes de gresca. En cas contrari, l'encontre hauria estat força diferent i, potser, en un carreró solitari, com els missatgers de Brunell.

—Ja fa uns quants anys d'això i som molt lluny d'Anglaterra —replicà sense deixar d'observar els seus visitants. Sobretot, els ulls i les mans.

—Quatre anys. Gairebé cinc, per ser exactes. Quatre anys que no han estat gaire generosos amb vós. La vostra mare...

—Ella no hi va tenir res a veure, en aquell afer —es posà en guàrdia Headking.

—No he dit pas el contrari —replicà Flint.

—Va ser una lluita neta, malgrat que ningú no em va voler escoltar. Ni la policia ni el jutge.

—Potser és cert, però vau fugir i encara sou un fugitiu de la justícia britànica.

—Ell acabava de matar el meu pare i vaig prendre l'espasa. Tothom ho sap. Què hauríeu fet vós, en el meu lloc? El duel va ser més net i noble que no pas el d'ell amb el meu pare, que no sabia ni el que havia de fer amb una espasa a la mà. Allò sí que va ser un crim.

—Tampoc ho negaré. Jo no hi era —seguí responent Flint amb la mateixa flegma.

—Però, m'heu condemnat.

—No sóc cap jutge. Vau ser condemnat en rebel·lia, per haver fugit. Qui més va perdre va ser el sergent de policia que vau burlar. Va ser apartat del cos.

—Si no arribo a fugir, quines garanties hauria tingut? Què val la meva paraula, la d'un plebeu, davant la paraula dels nobles? —seguí atacant Headking.

—En aquests moments tenim un primer ministre *whig* i us puc assegurar que la justícia és equànime.

—Vaig ser acusat d'haver mort el fill de Brooksheeld a traïció i tothom s'ho va creure, perquè els testimonis van callar. De debò creieu que la justícia és la mateixa per a tothom? —somrigué Headking.

—Per això hem vingut —intervingué per primer cop Gordon. Pel to en què havia respost i per la manera com Flint se'l va mirar, Headking va deduir que era qui manava de debò. Més encara, quan va continuar—: Fa dos anys que sou aquí, a Barcelona, i ningú no us ha molestat, malgrat que coneixíem la vostra existència. No hauria estat gaire difícil enviar algú que us obligués a tornar a Londres per ser jutjat o que... —va fer un gest amb el cap, prou entenedor—. No obstant això, no ho hem fet. Al contrari, hem revisat el vostre cas i pensem que, potser, teniu raó i que va ser com vós expliqueu. Si més no, això és el que una persona ha insinuat.

—Qui és aquesta persona?

—Pel moment s'estima més romandre a l'anonimat.

—Llavors, que se celebri el judici i que declari al meu favor.

—No és tan senzill. Caldria convèncer-la. Per això, quan he parlat del vostre cas amb Sir Blum, li he dit que estic segur que sou un anglès de cap a peus —explicà Gordon.

—Heu parlat amb Sir Blum? —gairebé rigué Headking.

—La idea no li ha agradat gaire —confessà Gordon—. Tanmateix, me n'ha demanat una prova i jo li he dit que seríeu capaç de fer qualsevulla cosa pel vostre país. Llavors, m'ha contestat que, si és cert que sou un anglès de cap a peus, ell no tindria cap inconvenient a demanar i, evidentment, obtenir per a vós la gràcia del rei. La vostra mare és una dona gran que, de ben segur, se sentiria feliç de tornar a veure el seu fill. Ha estat malalta i ja no pot treballar com abans —va fer un curt silenci—. Ho sabíeu, que ha estat malalta?

Headking va baixar la mirada.

—No —murmurà—. No en tenia cap notícia. No em puc permetre el luxe de comunicar-me amb ella per no comprometre-la.

—Sento haver estat jo, qui us ha dut la notícia —va fer Gordon, i va callar uns instants, fins que Headking semblà haver paït la notícia. Llavors, prosseguí—: M'agradaria que poguéssiu visitar-la i visitar la tomba del vostre pare. Sé que no és cap consol, però és tot el que us puc oferir. Això i la gràcia del rei.

—M'oferiu la gràcia del rei per haver-me defensat, per haver venjat la mort del meu pare i per no permetre que aquell idiota em matés?

És un jove agradable, va pensar Gordon. I força lluitador. Fins i tot, estava ben inclinat a creure la seva història. Com és normal, era mentida que haguessin revisat el seu cas, com també era mentida que ningú hagués insinuat res o que la seva mare hagués estat malalta o que Sir Blum estigués disposat a intercedir per ell prop del rei, però el perdó sí que el podia obtenir. Havia parlat amb William Pitt abans de salpar cap a Gibraltar i havia obtingut la seva paraula que, si Headking acceptava, presentaria el cas al rei. De manera que es tractava de mentides menors davant d'una veritat més gran i, per tant, quedaven justificades.

—És més ràpid i més segur que un judici. No creieu? —va fer Gordon.

—No dieu que la justícia britànica és equànime i, a més, que hi ha algú que pot declara a favor meu? Per què, llavors, haig de menester el perdó?

I és clar que li agradava aquell jove. Era culte i tenia resposta per a tot. Calia anar amb compte amb les paraules.

—No us he ofert el perdó —somrigué Gordon, que tenia fama de ser un rival difícil de guanyar, en el terreny de la dialèctica.

—Ah, no?

—No. El perdó s'ofereix als culpables. La gràcia del rei significa que la justícia oblida l'afer i, per tant, no sou responsable de res. Encara no heu estat jutjat. Compreneu la diferència?

Headking assentí lentament.

—Quan podré visitar la meva mare i resar davant la tomba del meu pare? —demanà.

61

—Haureu de tenir un xic de paciència. Abans, heu de fer un servei al govern de Sa Majestat.

—Quina mena de servei?

—Seguir les meves instruccions. No us enganyaré. El treball no és senzill, però el favor que podeu fer a Anglaterra justificaria qualsevulla gràcia. Accepteu?

Headking es va aixecar i s'atansà a la finestra. El cel de Barcelona era blau. El d'Anglaterra no era tan viu, però ja feia massa temps que no el veia, i l'enyorava. De la mateixa manera que recordava els camps d'un verd intens, la seva mare i... el seu pare. Quatre anys són molts anys per a una dona gran. Quatre anys és molt de temps per algú que no veu el seu fill, que no en té cap notícia, que no sap si és viu o mort. I quatre anys eren molts anys també per a ell. Gordon deia que Anglaterra el necessitava i que Sir Blum estava disposat a oblidar que va ser ell qui el va perseguir com si fos un animal. Pagava la pena qualsevol sacrifici per recuperar el passat i la vida.

—Accepto —va respondre—. Sempre i quan pugui emprar el meu nom vertader, sense amagar-me, a plena llum del dia —afegí—. No sóc cap criminal.

Gordon va deixar caure lentament el cap en un gest d'assentiment. De fet ja havia pensat proposar-ho ell. Entrava dins dels seus plans, però millor que s'hagués avançat el jove.

—Seieu, que hem de parlar força estona —somrigué.

I Tom, més tranquil, s'assegué i escoltà.

4.- NOUS HORITZONS

A la gran portalada per on entraven els carros s'hi podia llegir Productos Erquiza, una paraula a cadascuna de les fulles fetes amb grans làmines de fusta de noguera enfosquida per la llum del sol, símbol de l'empenta del negoci. Per allà arribaven des de formatges de diverses procedències d'Espanya fins embotits, sense oblidar olis, vins i tot tipus d'aliment que es pogués conservar durant cert temps. A primera hora del matí els empleats entraven per una petita porta que hi havia just sota el nom d'Erquiza, pintat amb lletres ben grans i un color ben blanc, immaculat, que Santiago Erquiza, Don Santiago, feia repassar cada temporada. Un altre símbol que els indicava qui era l'amo.

Don Santiago, havia aconseguit engrandir el petit negoci que va fundar el seu pare, Pedro Erquiza, i s'havia guanyat a pols el respecte dels seus competidors, després d'haver aconseguit ser uns dels proveïdors del Palau Real. Més valia que no expliqués com ho havia aconseguit ni el que li havia costat. El fet és que durant anys va treballar com ningú, va aconseguir clients i més clients i va estendre la seva xarxa des de Madrid cap al nord-est fins a Saragossa, cap al nord-oest fins a Valladolid i cap al sud fins a Ciutat Real. Però, des feia dies, la nau cada cop estava més buida i més trista. On abans hi havia caixes i sacs, ara apareixien racons buits i els empleats a estones romanien mà sobre mà.

Tan bo punt s'obrí la petita porta i va aparèixer aquell home no gaire alt, però força cepat, es va trencar la rotllana, els empleats van deixar de parlar i la nau recuperà el moviment. Don Santiago es va aturar un instant, dubtà i, finalment, va decidir no dir res i enfilà cap a l'escala que conduïa al seu despatx, situat damunt la nau que li servia per rebre les mercaderies. No va saludar ningú. Aquella era una manera de demostrar que el que havia vist en arribar no li havia agradat. L'absència de l'amo no significa que no hi hagi feina.

Just obrir la porta del despatx, un home menut, amb ulleres, que corria com un pingüí, el va atrapar. Era Manolo, el comptable. Sempre anava amb els llibres sota el braç i tothom deia que ells i ell formaven una unitat indissoluble. Tant era així que, quan els empleats, o el mateix Erquiza, se'l trobaven pel carrer sense res a les mans, dubtaven que fos ell.

—Don Santiago, hem de parlar —li va dir amb els llibres dels comptes sota el braç.

Erquiza va fer que sí, amb el cap, i sospirà llargament. Havien de parlar. Aquesta frase, pronunciada per Manolo, era un mal averany. Si tot anava com calia, gairebé no parlaven mai, excepte per saludar-se.

La figura de l'empresari contrastava poderosament amb la del seu comptable. El seu cos era voluminós i les mans amples i fortes. Ningú no podia negar que es tractava d'un home que, quan calia, sabia arremangar-se i no li queien els anells. Als seus cinquanta-set anys tenia dues filles. La seva esposa Gertrudis, que Déu l'hagi perdonada, havia mort feia dos anys sense donar-li cap fill mascle, i ell, amb tot el tràfec del negoci, sempre amunt i avall, no s'havia tornat a casar. Malgrat que desitjava un hereu, semblava que no disposava de temps per aquestes coses. Algú comentava que es treia la fam amb carn comprada, de la que s'exposava generosament dos carrers més avall del mercat, on les balconades dels escots mostraven una mercaderia que rivalitzava amb els melons presentats a les parades.

Petra, la filla gran d'Erquiza, s'havia casat amb un funcionari del tresor, que no era gaire intel·ligent i, per tant, Don Santiago no podia comptar amb ell perquè l'ajudés a dur el negoci. El seu gendre Manuel era fill d'una bona família i, si més no, ja en tenia una de col·locada. L'altra, Angelines, comptava disset anys, havia tingut dos pretendents i els havia espantat amb aquell caràcter de mil dimonis. Per això es va esgarrifar quan va rebre la notícia que el vaixell que anava camí de Cuba havia desaparegut amb tot el carregament d'oli, de formatges i d'arengades. Déu meu! Ho havia invertit gairebé tot en aquella nova aventura que li havia de permetre fer un gran salt endavant. Si més no, aquest era el projecte que li havia proposat Lluís de Montmarfart, un home que va conèixer en un sopar. Des de Cadis directament a Cuba, i des d'allà a tot el continent Americà. Això li havia proposat. Un gran negoci, perquè Montmarfart, que segons afirmava venia de les Amèriques, coneixia a bastament el terreny. I el va engalipar amb tota la verborrea que era capaç de desplegar.

—Don Pedro, el director del banc, vol que vagi a veure'l —li va comunicar Manolo, només tancar la porta.

Durant gairebé tres mesos havia estat esperant notícies del vaixell desaparegut, però semblava que se l'hagués engolit el mar. I a mesura que passaven els dies i les setmanes, va anar fent un repàs de tots els esdeveniments.

Però, com podia haver estat tan imbècil? Montmarfart el va convèncer perquè comprés un vaixell. Ell en compraria un altre a Amèrica i, d'aquesta manera, podrien fer dos viatges alhora. Un des del Nou Continent cap a Espanya i l'altre en sentit contrari. Duplicarien els beneficis. I tant i tant va parlar d'aquell suposat gran negoci que Erquiza va demanar un crèdit al banc, va hipotecar la casa, va vendre part de les seves propietats i va invertir fins el darrer ral. Ell, que mai no havia vist el mar, esdevindria armador.

Un gran negoci? Ja no havia tornat a veure ni el vaixell ni Montmarfart. Com s'havien perdut? Ningú no ho sabia i Erquiza, de mica en mica, va arribar a la conclusió que havia estat víctima d'una monumental estafa i que els diners, el seu suposat soci i el vaixell devien trobar-se perduts per aquests móns de Déu. I ell, arruïnat.

Els rumors sobre que aquella desgràcia l'havia deixat a dues espelmes no van trigar gaire a començar a circular i els proveïdors el van venir a visitar. Semblava que tothom s'havia posat d'acord, no pas per ajudar-lo, sinó com voltors que planegen damunt d'un cadàver. «No és que dubtem de la vostra capacitat per refer-vos, però donades les circumstàncies...» En fi, que volien saber si podien seguir sent els seus proveïdors. La traducció no era difícil de fer: cobrarem?

I ell, què els havia de dir? Que sí, naturalment. Que tot seguia igual, que allò no era res més que un petit ensurt, que segurament el vaixell apareixeria, que...

Un petit ensurt? El darrer mes havia suposat un veritable calvari. Com pagaria les mercaderies, si no podia ni tornar els diners al banc? Les comandes van començar a minvar, els proveïdors només volien cobrar al comptat i ja es veia ensorrat, completament arruïnat, sense cap altra possibilitat que demanar caritat als seus parents, amics i coneguts. Tanmateix, qui li faria costat? Havia temptejat el terreny i el futur no era gens afalagador. Quan les coses et van bé, tothom és amb tu, però quan van mal dades... tothom fuig. Fins i tot el seu consogre li havia insinuat que eren mals temps per tothom, que ell també havia tingut problemes. És a dir: no comptis amb mi.

I ara, el director del banc volia que anés a veure'l. Si és ell que demana que el vagi a veure, significa que ha deixat de ser un client interessant. No cal donar-hi més voltes. Potser s'havia embarcat en una aventura massa gran per a les seves possibilitats. El crèdit va servir per comprar els locals de Cadis, el vaixell i la càrrega, avançar els diners de la tripulació, donar-ne al seu soci per fer front a no sé quins compromisos i per pagar els jornals dels treballadors durant els primers mesos. El problema era que no havia assegurat ni el vaixell ni el carregament per poder estalviar alguns rals, i la casa, la nau de Madrid i les terres que tenia a Andalusia no cobrien el total del deute. Tot se n'havia anat en orris.

—Paco, Genaro i Mariano m'han dit que volen marxar —va sentir que feia la veu de Manolo.

La va sentir com si vingués de lluny, com si tot allò formés part d'un malson. Un malson que ja durava massa temps. En els darrers quinze dies, dos empleats més havien demanat el compte i havien marxat. Els havia pagat amb els pocs diners que guardava a casa. I ho va fer en un desesperat intent per aconseguir que pensessin que encara disposava de recursos i que se'n podia sortir o que succeís un miracle i el vaixell aparegués. Tanmateix, els rumors circulaven, no havia pogut fer efectiu el primer pagament del préstec a la data convinguda amb el banc i ara ja no li quedava res de res. Arribat el divendres, no podria ni pagar els jornals.

—També ha vingut un home, que vol parlar amb vós —seguia informant Manolo.

—Qui és? —va obrir per primer cop la boca.

—No l'havia vist mai, però va ben vestit i és estranger. Li he dit que éreu a punt d'arribar i m'ha respost que tornaria de seguida.

67

Albert Salvadó

Van escoltar uns cops a la porta i aparegué un empleat.

—Don Santiago, demanen per vós —va dir aquell home, amb la gorra a la mà.

—Deu ser l'home que ha vingut abans —va fer Manolo.

—Sí, és el mateix —confirmà l'empleat.

—Fes-lo pujar —ordenà Santiago Erquiza. Potser era el miracle que esperava i li duia notícies de Montmarfart.

—Don Santiago... —dubtà l'empleat.

—Què vols, Genaro?

—El senyor Manolo ja li ha dit que...?

—Sí, ja m'ha dit que totes les rates abandonen el vaixell —afirmà Erquiza amb un gest de menyspreu.

—Don Santiago, tinc família i...

—No t'amoïnis, que la setmana vinent cobrareu i podreu fugir. Fes pujar aquest home.

La porta es tancà i Manolo mirà Don Santiago.

—No hi ha diners per pagar ningú —digué el comptable —. Potser vós teniu alguna cosa? —demanà.

No hi va haver resposta, sinó un lleuger moviment de cap per part d'Erquiza. En sentit negatiu, evidentment. No calia afegir-hi res mes.

—Bé! Veuré que vol aquest home i després seguirem despatxant —conclogué la conversa.

Manolo va recollir els llibres alhora que Genaro obria la porta i feia entrar un home jove, moreno, alt i ben vestit.

—Bon dia —saludà Erquiza—. En què us puc servir? —preguntà.

—El meu nom és Thomas Headking —es presentà aquell jove, mentre es treia lentament els guants i allargava la mà per rebre l'encaixada.

Erquiza li va oferir la cadira que hi havia a l'altre costat de la taula i es disposà a escoltar. Se sentia neguitós.

—Veniu de part del senyor Montmarfart? —no s'hi va poder estar de demanar.

68

—No conec aquest senyor. Venia per parlar-vos d'un altre tema, d'una proposició que pot resultar força beneficiosa —va explicar Headking.

Una proposició? Erquiza es va estranyar. Era l'última cosa que esperava escoltar.

—De què es tracta? —preguntà, tens.

—M'han dit que disposeu d'uns locals a Cadis. El Mediterrani comença a ser perillós i Cadis és un punt molt ben situat per exportar a Europa tot pujant per l'Atlàntic.

La ràbia s'apoderà de Don Santiago. Exportació! Un altre malparit que volia treure-li alguna cosa.

—Ah, sí? —va fer—. I què penseu que podem exportar?

—Formatge, oli, embotits, olives i tot allò que puguem imaginar.

Ai! Aquella cantarella ja l'havia escoltada en boca de Montmarfart i ara necessitava trenta mil rals, i aviat. En cas contrari, estava més que perdut. La sang li pujà al cap.

—Sortiu d'aquí ara mateix —es va aixecar amb violència.

—No entenc en què us he pogut ofendre —digué Headking.

—O marxeu ara mateix o ordenaré els meus empleats que us facin fora —amenaçà.

—Potser no he vingut en un bon moment.

Aquell jove tenia pebrots, va pensar Erquiza. Com podia dir allò i quedar-se tan ample? I Montmarfart, també. Tot eren amabilitats, fins que va desaparèixer, després d'enganyar-lo i d'arruïnar-lo.

Erquiza va arribar fins la porta i l'obrí amb decisió. Aquella conversa s'havia acabat.

Tom Headking es va aixecar de la cadira amb calma.

—M'hauríeu d'escoltar —va fer.

—Fora! —cridà Erquiza.

I va tancar amb un bon cop de porta. A més de prendre-li els diners, l'havien pres per idiota, va pensar.

—Manolo! —cridà, i el comptable aparegué a l'instant—. Si ve un altre senyor per proposar-me un negoci fabulós, fes-lo escales avall.

—Sí, senyor.

Es va deixar caure a la cadira, derrotat, i passejà la mirada per aquell despatx. Ho hauria de vendre tot. De compradors no li'n faltarien, però el preu... Els competidors li farien la pell. Tants anys, tant d'esforç i tot s'havia perdut. Ja era massa gran i se sentia massa cansat per tornar a començar. Algú li donaria treball? Sí, segur! No havia d'oblidar que coneixia els clients i el mercat. I Manolo? També li buscaria feina. Era un home treballador i lleial. Portaven junts, pel capbaix, vint anys i en tot aquell temps l'havia servit amb fidelitat. Ai, Manolo! I pensar que havia decidit que quan es retirés li donaria uns diners extres... Ara tot quedava només en bones intencions.

*** ***

Ho va endarrerir tant com va poder, però els dies passaven sense cap esperança i al final va arribar a la conclusió que els mals tràngols com més aviat millor, i que no ens podem amagar eternament. De manera que Don Santiago respirà fondo i entrà al banc. Havia rumiat tots els arguments que empraria quan fos davant del director. «El deute és molt elevat i les propietats no el cobreixen», segurament li diria Don Pedro, el director, amb aquell bigoti llarg i negre que es pintava per semblar més jove. I ho diria agafant-se les solapes de la jaqueta amb les mans, amb el gest greu d'un jutge. Ja n'era conscient, li respondria ell. Tanmateix, encara era el proveïdor del Palau Real i, amb bona voluntat per part de tots i un nou crèdit, podia continuar endavant i refer-se. No seria fàcil, però existia una possibilitat. Naturalment amagaria que el rei no pagava amb la celeritat que calia i que, si no podia servir la propera comanda o si no satisfeia la *gratificació* que era costum *oferir* a certs funcionaris, ho perdria tot. A la cort i a Madrid tot tenia els seus camins i s'havien de respectar i, fins i tot, agombolar, no fos que algú més espavilat et trepitgés el negoci, que, quan hi ha diners pel mig, les lleialtats són massa fràgils. De manera que havien estudiat tots els números, amb Manolo, des d'un cantó i des de l'altre, i els havien refet cent vegades. No seria fàcil. No seria fàcil? Havia inflat les possibles vendes i els probables beneficis fins a extrems increïbles. S'ho empassaria, Don Pedro? Potser, sí. Manolo era tot un artista amb els números.

L'empleat del banc, un home que creuava les mans com un jesuïta i somreia amb mitja boca, alhora que plegava l'esquena a cada moment, el va conduir de seguida al despatx del director. L'esperava. I tant que l'esperava!, pensà Erquiza. El botxí també espera el condemnat al peu de la forca.

Abans d'entrar-hi, es va adonar que arribava amb el cor encongit. Com aniria tot? Se l'escoltaria? Es va aturar un instant i va respirar fondo. Calia posar-hi pebrots.

—Què tal Don Santiago? —el va saludar Don Pedro, amb simpatia, aixecant aquell bigoti negre fins que es posà horitzontal i van aparèixer les dents.

Erquiza el va mirar estranyat. El director del banc s'havia aixecat de la cadira, havia vingut fins a ell i li havia donat la mà. Això no es fa amb un client que ja no és important.

—Bé, donades de les circumstàncies —respongué Erquiza, sorprès per la cordialitat del director.

—Les circumstàncies, tot i que eren complicades, han canviat considerablement. Seieu, si us plau.

Erquiza encara es va sentir més sorprès. A quines circumstàncies es referia Don Pedro? Què és el que havia canviat? Potser tenia notícies de Montmarfart?

—Aquest matí, a primera hora, ha tornat el vostre soci. Thomas Headking, un jove molt emprenedor i amb molt bones idees —va dir Don Pedro, i Erquiza va exhibir un posat de babau—. No us preocupeu, ell ja m'ha advertit que el tracte encara no s'ha tancat i que tot s'ha de mantenir amb prudència per tal d'evitar que la competència sàpiga res. Us puc assegurar que no sortirà cap paraula d'aquest despatx.

—I què us ha explicat? —preguntà Erquiza, que encara no s'havia refet de la sorpresa i que, evidentment, n'esperava alguna més.

—És una bona pensada això de canviar el nom de *Productos Erquiza* pel de *Aceites, Aceitunas y Otras Delicadezas del Sur de España*. És un nom més impersonal, més obert i més genèric. M'agrada força, perquè això de *delicadezas*, té una connotació més exquisida per comerciar amb altres països del continent. Però, el millor de tot és el títol que hi afegireu a totes les caixes —va inflar el pit i va aixecar la mà com si pintés imaginàriament un cartell a l'aire —: Proveïdor del Palau Real de Sa Majestat el Rei d'Espanya. Quina gran idea!

Erquiza va posar uns ulls com a taronges. S'havia quedat bocabadat i no reaccionava. Allò era increïble. Aquell jove proposava... Proposava? No! Havia abocat senzillament al director del banc que tenien previst canviar el nom de l'empresa. *Aceites, Aceitunas y Otras Delicadezas del Sur de España*. Hi havia per llogar-hi cadires. I, per si fos poc, encara volia afegir a totes les caixes que era el proveïdor del rei. Però, com...?

I aquí es va aturar. «Un moment, un moment... Això d'escriure a totes les caixes que sóc el proveïdor del rei, no és cap mala pensada», va acceptar. Perquè era una idea genial. Com no se li havia ocorregut a ell? Llavors, va somriure. Per primer cop en molts dies. I el somrís encara va ser més ampli i generós quan va escoltar que Don Pedro li informava que Thomas Headking, aquell mateix matí, havia obert un compte personal amb cinquanta mil rals. De Montmarfart no n'havia vist ni un ral. I, aquell jove, si més no, ensenyava diners. Seria el miracle que havia estat esperant?

Quan va abandonar el banc, Don Santiago encara es preguntava si tot allò era cert o si formava part d'un altre somni que acabaria en malson. Per què aquell jove havia fet el que havia fet? I li va donar voltes i més voltes al cap, fins que, just en tombar el carrer que enfilava cap a la seva empresa, va descobrir Headking, que l'esperava.

—Podem parlar? —va demanar el jove.

Erquiza no va saber què respondre. Simplement li indicà el camí que conduïa a les escales que pujaven al seu despatx i li pregà que el seguís.

Al peu de l'escala, Genaro, amb la gorra a la mà, se li atansà.

—Bon dia, Don Santiago...

—Després —va fer Erquiza. Ara havia de parlar amb el seu visitant.

—Només volia dir-vos que, si no teniu inconvenient, no marxaré. Bé! Ningú no marxarà.

—Ah! —va ser l'únic so que va sortir de la seva gola—. I Manolo? —demanà.

—Ha hagut de sortir un moment per atendre una nova comanda. Ha vingut un senyor molt elegant, estranger, de no sé quin lloc...

—De l'ambaixada britànica? —féu Headking.

—Això mateix —corroborà Genaro.

—M'ho havia semblat —somrigué Headking.

—Ah! —repetí de nou Erquiza.

Aquell era el dia de les sorpreses. I, pel moment, totes agradables. On era el parany? Don Santiago ja era gat vell. I, tot i ser-ho, Montmarfart l'havia engalipat. De manera que, ara, més valia anar amb peus de plom.

Els dos homes pujaren l'escala i entraren al despatx. Headking esperà fins que Erquiza li indicà la cadira que havia ocupat uns dies enrere, i de la qual l'havia fet fora.

—Us puc oferir un got de vi? —va fer l'empresari. No sabia ni com començar—. Xerès, potser?

—Gràcies. Sou molt amable —acceptà Headking.

Amb un got a les mans, si més no, no es noten tant els nervis.

—Suposo que us demaneu què hi faig, aquí —va fer el jove.

—Més aviat em demano què fèieu al banc, explicant no sé quines històries a Don Pedro —replicà Erquiza, mentre servia el vi.

—Com no em volíeu escoltar, he buscat algú que té més paciència que vós —digué Headking amb un somriure.

—Potser em vaig equivocar i, si més no, us hauria d'haver escoltat. Us demano disculpes —respongué Erquiza. Ara era moment d'escoltar.

—Jo també hauria reaccionat igual, després del desengany que ha significat per a vós l'experiència passada —li restà importància Headking—. Me n'he pogut assabentar i no us ho retrec.

—Per què m'heu triat a mi? —va fer Don Santiago, de sobte.

—La resposta és ben senzilla. Necessito una nau, un port ben situat, una empresa i uns empleats, i vós ho teniu tot. Com ja us vaig dir, el Mediterrani cada cop es tornarà més insegur i l'Atlàntic és una ruta alternativa i no haurem de creuar França. I quan la situació torni a la normalitat, Cadis és ideal.

—No parleu tan aviat en plural. Encara no hem arribat a cap acord i, que jo sàpiga, no hi ha res en venda —es va avançar Erquiza.

Ara ho veia clar. Aquell jove segurament volia comprar l'empresa per quatre duros. I és que no te'n pot refiar de ningú.

—No vull fer-vos fora, si és el que us amoïna. Penso que junts podem aconseguir més coses que no pas separats — somrigué de nou Headking.

—M'ho podeu explicar? —li tornà el somrís.

—Naturalment. Vós teniu les eines i jo els diners. Vós teniu l'experiència i jo noves idees. Per què no hem de treballar plegats?

—Què vol dir treballar plegats?

—Ser socis.

—Com heu dit que era el vostre nom?

—Thomas Headking, senyor Erquiza.

—I d'on sou?

—De Reigate, Anglaterra.

—Socis, heu dit. Oi que sí?

—Sí, senyor.

—No n'hi ha prou amb diners per dur un negoci —va fer Erquiza, mirant amb interès el seu interlocutor.

—Diners, idees, treball i contactes. Disposo d'un petit negoci a Barcelona. De manera que sé de què parlo. A més, tinc bons amics fora d'Espanya que ens obririen les portes d'altres mercats. Conec gent a Holanda i a Bèlgica i els meus amics també ens poden donar un cop de mà a Àustria, Dinamarca, Prússia i Suïssa.

—Treballaríeu aquí, amb mi? —va fer.

—Per això he vingut.

Aquell jove semblava bona persona. Erquiza clissava la gent amb un cop d'ull, però amb Headking no havia fet cap valoració el dia que el va conèixer. Simplement l'havia fet escales avall. Tanmateix, ara, era un bon moment per fer-li el retrat.

—L'empresa està endeutada i els proveïdors no volen servir si no pagueu al comptat —va seguir parlant Headking

—. Heu de fer front a un deute de trenta mil rals d'aquí tres dies. M'ho ha dit Don Pedro. I, si arribem a un acord, el podreu saldar.

Erquiza saltava de sorpresa en sorpresa. Aquell jove arribava molt ben informat. I... amb diners: cinquanta mil rals. I tant que n'hi havia prou! Podria pagar una part del deute i Don Pedro, de ben segur, encara li oferiria un altre crèdit. Els banquers, quan oloren diners, es tornen tan melosos com una dona encisadora que t'ho ofereix tot. Després, igual que les dones, ja passaran factura.

—I quina seria la vostra part?

—La meitat.

—La meitat? No, no, no. Amb trenta mil rals només tindríeu dret a una petita part —somrigué Erquiza.

—Estic disposat a invertir molt més. De manera que en vull la meitat —es mantingué ferm Headking.

—Quan esteu disposat a invertir? —demanà Don Santiago.

—Poseu preu. Si és just, ens avindrem. Penseu que, si hagués volgut aprofitar-me de vós, us hauria demanat el cinquanta-un per cent del negoci, però ja us he dit que vull un soci amb qui poder discutir, parlar i treballar. Tanmateix, ho hem de fer en les mateixes condicions: de igual a igual. En cas contrari, tard o d'hora, qui tingui la majoria pot sentir-se inclinat a imposar el seu criteri. I això no seria bo.

Curiós personatge. Pensà Don Santiago. Sabia quina era la seva força i no regatejava ni l'ofegava. Va fer un càlcul ràpid. No calia gaire números. De fet, ho tenia tot perdut i de miracles no n'hi ha. Només hi havia una cosa que no acaba d'entendre i que el desconcertava. Si aquell jove venia tan ben informat, bé havia de saber que, tard o d'hora (i en el seu cas, més aviat d'hora), el banc executaria les hipoteques i acabaria subhastant l'empresa. Per què, llavors, li oferia quedar-se només amb la meitat? Ho podia tenir tot.

—Els meus clients els continuaré gestionant jo —va fer.

—Per això vull ser el vostre el soci —replicà Headking, en to d'evidència—. Jo en cercaré de nous i entre tots dos engrandirem el negoci. Partir de zero és dur i llarg, però amb vós ja partim d'una base.

—Partim? —s'estranyà Don Santiago—. Parleu amb plural. Que hi ha algú més, amb vós?

—Parlo amb plural perquè som dos: vós i jo.

Potser estava massa susceptible o, tal vegada, era que aquell home el desconcertava, reflexionà Erquiza. Però, és que n'havia vist de tants colors que ja no es refiava de ningú. Encara que, ben rumiat i en les seves tristes circumstàncies, més val tenir la meitat d'alguna cosa, que tot de res. Quan una porta es tanca, s'han de saber cercar nous horitzons.

—Meitat i meitat, senyor Head... —no li acabava de sortir aquell nom.

—Em podeu dir Tom —es va aixecar el jove i estengué la seva mà.

—Doncs, pensaré el preu i us el comunicaré, Tom —encaixà Erquiza aquella mà. Era ferma i forta. També es notava que havia descarregat sacs.

—Si ens posem d'acord, us enviaré el meu advocat per tal que redacti tots els documents.

—Si ens posem d'acord, l'esperaré encantat. Però hi ha una condició.

—Quina? —s'estranyà Tom.

—El nom de l'empresa serà *Aceites, Aceitunas i Otras Delicadezas del Sur de España* i, sota, dirà *Antigua Productos Erquiza*.

—Em sembla bé —rigué Tom—. D'aquesta manera els clients veuran que seguim sent els mateixos.

S'acomiadaren amb una bona encaixada de mans i Don Santiago va contemplar des del capdamunt de l'escala com Head... Bé, com Tom desapareixia per la petita porta. Llavors passejà els ulls per tota la nau i acabà per dirigir-los cap a la portalada de fusta. Haurien de canviar el nom de l'empresa i les lletres serien més petites, però el seu cognom seguiria present. I això era important, perquè mai no saps com pot acabar un negoci, tot i que havia de confessar que Tom li havia agradat.

*** ***

Lord Grenville havia convocat una petita reunió per analitzar la situació. Sir Blum mirava la cara de Gordon. No calia ser cap llumener per descobrir que l'hauria esclafat, com el dia que va proposar que parlessin amb Tom Headking. Aquell assassí de merda!, havia cridat. Sí, ara, malgrat que l'èxit els acompanyava, també l'esclafaria.

—Els nostres homes de l'ambaixada de Madrid ja han enllestit la seva part de la feina? —demanà lord Grenville.

—Crec que obtindrem resultats ben aviat. Llavors se'ns obrirà la porta per esmunyir-nos dins del palau de Godoy. Pel moment, hem de reconèixer que Headking ha fet una bona tasca —respongué Gordon, procurant que no se li escapés el somriure—. És intel·ligent i hàbil. Això d'anar a parlar amb el director del banc no entrava dins del pla i ha estat definitiu. Ho ha fet per iniciativa personal.

—Aquesta era la part més fàcil —Sir Blum tragué importància al fet —. Com s'ho farà per obtenir informació del que passa dins del despatx de Godoy?

—És la part més difícil i més arriscada, però se'n sortirà. Confio en aquest jove. Té imaginació, és educat, sap bellugar-se i, sobretot, és discret. No pas com el capità Lear o com McFar — Gordon no se'n va poder estar, de somriure. Els dos homes havien estat triats per Sir Blum. Llavors, s'encarà amb lord Grenville—. Per cert, ja heu parlat amb el primer ministre?

—De què?

—Del perdó de Tom Headking.

El ministre va copsar el rictus als llavis de Sir Blum. Gordon havia d'haver callat. Aquell era un detall prou delicat per tractar-lo davant del cap de Serveis d'Informació.

—Hi havia altres afers més importants i no vaig creure oportú treure el tema.

—Doncs, penseu que li ho vam prometre i que...

—Ja n'estic, al cas. No cal que m'ho recordeu.

Gordon estava atiant el foc i allò no era convenient. Una cosa és guanyar la partida i una altra, de ben diferent, riure's de l'adversari. De vegades, el comissionat no era prou intel·ligent i el millor que lord Grenville podia fer en aquells moments era tallar, per la qual cosa va donar per acabat el tema. Ara havia de despatxar amb Sir Blum. De manera que Gordon es va aixecar de la cadira i es retirà.

Un cop fora, el somriure del comissionat esdevingué juganer. El primer ministre William Pitt estava al corrent de l'operació i havia lloat la seva habilitat. Aquest cop, si tot anava bé, Sir Blum no s'enduria totes les medalles. Això és el que de debò treia de polleguera el seu superior, n'estava convençut. Finalment, tot el seu pla, elaborat lentament durant mesos, esdevenia realitat.

El que desconeixia Gordon era el contingut de la conversa de primer ministre Pitt i lord Grenville.

Tot just el dia anterior, al despatx del primer ministre, asseguts i amb una copa a la mà havien tractat diversos assumptes, entre ells el de Madrid.

—Sorprenent, aquest Headking! —havia lloat Pitt—. Sembla que ens ha sortit millor que no pas esperàvem.

—Un home acostumat a fugir i a amagar-se, ha de ser espavilat. Una bona tria, per part de Gordon.

—Què en penseu, de la resta?

—Gordon és llest, molt metòdic i reflexiu —havia respost lord Grenville—. De seguida va copsar la vostra insinuació. Els temps canvien i nosaltres hem de saber canviar. Fins ara els nostres espies actuaven en solitari. Era la garantia de l'anonimat, però Europa ja és una altra. Les fronteres es mouen amb rapidesa i necessitem notícies ràpides. Crear una xarxa paral·lela on tots els nostres espies estiguin relacionats per un vincle comú és perillós, però ofereix molts avantatges. Disposar d'un home que pugui viatjar per tot el continent sense despertar sospites és una gran idea. I qui millor que un fugitiu de la justícia britànica? Si haguéssim volgut fabricar-lo, no ens hauria sortit tan bé. Ha passat per França, ha estat perseguit pels nostres homes a Bèlgica i a Àustria, ha viscut un temps al nord d'Àfrica i ara s'ha establert a Espanya. Tota una troballa.

—L'hem de conservar tal com és ara —digué Pitt.

—Us referiu al perdó del rei George?

—Aquest perdó ha de trigar a arribar.

—Gordon insisteix que li ho vam prometre —recordà lord Grenville.

—Tota persona és útil si ocupa el seu lloc. Gordon és intel·ligent i efectiu, però no hi entén, d'alta política —negà Pitt—. Quan ens hi juguem el futur d'Anglaterra, s'han de saber sacrificar peons. A més, si anem massa ràpid i Headking torna a Anglaterra, Sir Blum encara podria decidir fer alguna bogeria. És un home rancuniós i venjatiu, malgrat que no és gaire intel·ligent. Podria avisar el seu cunyat, el senyor de Brooksheeld, i... Compreneu? La manca del perdó pel moment és la salvació de Headking i per nosaltres una carta de garantia. Podrà bellugar-se lliurement pertot arreu, excepte per Anglaterra. Ningú no sospitarà d'ell i fins i tot els francesos ni se'l miraran. Curseu ordres a la nostra ambaixada de Madrid. Ningú, sota cap circumstància, ha de pronunciar el seu nom. Els contactes els durà Albert Flint. De la manera més discreta possible. I, si algú pregunta per Tom Headking, la resposta ha de ser clara i contundent. És persona *non grata* per a la corona. Entesos?

—Entesos —afirmà lord Grenville—. Sir Arthur Gray...

MALEÏT CATALÀ!

—El nostre ambaixador a Madrid serà informat d'allò que sigui estrictament necessari —el tallà Pitt—. Ni una paraula més.

—Així és farà —assentí de nou lord Grenville.

5.- LES DELICADESES D'ERQUIZA

Tots els cotxes havien arribat i omplien de gom a gom els jardins de palau. Els convidats pujaven l'escalinata i anaven ocupant el gran saló. Les dones rivalitzaven per exhibir els seus vestits i els seus encants, mentre els homes se saludaven amb lleugeres inclinacions de cap. El protocol manava que no podien saludar-se obertament fins que els monarques no haguessin fet la seva aparició. De manera que tothom esperava que els sobirans baixessin l'escala, acció que va tenir lloc segons el protocol i que obligà els assistents a fer un passadís.

En l'instant de començar a baixar les escales, la reina Maria Lluïsa va prendre discretament el braç del rei Carles IV i l'aturà. Des d'aquella altura se sentia una deessa i volia gaudir del moment. Tots els ulls romanien pendents de la seva persona i ella havia triat per l'ocasió un collar de diamants que per força despertaria l'admiració de tothom.

Llavors, va començar a caminar lentament i el rei va haver de moderar el seu pas per no deixar-la enrere. Al peu de l'escala, Godoy va ser el primer a fer la reverència, estudiada, assajada i elegant. Després, els homes, a mesura que els reis desfilaven pel passadís humà, anaven inclinant l'esquena, i les dones el genoll i el cap mentre desplegaven les generoses faldilles, també amb extrema elegància.

Arribats a les cadires reals, enlairades del terra per una tarima que els permetia contemplar tota la sala, els monarques es van tombar cap als convidats i el rei Carles va fer un graciós gest amb la mà, tot descrivint un arc que començava amb la mà plegada a l'altura del pit, amb els dits cap a l'interior, i acabava amb la mà estesa i els dits cap a l'exterior. Tot això acompanyat d'un lleuger moviment per inclinar la testa. A partir d'aquell moment, l'orquestra, situada a la part alta, a la balconada, començà a tocar i les veus encetaren les converses.

El mestre de cerimònies va aixecar la barbeta, la porta de sota l'escala s'obrí i un petit exèrcit de cambrers portadors de safates plenes de viandes exquisides aparegué i es distribuí entre els assistents. El posat estirat dels servidors, amb aquelles passes curtes, ràpides i ben definides aconseguien que un espectador, situat en un extrem de la gran sala, tingués la impressió que les menges volaven entre els vestits carregats de les dames, a l'altura dels generosos escots. Només si abaixava la mirada, descobriria el ball de turmells i panxells enfundats en mitges, totes blanques, que es barrejaven amb la diversitat de colors de les dels convidats, alguns amb perruca i altres que començaven a seguir els dictats de la nova moda i lluïen el seu propi cabell. Tots els cambrers, evidentment, anaven vestits amb jaqueta vermella, de faldó llarg, i duien perruca blanca.

MALEÏT CATALÀ!

En un racó de la sala, Sir Arthur Gray, l'ambaixador britànic, que havia triat per l'ocasió un uniforme de gala, conversava amb Albert Flint. Ambdós romanien allunyats de Roger de Blaiçon, que havia substituït Bourgoing, l'enviat especial francès. El representant gal havia aparegut envoltat de dues dames profusament guarnides i vestia un pantaló sencer amb ratlla, seguint la moda imposada pels *sans-cullotes*, que havien deixat de banda la calça curta, i que, naturalment, va aixecar una certa polseguera. Fins i tot la reina Maria Lluïsa no es va poder estar de fer un comentari al rei Carles IV.

—T'has fixat en el representant francès? Amb aquests pantalons, sembla un camperol que va de festa —mormolà.

—Diuen que és còmode —intervingué el primer ministre Godoy, que els havia seguit fins a les cadires reals.

—Còmode, per a què? —somrigué el rei.

—Es poden ficar i treure amb més facilitat, Majestat —respongué Godoy, i dirigí una mirada a la reina, ràpida i discreta.

—De tota manera, és poc elegant —replicà el rei.

—Amb això us haig de donar la raó, Majestat.

—Em pensava que no l'havíem de convidar —digué la reina—. ¿No estem preparant els nostres homes a Catalunya per una possible guerra amb França?

—Guerra que encara no ha estat declarada, Majestat —somrigué Godoy—. Per tant, hem de seguir les normes del protocol i, fins al present, França mereix tanta atenció com qualsevol altre país.

—I d'aquí poc, potser més i tot —respongué Maria Lluïsa.

—Una guerra no és bona —digué el rei.

—Majestat, no oblideu que França ha pres el poder al rei Lluís, el vostre amic, i que si aquest costum s'estén, el vostre també podria perillar —replicà Godoy.

El rei Carles anava a respondre, però la presència de Sir Arthur Gray el va fer callar.

—Majestat, permeteu-me que us feliciti pel formatge —s'inclinà respectuosament l'ambaixador anglès.

—Com dieu, senyor ambaixador? —s'estranyà el rei.

L'havien felicitat per moltes coses, però precisament pel formatge, mai.

—Tenim l'honor de gaudir del mateix proveïdor que vós. El vam triar quan vam descobrir que és qui us proporciona delicadeses de tan alta qualitat —s'explicà Sir Gray.

—Ah, sí? No ho sabia.

—Santiago Erquiza tria amb molta cura els seus productes —digué Sir Arthur, es quedà un instant en silenci i mirà la reina—. Oh! Us prego que em perdoneu. M'he dirigit a Sa Majestat el Rei i hauria d'haver endevinat que és Vostra Majestat que decideix sobre els proveïdors de la Casa Real. El rei té altres afers. No tinc excuses per aquest error. I, menys encara, coneixent el gust exquisit d'una reina que és famosa arreu d'Europa per les seves recepcions i per les seves festes.

—Ja fa anys que Santiago Erquiza és el nostre proveïdor de formatges, embotits, oli i altres aliments —va fer la reina Maria Lluïsa per demostrar que n'estava al corrent.

—Doncs, felicitats. M'he permès encarregar algunes delicadeses per al nostre bon rei George. Puc fer constar que és el vostre proveïdor?

Maria Lluïsa inclinà lleugerament el cap en senyal d'assentiment i Sir Arthur féu una reverència per agrair-li el detall. Llavors, es tombà cap a Godoy.

—Suposo que vós també teniu el mateix proveïdor.

—No ho sé —somrigué el primer ministre espanyol—. Jo no m'ocupo d'aquests afers. No disposo de prou temps.

—L'hauríeu de tenir. No creieu, Majestat? —demanà a la reina—. Seria un homenatge al vostre gust real.

—Sí, així ho consideraria —contestà la reina, i llançà una mirada a Godoy.

—Demà mateix, sens falta, aquest home...

—Santiago Erquiza —recordà la reina.

—Santiago Erquiza serà el meu proveïdor —acabà la frase Godoy.

Sir Arthur féu una nova reverència i s'allunyà per trobar-se amb Albert Flint, que semblava molt interessat pels comentaris que feia una dama sobre el vestit d'una de les franceses que, segons ella, no li esqueia perquè es veia d'una hora lluny que no pertanyia a la noblesa. Tanmateix, va perdre tot l'interès quan l'ambaixador va arribar al seu costat.

—Ja podeu comunicar a Gordon que l'encàrrec s'ha enllestit amb èxit. La reina, tal com imaginava, necessita demostrar que no tan sols domina el rei, sinó que Godoy també li riu les gràcies —digué Sir Gray, mentre somreia com si fos el comentari més distès del món—. Santiago Erquiza... més ben dit, Headking, serà el nou proveïdor del primer ministre espanyol —dedicà una petita reverència a l'ambaixador austríac, que el mirava des d'un extrem de la sala, i afegí—: Des de demà mateix.

Flint assentí amb el cap. Llavors, Sir Arthur es dirigí cap a una dama i li va demanar un ball. Enllestida la feina, podia dedicar-se al plaer, oi que sí?, va pensar.

*** ***

—Aquesta... idea ens està costant una fortuna —va fer Sir Blum, al despatx de lord Grenville.

Hauria volgut dir «aquesta bajanada», però se'n va estar.

—Sento contradir-vos, Sir Blum. No ens ha costat res, perquè el senyor Santiago Erquiza s'ha fet càrrec de totes les despeses. Lluís de Montmarfart va fer una bona tasca i tot va sortir com estava previst. N'hem tret un vaixell que no ens ha costat ni una corona i hem fet servir els diners del mateix Erquiza per comprar a baix preu la meitat d'una empresa que, a més, ofereix moltes possibilitats —replicà Gordon—. I tampoc podem oblidar que Headking ha rebut els diners en préstec i que els beneficis que obtingui, descomptant el seu sou, seran per al govern de Sa Majestat. Jo diria que és un negoci rodó.

Sempre Gordon! Ho tenia tot molt ben pensat. De tota manera, malgrat que aquell sac de greix havia aconseguit que Headking arribés fins als magatzems del palau de Godoy, quedava per fer la part més difícil.

—Esperem que sigui capaç d'obtenir informació valuosa, perquè suposo que teniu clar que el ministeri d'afers estrangers no és el de finances i no només fem inversions —somrigué Sir Blum.

—No en tinc cap dubte.

—Sobre que no només fem inversions o sobre que Headking farà bé la seva feina? —punxà Sir Blum.

—Sembla que no confieu gaire en Gordon... —intervingué lord Grenville—. No obstant això, fins ara tot va conforme a les previsions.

—Amb tot el respecte, senyor ministre, penso que ens hem precipitat. De fet ara ja podem dir que Espanya comença a definir la seva política en el futur i no calia tant d'enrenou. Godoy ens farà costat en un possible conflicte amb França.

—De tota manera us recordo, Sir Blum, que el projecte va més enllà de saber què en pensa Godoy —digué Gordon.

—Significa, doncs, que no teniu dubtes pel que fa a les inversions... —digué Sir Blum, sense mirar-lo.

—Ni sobre les inversions ni que Headking faci la seva feina com cal —contestà Gordon.

—Així ja sabeu com ho farà? —s'interessà Sir Blum.

—Ja li he demanat que estudiï el palau de Godoy. Ens ha de fer un plànol detallat i l'estudiarem. Llavors, possiblement, trobarem la manera d'arribar fins al seu despatx.

—Possiblement? Creia que ho teníeu tot ben apamat —somrigué Sir Blum.

—Vaig dir que Gordon duria el projecte i, de moment, els resultats són els esperats —digué lord Grenville—. De manera que segueixo pensant que ell és qui porta el comandament d'aquest afer i en aquest moment m'importen ben poc els detalls. Senzillament, vull resultats.

Sortosament, el ministre feia costat a Gordon, i aquest va poder seguir callat. Si haguessin parlat en confiança, qui i feia més por no era precisament Tom Headking, sinó Sir Blum.

*** ***

Estaven asseguts a la sala gran, la que donava al menjador. Angelines havia escoltat amb molta atenció el seu pare, l'humor del qual havia millorat sensiblement en els darrers dies. Ara, guardaven silenci.

Des que la seva mare, que Deu tingui a la seva glòria, havia mort i la seva germana s'havia casat, de mica en mica Angelines havia anat trobant el seu lloc a la casa. Tot i la seva extrema joventut, el seu caràcter fort li havia permès créixer ràpidament, començar a donar ordres i, fins i tot, parlar amb el seu pare i convertir-se en les orelles que n'escoltaven tant els planys com els èxits, paper que havia heretat de Petra, malgrat que Don Santiago s'estimava més l'altra filla, perquè no li portava la contrària ni el treia de polleguera amb comentaris que ell qualificava fora de to. Però bé havia de parlar amb algú, i havia explicat a Angelines qui era el nou soci i, més o menys, com havien anat les negociacions. Evidentment, va tallar quan ella començà a preguntar massa i va intentar fer-li veure que, tal vegada, havia cedit massa i massa de pressa.

—Diumenge —va fer de sobte Don Santiago—. El convidaré a dinar. Vull que el coneguis i que me'n donis la teva opinió.

—Si tot ja és dat i beneït, per què voleu la meva opinió? —replicà la filla.

L'empresari va prémer els llavis. Angelines sempre tenia la paraula a punt. Prou que li havia explicat que sense l'ajut de Tom no se n'hauria sortit i que li havien d'estar agraïts. Tanmateix, la seva filla seguia capficada i no parava de dir que, segurament, el tal senyor Headking se n'havia aprofitat, d'ell.

—De tota manera, el convidaré diumenge i vull que el tractis bé.

—Sí, pare. Vós maneu.

Ja li agradaria, que fos veritat!, medità Don Santiago, perquè no hi ha qui mana més que qui no vol creure. A qui havia sortit aquella fera? Gertrudis també tenia un caràcter fort, però, si més no, sabia quan havia de callar. De tota manera, Angelines tenia una especial sensibilitat per conèixer la gent i Don Santiago apreciava molt els seus comentaris. Era llesta com la fam i no se n'hi escapava ni una.

Als voltants de les dues del diumenge, la campaneta de la porta va sonar i la criada obrí. Don Santiago es va aixecar de la cadira que ocupava a la sala gran i es dirigí cap al vestíbul amb un gest de preocupació. Angelines no s'hi havia oposat ni havia fet el més petit comentari, respecte a convidar Tom. Allò era perillós.

El jove arribava elegantment vestit i, després de saludar el seu soci, es va treure la capa i el barret, que juntament amb el bastó, va lliurar a la serventa, que li dedicà una petita genuflexió i desaparegué.

MALEÏT CATALÀ!

—La meva filla Angelines baixarà de seguida —digué Don Santiago—. Les dones sempre ens han de fer esperar —afegí un somriure, lleugerament nerviós, mentre llençava una ullada a l'escala—. Millor passem al menjador —conclogué.

La serventa que s'havia fet càrrec de la capa, el barret i el bastó de Tom va esperar fins que els dos homes desaparegueren per la porta que donava al menjador. Llavors, pujà cuita-corrents les escales per dirigir-se a l'habitació d'Angelines.

—És jove i elegant! —va fer en obrir la porta de la cambra—. És alt i té un somriure maco. Moreno i ben plantat.

Angelines va deixar el raspall del cabell damunt la tauleta. La serventa el va agafar i va fer un parell de retocs en el pentinat de la noia, com si encara hi faltés alguna cosa. I no és que el pentinat no fos perfecte, sinó que no havia acabat de parlar i aquella era la manera de poder continuar.

—Li he vist les mans. Porta les ungles ben tallades i polides, malgrat que es veu de seguida que les ha fet treballar —seguí explicant, sense deixar de jugar amb el raspall, més que no pas emprant-lo—. La veu és profunda, però sembla dolça. És molt educat. S'ha tret la capa amb una sola mà i l'ha plegada amb un sol moviment, damunt del braç, abans de donar-me-la —va fer un gest, tot imitant el que havia vist—. Semblava un torero. A més, m'ha dit gràcies i m'ha somrigut. Llavors, ha encaixat la mà del teu pare, i ho ha fet sense plegar l'esquena. Tan sols una lleugera reverència amb el cap.

—Prou, Matilde! Sembla que t'hagis enamorat.

—És que és tot un senyor! —Matilde sacsà el cos de dalt a baix, amb gràcia, el cap i tot.

Angelines s'aixecà de la cadira i es contemplà al mirall. Matilde trobava que tots eren senyors. Quan va espantar el darrer dels pretendents que el seu pare li va portar, la serventa es va quedar molt compungida. «Tenia uns ulls preciosos», va dir. «I la resta?», havia fet Angelines. Com si els homes s'haguessin de mesurar per un detall tan insignificant. «Insignificant?», havia replicat Matilde. «Ai!», havia sospirat amb una mà al pit.

La noia va abandonar l'habitació sense presses. Matilde la seguia i gairebé l'empenyia. Frisava per veure la reacció d'Angelines. Però, la jove encara alentia més el pas, malgrat que, si ho hagués de confessar, diria que la impaciència se la menjava. Tanmateix, no volia fer aquesta sensació.

En arribar a la porta del menjador, Angelines va veure que els dos homes conversaven i que el soci del seu pare romania d'esquenes a la porta. Llàstima! Li hauria agradat trobar-se'l de cara.

Va eixamplar la seva faldilla amb la intenció que fregués la fusta i fes prou soroll per atraure l'atenció dels dos homes. Llavors, va entrar i es va quedar palplantada. Don Santiago es va tombar en sentir el soroll de la roba que fregava la porta. La seva filla, evidentment, no havia triat el vestit que ell li havia suggerit. Tampoc s'havia d'estranyar. Mai no li feia cas.

El soci del seu pare no es va tombar per mirar-la. Potser era sord? Es va enfadar Angelines.

Tom s'ho va prendre amb calma i esperà que Don Santiago reaccionés i es dirigís cap a la seva filla. Només llavors es tombà i la mirà.

—Filla, estàs preciosa —va fer Don Santiago, amb visible orgull.

Malgrat que no li havia fet cas amb la tria del vestit, s'havia arreglat com poques vegades.

—Et presento el senyor Tom Head... —mai no li sortia aquell nom. Aquella *d* acompanyada de la *k* se li encallaven.

—Headking —va fer el jove.

—Tom, aquesta és la meva filla Angelines.

El jove va fer dues passes, es plantà davant la noia i féu una lleugera inclinació amb el cap. Només amb el cap. Angelines va dubtar. No sabia si havia d'allargar la mà i, com que el jove seguia amb les seves creuades darrera l'esquena, no ho va fer.

—Encantat —va fer Tom.

Ella va respondre amb una lleugera inclinació de cap.

—Matilde, ja podeu servir la taula —ordenà Don Santiago.

Jove, amb aspecte delicat, Angelines era la viva imatge de la seva mare. Això és el que li havia dit Don Santiago, a Tom. Molt jove, va pensar ell. No li havia dit l'edat, però ell li faria com a molt divuit anys.

El dinar va tenir moments de molta eufòria per part de Don Santiago, mentre que Angelines intervenia poc a la conversa. De tant en tant, Tom li dirigia alguna mirada, sobretot quan ella semblava distreta. Tanmateix, la jove romania pendent del soci del seu pare i prou que s'adonava d'aquelles mirades.

Acabat el dinar, els dos homes es retiraren a la sala gran, per prendre una copa i parlar de les seves coses. Angelines, en un gest propi d'una senyora més gran, es disculpà i pujà a la seva habitació, on ja l'esperava Matilde.

—És tal com havia dit? —va fer la criada.

—És un cregut —respongué Angelines.

—Però és alt i maco —sospirà Matilde.

—És interessant, però poca cosa més. Au, va! Ajuda'm a desempallegar-me d'aquest vestit. És incòmode i no m'agrada.

—Potser hauràs de baixar quan marxi.

—Ni parlar-ne! —exclamà Angelines—. Ell no s'ha tombat quan he entrat al menjador. I sord, evidentment, no ho és.

Matilde va callar i va seguir les instruccions d'Angelines, mentre amagava un somrís picardiós. Era el primer cop que

Angelines deia que un vestit no li agradava. ¿No seria que se sentia ofesa, perquè no havia aconseguit copsar tota l'atenció d'aquell jove tan ben plantat?

Aquell vespre, durant el sopar, Don Santiago va demanar l'opinió d'Angelines.

—Sembla sincer —respongué ella.

—I què més?

—No és això, el que volíeu saber: si us en podeu refiar?

—Sí, però esperava alguna cosa més, i només has dit que *sembla* sincer —recalcà Don Santiago.

—Quan li he preguntat per la seva família, ha tallat ràpidament i ha encetat una altra conversa —explicà Angelines—. Només sabem que ha nascut a Reigate i que el seu pare és mort. De la seva mare gairebé no n'ha dit ni dues paraules i no sabem si té més família. No obstant això, quan ha començat a parlar de negocis, tenia les idees molt clares. De manera que només puc dir que sembla sincer, perquè hi ha una part de la seva vida que amaga com si fos un misteri.

—Jo també me n'he adonat —mormolà Don Santiago, i es quedà pensarós.

6.- LA DONA DE LES POMES

Aquell mes de gener de 1793 tot anava en dansa. El Nadal havia estat ple de notícies, Les forces d'Àustria i Prússia, després d'haver patit la derrota de Valmy, estaven aturades i ara arribava el gran desastre.

—No és possible! —bramà Sir Blum.

—Doncs, els nostres informadors coincideixen —va dir Gordon—. Mallet du Pan ha fracassat en el seu intent de parlar amb Prússia, Àustria i Sardenya, ha estat descobert, ha hagut de fugir a Ginebra i això ha provocat que el rei de França hagi estat acusat de traïdor i de col·laborar amb Àustria. L'han destronat i empresonat. L'acusen de conspirar contra el país i contra els ciutadans. Lluís de França volia que aquesta guerra no fos entre potències, per poder intervenir-hi personalment i recuperar el seu lloc. Tanmateix, Mallet du Pan ha xerrat massa i Marat ho ha descobert. Tot apunta cap a una possible execució del rei.

—No és possible! —repetí Sir Blum.

—Godoy ha ordenat el seu ambaixador Ocàriz que intercedeixi pel rei Lluís —seguí explicant Gordon—. Ofereix retirar els seus homes dels Pirineus a canvi de la vida del rei. Tanmateix, la resposta ha estat negativa. L'Assemblea Nacional s'ho ha pres com una ingerència en els seus afers interns.

—El nostre primer ministre també hi ha intervingut i on els espanyols no aconsegueixen res, nosaltres ens en sortim —replicà Sir Blum, amb orgull.

—Molt em temo que Anglaterra tampoc no rebrà una resposta positiva i que Lluís de França serà ajusticiat.

—Segur? No, home! Com poden ajusticiar un rei?

Déu meu! Sir Blum, quan anava ben perdut, feia la pregunta més estúpida del món. Segur?, demanava. Que no tenia ulls a la cara? Amb tots els nobles que havien passat per la guillotina, els francesos no farien gaires escarafalls si també rodava una testa coronada. O alguna cosa els feia dubtar d'aquesta possibilitat?

—Danton i Marat s'han pronunciat a favor de la guillotina —va fer Gordon.

—D'aquests no m'estranya res. Marat és un escalfat. Només cal llegir aquest diari seu... com es diu...?

—*L'ami du peuple* —recordà Gordon.

—Això mateix. L'amic del poble. L'amic de la barbàrie, seria més adient. I Danton, més que ministre de justícia, sembla un botxí —digué Sir Blum, es posà dempeus i es fregà la cara—. I Robespierre? Què hi diu?

—També s'hi ha pronunciat a favor.

—I Brissot?

—Ja fa dies que els girondins no van alhora —digué Gordon amb un pessic de desesperació—. Brissot té problemes pertot arreu i no pot aturar res.

—Ara sí que Lluís de França està perdut. Robespierre era l'únic capaç de salvar-lo —pontificà Sir Blum i es quedà en silenci un instant—. Si maten el rei, amb qui es quedaran? —demanà estranyat.

Que amb qui es quedarien? Aquell home era idiota!

—França vol instaurar la república —féu Gordon, deixant anar l'aire dels pulmons. Com es pot aconseguir que un país funcioni si els caps són tan babaus? Se li havia d'explicar tot—. Ja no volen més reis. També ha estat empresonada Maria Antonieta i també es diu que visitarà la guillotina —afegí.

—No pot ser, home! —va fer Sir Blum—. Com poden matar una reina?

—No han fet fàstics a totes les testes de la noblesa que han rodolat, encara que fossin femenines i agraciades —brandà Gordon el cap.

—Déu del cel! Haig de parlar amb lord Grenville —va fer Sir Blum i abandonà el despatx.

Parlar amb el ministre. Quina gran idea!, afirmà lentament Gordon.

Dies després va arribar la notícia de la mort de Lluís XVI. El seu cap havia rodolat fins a caure a la cistella, entre els crits del poble, i França ja no tenia rei.

William Pitt acabava de rebre la notícia. Ja s'ho esperava. Ell, personalment, havia fet alguna gestió davant de Lebrun, ministre d'Afers Exteriors francès, per evitar la tragèdia, però sense gaire entusiasme. Que caigués el rei de França convenia als seus plans i als plans d'Anglaterra. El fet que Godoy, des de Madrid, hagués fet diverses ofertes al govern revolucionari francès a canvi de la vida de Lluís XVI, totes rebutjades, li permetia intuir que Espanya s'apartaria del seu aliat natural i acostaria posicions a Anglaterra. L'aliança dels francesos i dels espanyols havia costat molt cara als interessos britànics a l'altre costat de l'Atlàntic. Però, ara, l'enemic secular quedaria aïllat i, de retruc, sempre es podia obrir una porta per al futur del país. Quedava clar que els reis no són inviolables i que la monarquia no és l'únic camí. La república sempre és una alternativa a tenir en compte. Sobretot per a un *whig*. En aquest cas havia sacrificat alguna cosa més que un simple peó, però també havia de dir que la peça sacrificada no era seva i que els beneficis podien superar a bastament les pèrdues.

L'alta política és l'alta política, malgrat que els medis siguin ben baixos. Això també ho havia après del seu pare.

*** ***

Cada cop més sovint, Santiago Erquiza convidava a dinar o a sopar el seu soci, i la seva filla sempre hi era present i sempre feia els honors de la taula.

A mesura que passaven els dies, Angelines més s'adonava que aquell home la torbava, perquè posseïa uns ulls que la feien sentir... no sabria definir-ho amb precisió. Llavors pensava en Matilde, que es tornava boja davant d'uns ulls encisadors. Els de Tom eren... eren... Bé, més que mirar, escorcollaven i mesuraven el seu rostre, i això la neguitejava. De vegades semblava que eren dolços. Matilde deia que, fins i tot, hi havia moments que canviaven de color. Ella també ho havia notat, que s'enfosquien o s'aclarien lleugerament en funció del tipus de mirada. No! Bé podia ser la llum, va pensar. A més, la tractava com una nena. I això, a ella, li encenia la ràbia. Llavors se'l mirava com els altres.

No obstant això, havia de confessar que Tom, en certa manera, era atractiu i, sens dubte, bon conversador. Hi havia un fet curiós: continuava sense esmentar la seva família, com si no existís. Tanmateix, podia parlar hores i hores dels seus viatges i de tota la gent estranya que havia conegut. Ho adornava amb gran riquesa de detalls i sempre coronava les

MALEÏT CATALÀ!

seves explicacions amb alguna anècdota divertida, que el convertien en un gran animador de les vetllades.

Quan es quedaven sols, perquè el pare s'absentava un moment, la conversa es transformava en silenci, i el silenci en mirades que encara la neguitejaven més, fins a l'extrem que acabava jugant amb les tovalles o el plat o la copa o algun cobert, per tal de mantenir ocupades les mans.

Aquella nit Tom s'havia acomiadat més aviat del que tenia per costum.

—De què heu parlat, quan he estat fora? —demanà Don Santiago.

Sempre ho feia en acabar un sopar o un dinar. Però, darrerament, aquella preocupació per la identitat i les intencions del seu soci havien deixat pas a un sentiment d'admiració. Don Santiago deia que Tom era treballador, intel·ligent, eficient i vés a saber quantes qualitats més.

—Li he preguntat com us ho manegareu ara, si França i Espanya entren en guerra —respongué Angelines.

—D'on treus que entraran en guerra?

—Després de la mort del rei de França, és una possibilitat.

—Quines converses que teniu els joves d'avui! —exclamà Don Santiago—. En els meus temps, quan ens quedàvem sols amb una noia bonica, parlàvem de coses ben diferents. No t'ha dit res del vestit nou que portes?

—El senyor Headking és un home molt callat.

—Per què no li dius Tom?

—Perquè a mi no em costa pronunciar el seu cognom.

—Callat? Però, si no deixa de parlar tota l'estona —s'estranyà Don Santiago.

—Quan vós sou present, pare —replicà Angelines.

—I tu vas i li preguntes bajanades.

—Li pregunto el que m'interessa.

—I com esperes que ell s'interessi per tu?

99

Angelines es va quedar mirant el seu pare. Ara entenia que es passés tot el dia esmentant i engrandint les qualitats del seu soci. Com bon home d'empresa, Don Santiago havia fet els seus càlculs i aquella frase el delatava.

—Potser és que no vull que s'interessi —replicà, desafiadora.

—Déu meu! Què puc fer amb aquesta filla? —es desesperà Don Santiago, i abandonà el menjador.

Mentre caminava pel passadís murmurava: «dos mesos convidant-lo a casa i cap novetat. És... és... Oh!». La seva filla el treia de polleguera. Ningú, llevat de quatre il·lustrats, es preocupava pel que passava fora de les fronteres. França era molt lluny i Espanya es mantenia neutral. No hi ha qui entengui les dones, i encara menys Angelines. Tenia tot el caràcter d'un xicot: rebel, independent i tossuda. Com la casaria?

Angelines es va aixecar de la cadira i es dirigí cap a la finestra. Plovia lleugerament i els carrers de Madrid estaven deserts. I és clar! Al seu pare prou que li agradaria que ella s'interessés per Tom. El negoci tornaria a quedar a la família. I ell es lliuraria de la segona filla i podria resar i parlar amb la mare per dir-li que havia fet la seva tasca de pare. Interessar-se per Tom...? ¿Per aquell cregut que la mirava com si la dominés, com si estigués en presència d'una nena, que no tenia cap conversa quan es quedaven sols? Ni parlar-ne!

I és clar que, també ho havia d'admetre, Tom era un home diferent de tots els que havia conegut. Mai no deia bajanades, malgrat que parlés de temes intranscendents; es comportava amb educació, però sense l'estupidesa dels altres homes; era directe i no perdia el temps; es mantenia informat de tot el que passava arreu d'Europa i no pas tan sols del que es coïa a Madrid. Això era el que el seu pare no entenia del seu rebuig pels pretendents que li havia buscat durant els dos anys anteriors, des que va complir els quinze. Deia que la mare s'havia casat amb ell als setze i que havia estat feliç, malgrat la diferència d'edat. Un home madur, afegia, té prou experiència per saber com ha de tractar una dona jove. I, pel que feia a Tom, no parava de dir que era molt més madur que el que correspondria a la seva edat.

En aquell aspecte, Angelines hauria de donar la raó al seu pare. Tom, tot i que manifestava aquell posat de suficiència, que ella gairebé titllaria de fatxenda, sabia molt bé el que volia i cap a on anaven les seves passes. No s'estava d'orgues. Si havia de marxar, marxava; si havia de quedar-se, es quedava; si havia de parlar, parlava; i si havia de callar, callava. Es veia d'una hora lluny que estava acostumat a prendre decisions, a espavilar-se i a lluitar. Havia salvat el pare del desastre total i ara, quan les rutes amb Suïssa perillaven per causa d'una possible guerra entre França i Espanya, s'havia bellugat amb rapidesa i havia obert una altra ruta des d'Holanda. Per si arribava el cas, havia dit. Salpant des de Cadis, recalarien a Santander i d'allà, pel Cantàbric, els vaixells podien arribar a Irlanda, des d'on comerciarien amb Anglaterra gràcies a un amic seu. I a Londres disposava d'altres contactes que escamparien les seves mercaderies per Europa.

Indubtablement, el seu pare tenia raó. Tom era intel·ligent i previsor. No ho podia negar. Fins i tot, el seu cognom era especial. Ell li havia explicat que Headking vol dir, en anglès, cap de rei. Un cap que era capaç d'emmagatzemar totes les dades de l'empresa, que ja coneixia gairebé tan bé com el seu pare. Hi havia moments que Angelines pensava que aquell home vivia al corrent de tot el que passava pel món.

Es va apartar de la finestra enfadada. Per què havia de pensar tant en aquell home? No s'ho mereixia.

No obstant això, quan es dirigia cap a la porta, no podia desenganxar-lo dels seus pensaments. Hi havia alguna cosa que no acabava d'entendre. Tom tenia tota la fila de ser un home segur d'ell mateix, però hi havia certs moments que l'ombra del dubte apareixia en aquells ulls profunds. Es tractava de petits instants. Sobretot durant les estones que es quedaven sols, Angelines havia copsat que la seva mirada era estranya. Què en pensava, d'ella, aquell home?

I ara! Quina bajanada! I a ella què l'importava, el que pogués pensar o deixar de pensar!

Es dirigí cap al vestíbul i, abans de pujar les escales, s'aturà i es contemplà al mirall. No tenia cap defecte. El seu cabell era fosc i suau; el seu nas era proporcionat i recte; els seus ulls, castanys, no eren pas petits; els seus llavis, sense ser molsuts, eren agradables; el seu coll era prim i esvelt; i la resta, el que hi ha més avall, tampoc desmereixia. La seva germana era més alta i somreia amb més facilitat, però les seves dents no eren tan maques. Llavors es mirà l'escot. Potser els pits eren massa petits? Se'ls agafà per sota i els aixecà. Tal vegada, el vestit hauria de dur algun reforç allà sota? I es tombà de perfil per veure'n el resultat.

De sobte, es va adonar que estava al vestíbul, un lloc obert a tothom, sense cap intimitat, on la podien veure. Se sufocà, s'apartà del mirall, i amb les galtes enceses va pujar esperitada les escales per fugir d'allà i tancar-se a la seva cambra, el seu cau, aquelles quatre parets que constituïen el seu territori personal. Allà podia pensar i sentir lliurement, aixoplugada de totes les mirades, de tots els pensaments que es podien creuar amb els seus i de tot sentiment que no li pertanyés en exclusiva.

Davant del mirall, poc abans de sufocar-se, un pensament havia creuat pel seu cap i l'havia sorprès. Tom representava la força, la intel·ligència, el coratge i l'energia, però tenia un punt de tendresa que el convertia, només durant breus instants, en un ésser vulnerable. Quan es quedava callat i amb les seves ninetes clavades en les d'ella, semblava manifestar un desig amagat. No, més aviat un anhel. En aquells moments, ella el contemplava i se li despertava l'impuls d'abraçar-lo i acaronar-lo. Llavors, apartava els ulls i Tom de seguida recuperava aquell somrís en la mirada que, a voltes, la feia sentir tensa i, a voltes, li transmetia pau i seguretat.

En presència d'aquell home se la menjaven les contradiccions. Tan aviat l'atrapava la comoditat i la serenor de la llar com notava que no se sentia segura, que els murs del seu castell s'esfondraven i que ell podia entrar en la seva ànima i arrencar-li tot el que li demanés. No obstant això, en cap moment va tenir la sensació que Tom exigia més d'allò que ella estava disposada a atorgar-li, i això indubtablement feia que una dona, al costat d'un home com Tom, se sentís segura i aixoplugada. El problema, es va dir, era que Tom, quan la mirava, no veia una dona, sinó una noia.

I tant que li agradaria que Tom Headking s'interessés per ella! Si més no, dins la seva habitació, ho reconeixia.

*** ***

Corrien els primers dies del mes de març de 1793 quan Tom Headking va arribar a Barcelona. Els carrers eren plens de gom a gom i els joves feien cua a les taules per allistar-se. S'havia restablert la Coronela i cercaven vint mil voluntaris per preparar-se davant d'un possible atac francès.

Headking ja havia vist el mateix a altres poblacions de Catalunya, per on havia hagut de passar. Tothom parlava de guerra i comentaven que era a punt d'esclatar un conflicte entre Espanya i França. Només calia veure que ja s'estaven reclutant els miquelets per ordre de Godoy. Evidentment, el rei Carles IV no havia fet altra cosa que acceptar els dictats del primer ministre i callar. A Headking li va fer gràcia el nom de miquelet, que es donava a aquells voluntaris, i es va assabentar que procedien de l'any 1640, de l'època de la Guerra dels Segadors, quan Francesc de Cabanyes va muntar una força a les ordres de Miquelot de Prats per aturar la invasió de les tropes de Felip IV. D'aquí venia el nom. D'en Miquelot. Anys després, el 1689, aquests mateixos miquelets van servir per lluitar contra els francesos del Rosselló. I ara els haurien d'aturar de nou.

El viatge havia estat llarg, però sense complicacions. Malgrat que hi havia força moviment, els controls encara no eren excessius i ningú no el va aturar ni li va demanar res de res.

L'única que s'havia estranyat del seu viatge era Angelines. Què hi havia de fer, a Barcelona?, havia demanat el dia que el seu pare i ell estaven al despatx de l'empresa i ella es va presentar de sobte. Mai no havia visitat el seu pare al treball.

—Tom vol estudiar una nova ruta per la Mediterrània. Els anglesos dominen el mar i ell hi té bones relacions —havia explicat el pare.

—Pel que veig, el senyor Headking té bones relacions amb gairebé tothom —havia respost Angelines.

Una noia que posseïa un caràcter fort. I ben fort! A Don Santiago sempre se li escapava algun comentari, que corregia tot seguit si Tom hi era present. Com seria el dia que es convertís en una dona? El seu marit hauria de tenir uns bons pebrots!

Headking va apartar tots aquests pensaments del seu cap quan la diligència entrava a Barcelona i va recórrer els carrers fins a atrapar el port. Allà es va aturar i Tom va baixar i va prendre el seu equipatge.

Va contemplar les cases i va somriure. Era interessant tornar a Barcelona vestit com un cavaller. Li hauria agradat fer una visita al cafè del carrer Bonaventura i veure la cara que feia Joan, l'amo, però se n'hauria d'estar. Calia ser prudent.

S'espolsà les mànigues el faldó de la jaqueta i la capa, s'arreglà el mocador que duia al coll, prengué les alforges i el bastó i s'endinsà pels carrers. El dia era clar i seré. Feia fresca.

Caminà dos carrers i entrà al portal de la casa d'hostes. Pujà les escales i demanà per la patrona. Havia de menester una habitació que fos gran, alegre i còmoda. La patrona, en veure la moneda que Tom deixava damunt la taula no s'ho rumià dos cops i el va conduir fins a una habitació que donava al carrer principal.

—És la millor que tinc. Si necessiteu res més, feu-m'ho saber —va dir, mentre feia una lleugera reverència i tancava la porta.

El jove va desfer l'equipatge i agafà les dues pistoles per amagar-se-les a la cintura, sota la capa. Llavors, va sortir. Ara arribava la part més difícil.

Abandonà la casa d'hostes i es dirigí de nou cap al port. La Taverna del Grec. Aquesta era la seva destinació.

Apartada de les vies principals, per on passaven els carros plens de mercaderies, aquell lloc li recordava Londres, un dia que el seu pare se'l va endur en un viatge, quan ell comptava quinze anys. També hi havia tavernes de mala mort ni tan sols recomanables per als mariners. Això li va dir el seu progenitor i li va advertir que mai no hi entrés, si volia seguir conservant la pell. Com estaria la seva mare?, va pensar de sobte. Frisava per tornar a casa i abraçar-la de nou.

—Els afers de la justícia són lents —li havia dit Flint—. Haureu de tenir un xic de paciència, però us puc assegurar que el vostre cas es troba en bones mans. Alfred Gordon mai no deixa de complir la seva paraula.

Tant de bo fos cert!

La Taverna del Grec era un petit establiment enforatat en una façana tan vella i malmesa que feia pensar en una cova o en un cau. No tenia obertures al carrer, excepte la porta, i estava molt mal il·luminada, fins a l'extrem que va haver d'esperar que els ulls se li habituessin a la penombra.

Tan bon punt va travessar el llindar es va fer el silenci i tots els ulls dels pocs clients se li llençaren al damunt, escorcollant-lo de cap a peus. No era un lloc recomanable per algú que anava tan ben vestit com ell. Prou que ho sabia. I la qualitat dels vestits hauria de baixar molts graus per trobar-ne un que s'hi adigués. En aquell indret tot era vell, fosc i brut.

Quan els seus ulls s'acostumaren a la penombra, va escollir una taula a prop de la porta, deixà el bastó al banc i s'hi assegué. No es va treure la capa, perquè li permetia amagar les armes. En va enretirar una de la cintura i la va dipositar als genolls. Per si l'havia de menester.

El local entrava fins ben endins i gairebé no podia distingir el passadís que semblava desaparèixer en la foscor. Darrere la barra de fusta ennegrida, un home se'l va mirar amb la mateixa estranyesa que la resta de clients, i s'ho va haver de rumiar dues vegades abans d'abandonar el seu lloc i atansar-s'hi.

—Què voleu prendre? —va fer.

—Digueu-li a Brunell que Tomàs Garcia el convida a un got de vi i a xerrar una estona.

—No conec cap Brunell.

Tom somrigué.

—Doncs, porteu-me una gerra de vi i dos gots.

—Espereu algú?

—Prou que sabeu que sí.

Aquell home es retirà, prengué una gerra de darrere del taulell i s'endinsà a la foscor, com si anés al celler. Poc després tornà, però no duia la gerra.

—Hi ha algú que diu que és millor prendre un got de vi allà dins —senyalà cap al fons de la taverna, cap al racó més fosc.

Tom es va aixecar de la cadira i l'home es va apartar.

—Us seguiré, si no us importa —va fer el jove—. Jo no conec el camí i això està molt fosc. Encara podria ensopegar amb alguna cosa.

Van enfilar el passadís fins atrapar una porta mig oberta. L'home li indicà que hi entrés. Tom va enganxar l'esquena a la paret i esperà fins que aquell home desaparegué altre cop cap a la taverna. Llavors va empènyer la porta, però encara no va entrar.

Es tractava d'una habitació que rebia la llum per una petita obertura damunt la porta que donava al carrer del darrere i que es complementava amb la tènue il·luminació proporcionada per una llàntia penjada de la paret. Va veure la taula i Brunell assegut a l'altre costat.

—Garcia! —rigué Brunell, amb aquells llavis grossos—. Atansa't —va alçar les dues mans—. M'havien dit que havies marxat.

—No he vingut per robar-te res, sinó per oferir-te un bon negoci —digué Tom—. De manera que pregunta-li a l'imbècil que s'amaga darrere la porta: què és més ràpid un ganivet o una bala?

Brunell va veure la pistola i va deixar de riure, abaixà els braços i va fer un gest amb el cap. Immediatament va aparèixer el pinxo que s'amagava.

—Guarda la ferralla —ordenà Brunell.

Aquell home va plegar la navalla i se la guardà a la faixa.

Tom va entrar i es quedà mirant el pinxo. Ja es coneixien. I tant que sí!

—Deixa'ns sols —li ordenà Brunell.

L'home mirà Tom amb ràbia, sortí i tancà. Llavors Tom amagà l'arma i, abans de seure's, va tombar una mica la cadira per no quedar d'esquenes a la porta.

—Sembla que les coses et van bé —digué Brunell.

—No em puc queixar.

—I vols compartir la teva fortuna amb els amics?

—Sí. Això mateix.

—Endavant. T'escolto.

—Necessito la Maria.

La riallada omplí l'habitació i va fer tremolar la flama de la llàntia.

—La dona de les pomes? —Brunell s'eixugà les llàgrimes —. Què n'has fet, de les olives? Potser, vols canviar de negoci?

—A tu, ella ja no et serveix de res. Tothom sap que mentre ven pomes pel carrer té els ulls ben oberts i després t'ho explica tot.

—Com vols que m'expliqui res, si és muda? —rigué Brunell.

—Ja ho sé. I, a més, és sorda. Tot i així, tothom calla quan ella entra, perquè saben que té una memòria prodigiosa i que sap llegir i escriure. Malament, però suficient com per fer-se entendre i assabentar-se del que hi diu als documents. I, sobretot, sap llegir molt bé els llavis. Però, ara que tothom n'està al corrent, ja no et serveix de res.

—Encara no ha acabat de pagar el que em deu.

—Per això sóc aquí.

—És un element molt valuós —digué Brunell, davant la possibilitat de tastar diners—. Em sabria molt greu perdre-la.

—Segur que el teu dolor té un preu —replicà Tom.

—I quan creus que val?

—Tu ho deus saber millor que no pas jo.

Brunell es va gratar la barba. Què li podia demanar? Tal vegada dos-cents rals?

—Cinc-cents rals —va fer, per encetar les negociacions.

—Cent.

—Quatre-cents.

—Dos-cents i hi afegiré un regal.

—Quin?

MALEÏT CATALÀ!

—Deixaré Barcelona definitivament i podràs dir que m'has fet fora.

—Això no és cap regal. Ja fa dies que ets fora —rigué Brunell.

—Però, puc torna-hi i aquest cop no vindré sol. Tinc amics. Molts i molt poderosos. Podria buscar-te les pessigolles.

—Jo també tinc amics.

—No és cert. Tens gent subornada que pot canviar de bàndol per un preu interessant.

Brunell va callar. Tom no era dels que fan volar coloms. A més, era cert que Maria cada cop li feia menys servei.

—Tant t'interessa, la Maria?

Tom no va respondre. El tracte encara no estava tancat.

—No tornaràs mai més —va fer Brunell. El to era una barreja d'afirmació i d'amenaça.

—Mai no enganyo els amics —somrigué Tom.

—Ni jo tampoc —li tornà Brunell el somrís.

—Això tinc entès —replicà Tom, i allargà la mà—. Amics?

—Amics —féu Brunell i agafà la mà de Tom.

—Tracte tancat?

—Josep! —cridà Brunell.

La porta s'obrí i aparegué de nou el pinxo de la navalla.

—Busca la Maria i porta-me-la —ordenà.

L'home de la navalla afirmà amb un cop de cap i desaparegué.

—Per què necessites la Maria? —demanà Brunell.

—No la necessito.

—Au, va, home! —rigué Brunell. Evidentment, no s'ho empassava.

—Només vull pagar un deute pendent.

Un deute pendent... Brunell es va quedar pensarós. De sobte, va reaccionar.

—Va ser ella, que et va avisar?

En aquesta ocasió, Tom tampoc no va respondre.

—Maleïda sigui! La mala pècora! —exclamà amb ràbia —. Li hauria de tallar el coll.

—Durant molt de temps t'ha proporcionat valuosa informació i ara, que pensaves que ja no tenia cap utilitat, encara en trauràs un bon pessic —va dir Tom, mentre treia la bossa de la butxaca interior de la jaqueta i la dipositava damunt la taula—. No crec que t'hagis d'enfadar.

Brunell va prendre la bossa, l'obrí i va començar a comptar els diners.

—Hi són tots —va fer Tom.

—Perdona —somrigué Brunell—. Ja sé que som amics, però és el costum.

Ell era un home pràctic i el color de la plata li feia oblidar moltes coses. Fins i tot les ofenses.

—Te la pots endur —va fer amb els ulls que li brillaven. Després d'haver comptat els diners, naturalment.

*** ***

Ho havia repetit quatre vegades, mentre caminava pel despatx, amunt i avall. Les ordres de Madrid eren taxatives. Havia d'atacar. Absurd! El rei no veia més enllà del seu nas i Godoy estava tan mancat d'ulls com el monarca.

Antonio Ramon Ricardos acabava de ser nomenat capità general de Catalunya i, malgrat que tenia ben present que amb tres mil homes era impossible pensar en un atac contra les forces franceses, el seu honor de militar i la seva lleialtat a la corona l'obligaven a fer allò que ell mai no hauria decidit.

Sortosament tenia al seu costat tot el poble català. El fet que hagués convençut Godoy per tal que no ordenés un allistament obligatori li havia valgut la simpatia de la gent. A Barcelona s'havia constituït una junta de defensa de la ciutat i havien acordat oferir-li vuit-cents voluntaris.

—És absurd! —repetí un cop més—. Aragó, Navarra i el País Basc es quedaran en actitud defensiva, mentre que a nosaltres ens ordenen atacar.

El coronel Puig va afirmar amb el cap, en silenci, donant-li la raó. Allò no tenia ni cap ni peus. Per més que la manca de recursos econòmics del govern de Madrid era evident, representava un greu error obrir només un front i no fustigar els francesos per tots costats.

—Els Pirineus són una barrera difícil de saltar. Tant en un sentit com en l'altre. I els francesos volen el Rosselló i la Cerdanya fins al Montlluís. Si Godoy fos intel·ligent, convenceria el rei per tal de restituir a França aquesta part i es quedaria amb la fortalesa del Montlluís. Des d'allà podem dominar el pas que obre la porta d'Espanya. D'aquesta manera Puigcerdà quedaria protegida, i Catalunya — reflexionà Ricardos en veu alta—. Fins i tot un nen de pit ho veuria clar. Sobretot si el rei Carles vol mantenir-se neutral i no participar en la coalició europea contra França.

—Com ens ho farem per abastar les forces del Rosselló? Madrid no ens vol concedir més diners —digué el coronel Puig.

—Haurem de fer miracles.

*** ***

Gordon romania amb la cara recolzada damunt les mans i els colzes damunt la taula. Aranda, el predecessor del primer ministre espanyol era contrari a un enfrontament armat amb França i Godoy l'havia confinat a Andalusia. Si ell hagués de fer alguna valoració, cosa que no passaria mai perquè era un simple comissionat, pensaria com Aranda. La crisi econòmica que estava patint el regne de Carles IV no permetia gaires alegries. Tanmateix, la decisió de Godoy convenia a Anglaterra. De manera que prou que se n'estaria, de fer cap comentari.

A més, tenia altres problemes al cap. La muntanya de comunicats procedents d'Itàlia i d'Espanya no li permetia veure el color de la fusta i els seus ulls estaven fixos en el document que coronava tot aquell enrenou de paper i que, justament, no procedia de cap del dos països esmentats.

Es va fregar els ulls i enretirà el seu cos per acabar amb els ulls clavats al sostre. Quin desastre!

Es va aixecar pesadament, va prendre l'únic comunicat que li havia arribat de París i es dirigí cap a la porta. Marcus Hall havia estat descobert, empresonat i ajusticiat. Brissot també havia visitat la guillotina i els girondins havien caigut en desgràcia. Una altra baixa que Sir Blum hauria de sumar a la llarga llista. I ell ja ho havia advertit, que havien de treure el seu home de París abans no fos massa tard. França era una olla de cols i ningú no hi estava segur. Tanmateix, Sir Blum, evidentment, no carregaria amb el mort. Aquell idiota només tenia intel·ligència per trobar un cap de turc. Qui seria aquest cop?

Va enfilar el passadís per dirigir-se al despatx del cap dels Serveis d'Informació de la zona sud-oest d'Europa i, un cop més, va pensar que aquella era una reunió estúpida que acabaria amb un mandat: «Gordon, hem de trobar una solució.»

Merda! Va fer, premé amb força el document i els llavis i entrà al petit cau del secretari particular de Sir Blum.

Sí, Gordon, busca un substitut. Evidentment, qui mana, encara que sigui un imbècil, segueix manant. Hi havia moments que veritablement sentia simpatia per la revolució francesa. Moltes coses han de canviar en aquest maleït món per tal que la intel·ligència esdevingui un valor a tenir en compte en el moment de decidir qui ha d'obtenir una parcel·la del poder.

7.- L'HOME DELS GLOBUS

No era gaire alta, però estava ben formada i posseïa un rostre agraciat que atreia les mirades dels homes. La part superior del seu vestit, elegant i amb una cintura estreta, destacava unes formes, i la falda ampla i acampanada n'amagava unes altres que els ulls masculins presagiaven i els seus cervells escalfats dibuixaven amb la imaginació. Caminava per la vorera amb el cap ben dret i manegava l'ombrel·la amb gràcia.

Es dirigia al parc. Procurava no somriure, malgrat que les mirades d'admiració que rebia li eren agradables. Una dona que camina sola ha de saber mantenir-se en el seu lloc i menysprear les insinuacions que els homes li envien sense paraules. Només quan se sent envoltada d'altres dones pot baixar la guàrdia, perquè llavors sempre disposa d'una escapatòria i d'un aixopluc.

Va arribar a la cantonada i, abstreta com estava, va posar un peu a la calçada sense mirar enlloc.

De sobte, una mà li va engrapar el braç i l'aturà en sec.

—Com s'atreveix? —va fer davant l'ultratge, en torbar-se amb un rostre desconegut.

Encara no havia acabat de pronunciar la frase, que va escoltar un soroll, es va tombar i va veure passar un carruatge a poc menys d'un metre d'ella.

—Us demano disculpes, senyora —va dir aquell home jove, que va assenyalar el carruatge—. Uns ulls bonics també han de servir per mirar.

La dona es va dur la mà al pit i gairebé cridà espantada. Si no arriba a ser per aquell home, hauria caigut sota els cavalls.

—Us ho agraeixo —va fer amb veu tremolosa.

—Permeteu-me que us acompanyi fins l'altre costat. No m'agradaria que us arribés una desgràcia.

Ella somrigué i es penjà del braç que aquell home li oferia. El jove va mirar a banda i banda del carrer i va començar a caminar.

—Tom Headking, per servir-vos senyora. Puc conèixer el vostre nom? —va fer ell, quan ja eren a l'altre costat.

Ella anava a parlar, però una altra veu femenina se li va avançar.

—Ai, Verge Santa! Has pres mal, Mariana? —va fer una dona d'uns quaranta-cinc anys, més aviat rodoneta, que arribava acompanyada d'una altra dona jove.

—No, gràcies a aquest cavaller —respongué Mariana—. Senyor Headking, us presento la senyora de Pontefondo i la senyoreta Paloma Gràcia.

Tom es va treure el barret, va fer una lleugera reverència dedicada a les dues dones, després es tombà cap a Mariana i demanà:

—I vós sou...?

—La baronessa de Malpica.

Mariana va deixar anar el braç de Tom i va allargar la mà, que el jove va prendre entre les seves i va besar lleugerament.

—Ara us deixo en bones mans —va dir.

La baronessa enretirà lentament la mà, somrigué i va entrar al parc acompanyada de les seves amigues. Tom encara es va quedar uns moments amb el barret a la mà, per veure-la caminar. Quan ja havien entrat al parc, Mariana tombà el cap i li dedicà un somriure. Ell acotà el cap en una altra reverència, mentre es duia el barret al pit. Després, quan Mariana ja no el mirava, es va posar el barret i va marxar.

*** ***

El general Prado va callar en sentir que s'obria la porta. Es va tombar i va veure que entrava la serventa. Li va fer uns quaranta anys. Era més aviat menuda, un xic grassoneta i anava molt polida.

Els ulls d'aquella dona es movien amb rapidesa, com si apamessin tota l'estança de generoses dimensions, mentre duia amb molta cura una safata amb una ampolla de vi i dues copes. Va sortejar dues tauletes i un parell de butaques i va dipositar la seva càrrega damunt la taula de noguera lluent que hi havia en un racó del despatx, just sota un gran quadre que representava un paisatge davant del qual dos genets elegantment vestits semblaven conversar.

—No us hi amoïneu, general. Podeu seguir parlant com si no hi hagués ningú. Maria és sordmuda —digué Godoy.

No obstant això, el general Prado va seguir callat i interessat per la serventa. Llavors el primer ministre espanyol va fer un senyal amb la mà per tal de copsar l'atenció de Maria, que no parava de llençar esguards pertot arreu com un gos d'atura que espera ordres, i que de seguida s'adonà i es tombà.

Godoy aixecà la mà amb dos dits estesos i després senyalà la taula al voltant de la qual estaven asseguts, el general i ell.

Maria serví dues copes, deixà la botella damunt la taula del racó i s'atansà amb la safata i els dos gots per deixar-ne un davant de cada home. Els seus ulls van fer un ràpid repàs de tot el que hi havia allà al damunt, tenint molta cura de no tacar res. Després es quedà mirant Godoy, que va fer un gest amb la mà per tal que es retirés, i va desaparèixer en un tres i no res sense fer cap mena de soroll, tot tancant la porta.

—Ho veieu? —somrigué Godoy—. És la manera més segura de disposar de servents discrets i callats. Va ser una troballa increïble. Treballava a la cuina i, un dia, la noia que acompanya al majordom per dur-me el cafè cada matí es va cremar la mà. Es feia tard i Francisco va ordenar a la que tenia més a prop i anava millor vestida que prengués la safata i el seguís, sense adonar-se que era sordmuda. Anaven tots tan atabalats que ningú no se'n va adonar i, per tant, no el van avisar. Maria, un xic nerviosa, ho va fer perfecte. Em va servir el cafè amb elegància. Però, quan li vaig dir que volia una mica de llet... llavors vam descobrir que no sentia res de res. I que no parlava. Francisco es va disculpar i disculpar i a mi se'm va ocórrer que era la serventa ideal. Des d'aleshores ha ocupat el lloc de cambrera.

—I quan necessiteu alguna cosa diferent? No sé, aigua o vi o... —va fer el general Prado.

—Ho entén de seguida. Amb un sol gest. És llesta com un llamp —assentí Godoy amb un cop de cap—. Bé, no és de Maria que hem de parlar. Em dèieu...?

—El general Ricardos ha demanat reforços.

—Reforços? Per què? Amb l'exèrcit que té ha ocupat Sant Llorenç de Cerdans, Arles i Ceret, ha fet fora de Bellaguarda els francesos, ha deixat enrere Vilafranca de Conflent i ja va camí de Perpinyà —somrigué Godoy.

—Tres mil homes no són cap exèrcit. I els miracles al final s'acaben.

—Ja coneixeu la situació de les nostres finances. Espanya està passant una crisi com mai no n'havíem tingut. Per desgràcia haig d'escoltar Sa Majestat, que insisteix que hauríem de mirar de parlar amb l'enemic. Potser s'escolta els gemecs d'Aranda que li arriben des d'Andalusia —Féu Godoy amb un gest greu—. Danton domina la situació i ha creat el Comitè de Salvació Pública. Si tot va bé, els francesos demanaran negociar la pau abans que s'acabin aquests miracles de què parleu. No poden aguantar tants fronts.

—Robespierre ha quedat en segon terme. Ara França viu sota el règim del terror. Això del comitè de salvació més aviat sembla el comitè d'execució —replicà el general Prado—. Mai, en tota la història recent, la guillotina havia funcionat tant. No crec que Danton vulgui parlar amb nosaltres. No vol parlamentar ni negociar amb ningú

—Doncs, que el general Ricardos recluti més homes entre la població. Ara no podem enviar-li reforços —digué Godoy.

—No n'hi ha prou amb homes. Calen armes, canons, fusells, pólvora...

—I d'on traiem els diners?

—Si no ajudem Ricardos, ho perdrem tot. Els revolucionaris del Rosselló s'han aplegat a les tropes franceses i hi ha certs moviments que apunten que volen encetar una campanya per convèncer els catalans que és el moment de recuperar la independència. França pensa crear un estat satèl·lit. Aquesta idea pot resultar força perillosa.

—Miraré de parlar amb el rei —acceptà Godoy.

—És urgent —insistí Prado.

—Ja ho sé! —cridà Godoy—. Com també sé que hi ha cinquanta mil coses urgents. Ja us he dit que parlaré amb el rei.

—Hem de prendre una altra decisió —va canviar de tema el general Prado—. Recordeu que hem de crear el càrrec d'almirall de la flota.

—Ah, si! Com la figura que tenen els anglesos, que pugui parlar d'igual a igual. També ho plantejaré demà i ja tindreu notícies meves.

El general Prado va escurar el vi i es va posar dempeus. Godoy va fer el mateix i s'acomiadaren.

Un cop Godoy es quedà sol, va respirar fondo i els seus ulls caigueren damunt de l'escrit que reposava a un costat de la taula de treball. «Assaig sobre el gas i màquines o globus aerostàtics». Estava signat per Polindo Remigio. El va agafar. No és que hi entengués gens ni mica de globus aerostàtics ni que se sentís atret per la ciència i la tècnica, però ja feia dies que li donava voltes a una idea.

*** ***

Tom Headking, a mesura que avançaven pels jardins, contemplava la riquesa de colors que omplia les seves pupil·les: verd, groc, vermell, rosa, lila... Tots perfectament disposats en curiosos dibuixos que conformaven un quadre indescriptible amb paraules. El dia era clar i serè, després de tota una setmana de pluja, i les plantes ornamentals s'havien omplert de flors de tota mena i s'hi endevinaven multitud de poncelles que esclatarien durant els dies següents i acabarien per desbordar-ho tot.

L'home gras conduí el vehicle fins a una porta gairebé amagada i allà el va aturar. Tom va saltar a terra i es va apartar, mentre el conductor obria la part del darrere del carro.

—Bon dia, Sebas —saludà al criat que havia sortit acompanyat de dos més i que semblava que manava.

—Bon dia, senyor Headking —li tornà el criat la salutació.

—Ajudeu el Paco a descarregar —va dir Tom.

Sebas va fer un gest amb el cap i els dos servents que l'acompanyaven van començar a descarregar la mercaderia i a entrar-la per la porta petita.

Llavors Tom va prendre del carro dos formatges i un embotit, va entrar, va esperar que Sebas fos sol i els hi va passar.

—Aquests són per la teva dona —digué amb un somriure.

—Gràcies, senyor Headking. No ho hauria de fer —va dir Sebas.

—Tu et vas portar bé amb la pobra Maria —respongué Tom.

—Sempre que es pot ajudar una pobra dona, vídua i amb la seva desgràcia...

—No tothom és tan bona persona com tu, i les bones accions mereixen un premi —somrigué Tom.

Sebas féu una ràpida reverència i amagà de seguida la mercaderia en un racó ben discret, abans que no tornessin a entrar els seus companys.

—Sa Excel·lència està encantat amb Maria. Qui s'ho anava a imaginar que la prendria al seu servei personal! —rigué Sebas—. El bon Déu és misericordiós.

—Sí que ho és! De la cuina al despatx de Godoy és ben bé un miracle —també rigué Tom—. M'agradaria saludar-la.

—Ara mateix li dic que sou aquí.

Sebas va desaparèixer i tornà una estona després. Venia acompanyat de Maria.

Tom es va avançar i es va plantar davant de Maria, per tal que ella pogués veure-li els llavis.

—Estàs bé, Maria? —va fer, i ella assentí amb diversos cops de cap—. Això és bo. Molt bo —Ella tornà a afirmar amb el cap i somrigué—. Necessites alguna cosa? —i ella va negar.

Tom es va dur la mà a la butxaca de la jaqueta i va treure una moneda, que va lliurar a Maria.

—És perquè et compris alguna cosa bonica —va dir, acompanyant les seves paraules de mímica.

Maria la va prendre amb les dues mans i va retenir la de Tom durant uns instants, mentre feia esma de besar-li. El jove l'hi va impedir i ella l'abraçà. Després va marxar.

—És una dona extraordinària —va fer Sebas—. I molt agraïda. Estic ben segur que, si pogués parlar, només pronunciaria el vostre nom i el cobriria de lloances.

Ja havien acabat de descarregar el carro i Paco ja estava a punt per marxar. Tom hi pujà i saludà amb la mà els servents.

Quan creuaven la reixa del jardí, Tom es va dur la mà a la butxaca i acaricià el petit paper que Maria hi havia dipositat. Sebas no es podia ni imaginar fins a quin punt Maria era una dona extraordinària.

En arribar a l'empresa es dirigí directament al seu despatx, aquell que el seu soci havia ordenat construir damunt de la nau, perquè deia que una empresa amb dos caps ha de tenir dos despatxos. Això la fa semblar més gran i més important.

Un cop es quedà sol, va treure el paper que Maria havia deixat caure a la seva butxaca i el va llegir amb interès. S'hi detallaven tots els documents que hi havia damunt la taula de Godoy. Mentalment el va comparar amb els altres papers que Maria, discretament, li havia anat passant i va veure que seguia figurant un document que ja havia cridat la seva atenció.

—Polindo Remigio —murmurà pensarós.

Qui era aquest home? I per què feia dies i dies que el seu tractat sobre màquines i globus aerostàtics s'estava a la taula de Godoy? Pel que ell sabia, el primer ministre no era aficionat a aquestes coses, sinó que era un home pràctic i gens inclinat a fer volar res. I, encara menys, coloms. Si comparava totes les notes que li havia passat Maria, podia veure que altres documents havien desaparegut de la taula de Godoy, però aquell hi continuava present.

*** ***

Ferguson va arribar tard al seu despatx, i amb cara de cansat. Lady Mody, malgrat els seus quaranta-set anys, l'hi havia tret tot el suc. Deia que el seu marit, amb seixanta-dos anys no donava la talla i afegia que mai no l'havia donada. Com podia donar-la?, es demanava Ferguson, si aquella dona era insaciable.

Es va seure i es va fregar els ulls abans de submergir-se dins la pila de correu que havia arribat. Primer va fer una ullada a les cartes sense importància, els afers rutinaris. Va prendre aquesta decisió per veure si era capaç d'espavilar-se un xic. Finalment, quan creia que ja podia mantenir els ulls ben oberts, dedicà la seva atenció a la pila petita, la que tenia a la seva dreta i que havia arribat de l'estranger, i no pas per conducte ordinari.

De les comunicacions, n'hi havia una que el va sorprendre. Arribava de Madrid via un missatger especial. Era de Headking, l'home de Madrid. La va haver de llegir dos cops per mirar d'entendre'n el contingut, però va desistir. Això d'emprar claus i llenguatges secrets, que diuen allò que no diuen, i que l'obligaven a fer treballar massa el magí, no li agradava

Va transcriure i va classificar els missatges i els va fer arribar a la taula d'Alfred Gordon.

Aquell mateix matí, Gordon el va cridar.

—Què és un globus? —li demanà.

Ferguson va fer cara de babau.

—Trobeu-me informació sobre el tema —ordenà Gordon.

Ferguson assentí i sortí del despatx del seu superior. Per què voldria aquella informació? Bé, ja l'hi buscaria.

Dos dies després, Alfred Gordon es trobava al despatx del ministre. Sir Blum també hi era. Amb cara de mala llet, naturalment.

—Com s'ho manega per saber què hi ha damunt la taula de Godoy? —va fer lord Grenville.

—Flint diu que Headking no l'hi ha volgut explicar. El nostre home pensa que quants menys sàpiguen qui és el seu informador, més segur estarà —contestà Gordon.

—Com podem saber que el que diu és cert? —va fer Sir Blum.

—El nomenament del general Ricardos s'ha confirmat; la detenció d'Aranda, també; els problemes econòmics a Espanya són més que reals; del paper del Sant Ofici i dels bisbes, més val que no en parlem... —somrigué Gordon—. Crec que li hem d'atorgar un vot de confiança.

—La idea d'enviar-nos una relació de tots els documents que hi ha damunt la taula de Godoy és força interessant i molt objectiva. Podem treure les nostres pròpies conclusions. Aquest Headking és tota una troballa. Us felicito, Gordon —afirmà lord Grenville.

—Gràcies, senyor.

—Per què heu subratllat aquest tractat de màquines aerostàtiques i Globus? —va fer Sir Blum, després de llegir amb molta cura la llista.

—Si compareu la informació que teniu a les mans amb les rebudes anteriorment, veureu que l'única cosa que no canvia i que sempre apareix, és precisament aquest tractat —respongué Gordon.

Hauria volgut afegir alguna explicació més, però la informació obtinguda per Ferguson no era gaire extensa, com sempre, i es limitava a consignar que el globus aerostàtic era un invent francès. Els germans Joseph Michel i Jacques Étienne Montgolfier uns anys enrere, concretament el 1783, havien efectuat la primera ascensió tripulada de la història. L'esdeveniment havia tingut lloc a París.

—I qui és aquest Polindo Remigio? —seguí parlant Sir Blum, sense escoltar-se Gordon—. És un científic?

—La societat de ciències britànica no n'ha sentit a parlar —respongué Gordon.

—Llavors, és un aficionat o un escalfat. Arxiveu el tema.

—No crec que un tractat com aquest ocupi un lloc a la taula de Godoy sense una raó poderosa —protestà Gordon.

—Molt bé! —el tallà Sir Blum—. Imaginem-nos que arriba un globus aquí, ara mateix, per espiar-nos. Amb un sol tret el fem caure. Quina és la utilitat del globus? Cap ni una —obrí els palmells enlaire—. Continuo pensant que tot plegat és una bajanada i que...

—Prou! —va fer lord Grenville. Ja n'estava més que fart. Cada cop que es reunien i sortia el tema Headking, aquell parell se les tenien—. Us recordo, Sir Blum, que aquí no fem bajanades.

—Perdoneu —es disculpà el cap dels serveis d'informació. Tanmateix, afegí—: Només veig que hem muntat tot un espectacle per res. Espanya i França estan en guerra. De manera que poc interès pot tenir un globus. Altres problemes són més urgents i això dels globus...

—Jo decidiré allò que és important i allò que no ho és.

Sir Blum va callar.

—No deixa de ser interessant que aquest tractat de globus i màquines no abandoni la taula de Godoy —insistí Gordon, en veure que hi havia una escletxa per colar-s'hi.

—Potser significa alguna cosa, però haig de donar la raó a Sir Blum. Ara tenim problemes més urgents que no pas esbrinar si Godoy és un somiatruites. Envieu un missatge a tots els nostres homes, inclòs Headking, i que quedi clar que és la guerra d'Espanya i França, que ens interessa. Entesos?

—Entesos, senyor ministre —acceptà Gordon.

Gordon va abandonar el despatx. Alguna cosa li ballava pel cap. Ell era conscient que tot nou invent aixeca rialles, fins i tot riallades, mentre és un embrió. Després, quan esdevé realitat, tot canvia. Anglaterra sempre s'havia mantingut expectant amb els avenços de la ciència i, ara, Sir Blum se'n reia de les possibilitats d'un globus. Deia que volar era una bajanada. I lord Grenville només veia la guerra. Potser sí, però ell seguia considerant que era important.

Va arribar al seu despatx i va treure de la butxaca de la jaqueta el document que no havia gosat mostrar al ministre.

Ell, sempre amb aquell tarannà perfeccionista i aquella desconfiança cap a tot el que l'envoltava, havia anat més lluny que no pas Ferguson i havia descobert que Domingo Mariano de Traggia i Urribarri, un militar espanyol, havia inventat un globus que havia descrit en un opuscle de 1788. D'això feia ben pocs anys. I, ara, de sobte, apareixia un altre inventor, i el més curiós era que dedicava el seu estudi a Godoy. En un país on la màxima és «que inventin els altres», el més lògic era que hagués desaparegut de la taula del primer ministre i que hagués anat a petar a la biblioteca com una curiositat més. Tanmateix, Headking l'informava que l'estudi continuava damunt la taula de Godoy. Per què? Bona pregunta. Què havia vist el referit Polindo Remigio en els globus perquè fossin tan interessants? O millor dit: què hi havia vist Godoy?

Si Londres no era capaç de veure més enllà del seu nas, Gordon sí. Per tant, no s'aturaria tan fàcilment.

Va redactar un missatge per tots els seus homes d'Espanya i un altre per a Headking. L'única diferència era que no deia exactament el que volia el ministre ni el que desitjaria Sir Blum, sinó que quedava lleugerament alterat i hi afegia una pregunta: qui és Polindo Remigio?

*** ***

MALEÏT CATALÀ!

Els treballadors van veure que Angelines pujava les escales que conduïen a la part alta de la nau, cap als despatxos. Es movia amb gràcia i més d'un havia comentat que era difícil imaginar-se que de Don Santiago hagués sortit aquella noia tan delicada, amb les mans primes de dits elegants. Ell tenia pales, enlloc de mans.

Des que l'empresa havia canviat de nom, els empleats la veien sovint. Venia a visitar el seu pare, però a ningú se li escapava que les seves visites s'espaiaven sospitosament quan l'altre soci, el jove senyor Headking, havia sortit de viatge.

Angelines va saludar Manolo que sortia del despatx de Don Santiago i que, en veure-la, no va acabar de tancar la porta, sinó que l'obrí de bat a bat.

—Bona tarda, filla! —saludà Don Santiago, radiant i feliç.

Potser les seves plegaries havien estat escoltades per Déu, perquè la seva filla el visitava a l'empresa i s'arreglava amb més cura que mai. Evidentment, Don Santiago també tenia clar que no era per ell, per fer-li plaer, sinó que aquest canvi venia motivat per una altra raó que hauria de buscar a l'altre costat de la paret.

Just quan Angelines anava a entrar, s'obrí la porta del despatx de Tom i aparegué una dona menuda i grassoneta que la va saludar amb un lleuger moviment del cap i que es dirigí escales avall. La filla de Don Santiago es va mirar aquella dona de dalt a baix mentre desapareixia per la portalada de la nau. Llavors va veure Tom que li somreia i va estar temptada a demanar-li qui era, però es va mossegar la llengua, malgrat que no s'hi va poder estar de comentar:

—Les normes de bona educació no deuen de ser plat fort per a certes persones. El mínim que podia haver dit és bona tarda.

—Bona tarda —va fer Tom, eixamplant el seu somrís—. Difícilment algú que és mut pot saludar.

—Ah! —exclamà Angelines, i va tornar a dirigir la seva mirada cap a la portalada, com si amb aquest gest pretengués demanar disculpes a qui ja no hi era.

—És una pobra dona, vídua i sordmuda. El seu marit treballava per mi, a Barcelona, i va patir un accident —va explicar Tom—. En assabentar-me de la seva desgràcia, me la vaig endur de Barcelona i li he aconseguit un treball. Ella és una dona agraïda i quan té un dia lliure em ve a visitar.

—Oh! —va fer Angelines. Llavors es va sentir ridícula—. No m'havíeu d'explicar res, perquè res no us he demanat —replicà, i entrà al despatx del seu pare.

—Déu meu! —féu Don Santiago, amb desesperació.

Què podia esperar d'aquella filla que espantava tots els nois? Tom sempre tan educat i ella sempre tan esquerpa!

—No li faig gaire el pes —brandà Tom el cap a banda i banda, mentre somreia divertit.

—Al contrari! —va fer Don Santiago, abaixant la veu—. Mai no l'havia vist tractar cap home com a tu —mentí descaradament—. I conec la meva filla —rigué.

Tom va entrar al seu despatx. Don Santiago tallà la rialla i sospirà llargament. Tom era un gran noi. De seguida li havia demanat que el tutegés. Llavors, ell també li ho havia pregat, però aquell xicot tenia molt clar que la diferència d'edat marcava un respecte i havia continuat tractant-lo de vós. N'era molt, d'educat! I quin bon gendre que seria! Sempre que Angelines...

Ai, Angelines! Segurament Déu l'havia castigat pels seus pecats tot enviant-li una filla com aquella.

Dins del despatx, Headking va tornar a llegir la nota de Maria. Polindo Remigio no existia, sinó que al darrere d'aquest nom s'amagava un altre personatge: Domènec Badia. Domènec Francesc Jordi Badia i Leiblich, per ser exactes. Aquest era el vertader nom de l'autor de l'assaig sobre gasos i màquines i tot aquell enrenou. Sí, aquest era l'home que s'amagava sota el pseudònim de Polindo Remigio. La nota seguia explicant que Domènec Badia ocupava el càrrec de «comptador de guerra i tinença de tresorer del partit de Vera a Granada amb exercici i distintiu de comissari de guerra», segons es desprenia del full que hi havia dins del tractat, escrit de puny i lletra de Godoy. A Tom sempre li havia fet gràcia que els espanyols sentissin tan marcada inclinació pels títols llargs i pomposos. I és clar que els francesos tampoc es quedaven curts, somrigué.

Què hi pintava un comptador de guerra i tota la pesca escrivint un assaig sobre globus aerostàtics? Això no ho explicava la nota. Potser no era important, però que el llibre seguís damunt la taula de Godoy, quan resultava que molts altres documents més interessants ja havien desaparegut... Sí, era com per rumiar-s'ho una estona.

Després va prendre el missatge que Gordon li havia enviat per conducte d'Albert Flint. En ell li deia que actués amb molta discreció i que no tornés a esmentar el tema dels globus fins no disposar d'informació concreta sobre el possible significat d'aquell estudi.

Bé! Maria ja tenia instruccions precises i ell, potser, hauria de fer un viatge a Andalusia.

8.- LA BARONESSA DE MALPICA

Les ciutats són grans quan arriben a tenir força de tot. Madrid ja era una ciutat de generoses dimensions. Dins seu albergava des de la més gran virtut fins al defecte més aparent, des de la més gran fortuna fins a la misèria més baixa que hom pugui imaginar. I, enmig, fent de coixí, es bellugava una munió d'elements que ocupaven totes les capes de la societat, sense deixar un sol espai buit. Ser el centre del país i seu de la cort atrau gent de tota mena que persegueix fugir de la vida relaxada del poble per cercar noves oportunitats, nous plaers o per fer fortuna. Només que les grans ciutats, si bé és cert que ofereixen una tria molt més gran que les petites comunitats, no regalen res i, també és cert, que la competència és més feroç. Tanmateix, per algú que posseeix una bona dosi d'imaginació, les possibilitats es multipliquen.

Don José Manuel de Castro era un home moreno, alt i prim. Acabava de complir els trenta anys, vestia amb distinció i es movia amb elegància, mantenint el cap ben dret i l'esquena recta. Sempre exhibia un somriure que, acompanyat d'una mirada amb les parpelles mig caigudes, pretenia mostrar la seva seguretat.

Cada cert temps prenia classes d'esgrima amb el mestre Palacios. Ho feia quan necessitava practicar, quan s'ensumava o sabia que podia atansar-se algun esdeveniment important. En el seu haver figurava un bon nombre de duels, tots guanyats!, que ell havia sabut inflar convenientment. I amb aquesta aurèola es passejava dominador i rebia amb displicència les mirades de les dones, com si el fet d'oferir-les la seva presència fos un acte de caritat envers éssers dèbils i inferiors. Això excitava certes dames, que s'atansaven a ell amb una barreja de desig i de temor. Desig que les altres dones veiessin que rebien les atencions d'un home coronat per la mala fama, i temor que no fossin prou capaces de resistir-se a l'encant de l'aventura i del perill. Ell, coneixedor d'aquesta circumstància, quan volia les seduïa amb la mirada, les embolcallava amb dolces paraules i gaudia de l'èxit de la torre esfondrada i de la plaça conquerida. Llavors, encara les tractava amb més superioritat. Aquest tarannà li havia proporcionat un exèrcit d'enemics que, curiosament, l'envejaven i el temien, i un altre exèrcit, aquest femení, que seguia sospirant per reconquerir la posició que li permetia suscitar l'enveja de les altres, tot i que sabia que un terreny on ell hi havia plantat la pica ja era passat, i el passat ja només forma part del record. Quedaven tants territoris per explorar!

Don José Manuel havia assolit el nivell que fa que un home ocupi el centre de qualsevol saló de Madrid. Tant bon punt hi entrava, les mirades es clavaven en ell i els comentaris en veu baixa omplien els racons. Evidentment, només amb una ullada sabia quina plaça estava disponible per ser conquerida i quina necessitava un treball més acurat.

Anava ben vestit i li agradava apostar fort en el joc. Tothom comentava que el seu cunyat li passava diners, perquè no se li coneixien ni propietats ni fortuna ni ocupació. No obstant això, pel que feia al baró de Malpica, un pobre home impedit, que s'havia casat amb una dona molt més jove que ell, tot i que posseïa terres a Andalusia i a Extremadura i una casa de dues plantes amb jardí a Madrid, deien que tampoc gaudia d'una fortuna excessiva. Com s'ho manegaven, llavors, per portar aquell ritme de vida?

Isabel, la serventa, va obrir la porta i es va fer càrrec de l'abric i del barret de Don José Manuel. Llavors, el va informar que la seva germana, la baronessa de Malpica, l'esperava al saló del darrere, el que donava a la font del jardí. Ell es va arreglar els punys de la camisa i es dirigí cap allà, mentre la criada l'observava.

Les grans ciutats permeten gaudir de somnis que en un poble serien impossibles. La petita comunitat es mou segons paràmetres ben definits, que a ciutat, de vegades, sembla que es difuminen. El germà de la senyora produïa en Isabel, vinguda d'un poble perdut de Castella, un sentiment d'excitació que cap altre home havia aconseguit i, malgrat que era conscient que la mel no s'ha fet per la boca del ruc, somiava amb un dia en el qual José Manuel la miraria. Només una mirada i ja en tindria prou, perquè, fins al present, Isabel tenia molt clar que el germà de la senyora ni tan sols seria capaç de dir de quin color eren els seus ulls. De manera que va sospirar i abraçà l'abric com si es tractés del mateix Don José Manuel, que ja havia desaparegut pel passadís.

Quan José Manuel va obrí la porta de la sala, va veure que Mariana estava asseguda a la butaca que hi havia al costat de la finestra. La va saludar amb una rialla.

—Què has descobert? —va preguntar Mariana, quan ell es va atansar i li va fer un petó a la galta.

—Té fortuna. És fill del comte Reggozi. Hi serà uns mesos, a Madrid, perquè ha de tractar uns afers amb Godoy. Negocis.

—Interessant.

—No n'estic tan segur. És italià, jove i solter —es queixà José Manuel.

—Els joves són molt manejables i els italians molt romàntics —somrigué ella.

—Jo m'estimo més els homes casats i amb responsabilitats. Malgrat que tenen més experiència, també presenten més punts febles —afirmà José Manuel amb el cap.

—Et fa por, un jove?

—No —negà José Manuel—. Sembla un d'aquests estúpids nobles italians que es passen el dia davant del mirall.

—Llavors ho tindràs fàcil —replicà Mariana— S'espantarà de seguida i pagarà. A més, si és el fill del comte Reggozi i vol caure bé a Godoy, de seguida s'adonarà que un escàndol de certes dimensions pot afectar els seus interessos familiars i comercials. Sobretot si se n'assabenta que som parents del primer ministre.

—Entesos —acceptà José Manuel, i canvià de conversa —. Necessito diners. He tingut algunes despeses i haig de pagar algun deute.

—Altra vegada el joc? —s'enfadà Mariana—. No ho pots solucionar de cap més manera?

—Ja saps que en aquest cas provocar un duel no és bon camí. Els deutes del joc són deutes d'honor. A més, es tracta d'algú influent —brandà el cap a un costat i a l'altre—. Haig de pagar —féu resignat.

—Aquest vici del joc ens costa molts diners —seguí Mariana amb el mateix to.

—Doncs, afanya't i treballa't l'italià.

—Què n'ets, d'idiota! —negà Mariana amb el cap—. Una dona ha de saber fer-se respectar i ha de saber insinuar, però no mostrar massa aviat.

—Quan serà?

—Ja ho saps. Quan estigui madur. Tu, per si arriba el cas, prepara't.

—Sempre estic preparat.

—Malgrat que sigui un babau, tingues en compte que és jove. No com els altres.

—Però, segur que no manega l'espasa —somrigué José Manuel amb superioritat—. Necessito els diners aviat —insistí—. Si més no, un avançament.

—Doncs, te n'hauràs d'estar. Tingues en compte que, si som on som, és perquè jo decideixo com i quan hem de fer els negocis.

—Si podem viure com vivim és gràcies a mi, i no pas al teu marit —la mirà José Manuel amb superioritat.

—Guarda aquesta mirada per a les teves conquestes, que aquí, qui posa el llit sóc jo.

—La teva feina, malgrat que té el seu mèrit, la poden fer moltes dones. La meva, hi ha pocs homes que siguin capaços de dur-la endavant i seguir vius.

—Quan vols, ets profundament desagradable —féu ella amb un gest de menyspreu.

—La idea va ser meva. No ho oblidis —somrigué ell.

—Si t'hagués deixat fer, ara estaríem acabats. Sóc jo, que dirigeixo el negoci i no se me n'escapa ni un.

—És cert. Deus de tenir algun do especial. M'han dit que has fet una altra conquesta. Aquest cop un anglès.

—Un anglès? —s'estranyà ella.

—Thomas Headking, un empresari d'aquí.

—No és cap conquesta. Simplement em va salvar d'un possible accident.

—Té diners i seria una bona peça per caçar.

—Ah, sí?

—No és cap noble, però és l'amo d'una empresa que serveix el rei i Godoy. Té delegacions a Espanya i exporta a bona part d'Europa.

—Ja en tenim un. No en cal un altre.

—Tinc pressa i, si falla l'italià...

—No! Deixa'l en pau —el tallà Mariana.

—Oh! —va fer José Manuel—. Ja ho veig. Un cavaller valent que salva una dama sempre desperta passions. No obstant això, recorda que tots acaben pensant amb la cigala i que són les cigales que et donen de menjar. El romanticisme és patrimoni de les criades. Tens prou experiència com per no oblidar-ho, oi que sí?

Mariana se'l va mirar amb una espurna de fàstic. Quan volia ser desagradable, ho era en extrem.

José Manuel es va aixecar, va anar a fer un petó a la seva germana, però ella va apartar la cara. Tanmateix, ell l'agafà pel clatell i l'atansà.

—Algun dia t'haig de tastar —i li va llepar la galta.

—Porc! —Mariana el va apartar amb violència.

José Manuel es va dirigir cap a la porta, però es va aturar.

—També li dedicaves aquestes delicadeses, al pare?

Va fer una lleugera reverència i sortí.

Un cop sola, Mariana es va aixecar i es dirigí cap a la porta que conduïa al passadís de les habitacions. Just en arribar a la cambra del seu marit, un dels servents sortia.

—Com està el baró?

—No ha menjat gaire, senyora baronessa —va fer el criat.

Mariana va entrar a la cambra, que romania amb les cortines mig tancades. El seu marit va obrir els ulls. Eren uns ulls cansats i vells, propis de qui ja no espera res de la vida, excepte que el temps vagi passant lentament. El seu cos cada dia estava més prim. No obstant això, els metges deien que així podia romandre anys i més anys, perquè la seva energia seguia present.

—José Manuel s'ha interessat per tu —va fer ella.

El baró va afirmar amb el cap, sense pronunciar cap paraula.

—Li he dit que reposaves i que no et volia destorbar.

—Com sempre —va tornar a assentir.

—Ahir vaig trobar Teresa de Galva. El seu marit va preguntar per la teva salut. Com pots veure, tothom es preocupa per tu —somrigué Mariana.

—Com tu —respongué el baró.

El to que havia emprat no va agradar a la seva esposa. Tanmateix, va somriure.

—Hauries de fer un esforç i aixecar-te una estona. Fa un dia molt agradable.

—Que tu aprofitaràs de valent.

Mariana es posà tensa. Abelino ja tornava a comportar-se amb insolència. Segurament no tenia el dia. Tanmateix, ella tenia coses per fer i no estava disposada a aguantar gaire estona.

—Haig de mantenir les nostres amistats per al dia que et trobis millor —va fer, seca.

—T'ha demanat diners?

—Qui?

—José Manuel. Ha vingut per interessar-se per mi o per demanar-te diners?

—No siguis desagradable —va fer una ganyota de disgust—. Ell et té en gran estima. Desitja que et refacis aviat.

—Prou que sap que l'única cosa que encara em funciona són els records. La resta va caient lentament i mai més no es recuperarà. No t'amoïnis que aviat podràs fer tot el que vulguis.

Mariana premé els llavis i el mirà amb duresa.

—Haig de marxar. Tens a mà la campaneta? —
s'interessà, i la va localitzar—. Si necessites res...

—Si, ja ho sé. Els criats m'ho portaran.

Ni un petó ni una abraçada. Ni tan sols s'havia atansat
fins al llit per acaronar-li la mà o la galta. Simplement, havia
fet el mateix que cada matí, mecànicament. Una conversa
banal i buida. Ja n'hi havia prou per complir. De manera que
va girar cua, sortí i deixà la porta oberta.

Abelino deia que l'única cosa que li funcionava eren els
records. Doncs, Mariana pensava que, de vegades, que
funcionin els records és el pitjor de tots els inferns i que hi ha
coses que més val no recordar.

El porc del seu germà havia sortit al seu pare, que
abusava d'ella des que era nena gairebé davant d'una mare
que tancava els ulls i callava. Quan els seus pares van morir,
es va sentir alliberada, però també arruïnada i va haver de
buscar una solució ràpida. Per això va decidir que es casaria
amb el baró Abelino de Malpica, un amic del pare que els
visitava amb certa freqüència i que havia manifestat
inclinacions per ella. Era un home gran i mig impedit, però
confiava que era immensament ric. Aquest detall disculpa
altres defectes. Bé, hauria d'afegir que, en aquella decisió,
també hi havia participat el seu germà. Casa't amb ell i
viurem bé, li havia dit.

No s'ho va rumiar gaire. Volia fugir d'allà i dels records, i
el seu germà, evidentment, tenia aspiracions. De manera que
s'hi va casar i van venir a Madrid, a la casa que hi tenia el
seu marit. Els parents del baró no s'ho van prendre gaire bé.
Deien que es veia d'una hora lluny quines eren les seves
intencions.

La sorpresa va arribar després. Durant el curt festeig
Abelino l'havia enlluernat amb regals, però...

El baró posseïa terres. Era cert. Tanmateix, eren de secà
i de poc valor i no donaven res. I, pel que fa als diners, aviat
van minvar fins a extrems alarmants. Sobretot quan la

malaltia d'Abelino es va agreujar i van haver de pagar els metges, que no van poder fer res per aturar la caiguda del seu marit i que cada cop l'impedia més i més. Ara ja es desplaçava valent-se d'un caminador, quan es llevava, perquè molts dies ni tan sols deixava el llit i els servents, fins i tot, havien de portar-li l'orinal. Vendre les propietats, llevat de la casa de Madrid, no representava cap solució. Amb els diners obtinguts potser haurien pogut dur una vida tranquil·la i retirada a províncies, però no gaire més. Viure a ciutat costa diners i, si vols alternar amb gent important, encara costa més diners. Mentre, els metges, aquelles sangoneres amb vestits elegants, no feien altra cosa que contribuir a evaporar la minsa fortuna d'un marit que l'havia entabanat com a una nena de cinc anys.

Quan va despertar del seu somni, es va trobar que només li quedava un marit sense un ral, impedit i gran, i un germà que volia viure com un senyor. Llavors li va suggerir, al seu germà, que parlés amb Godoy. De fet, el baró de Malpica era un parent llunyà del primer ministre espanyol. Alguna cosa hi faria. Però, no va ser així. Godoy ni el va rebre. Si més no, això és el que va explicar José Manuel, malgrat que ella sabia que el seu germà vivia convençut que això de treballar només és per als idiotes. Ell no havia nascut per tancar-se en un despatx i llepar el cul de cap noble.

Un dia José Manuel li va presentar un amic seu. L'havia conegut en una partida de cartes i el va convidar a casa. Era un home d'uns quaranta-cinc anys i un xic calb. Mariana era jove i atractiva. José Manuel va seguir convidant el seu amic a casa, fins un dia que li va preguntar què li havia semblat aquell amic seu, i, amb un cinisme absolut, li va explicar que el seu amic era molt ric i que ell tenia un pla. Mariana el va escoltar amb uns ulls com taronges.

—No facis aquesta cara, que el pare ja et va treure totes les manies —replicà ell—. A més, tens prou experiència amb homes madurs i ara, si més no, ho faràs per una bona causa.

Era l'única solució, deia. Els metges no es posaven d'acord amb Abelino. Malgrat que algun d'ells no donava esperances i havia pronosticat que no duraria gaire, el seu marit semblava més inclinat a donar la raó als altres, s'enganxava a la vida com una pallegida a la roca i no volia abandonar aquest món ni ara ni mai. Per tant, ell, amb el seu pla perfecte, havia trobat una solució.

Mariana se l'havia mirat. La fredor i el cinisme del seu germà no coneixien límits.

A partir d'aquí José Manuel va ser molt convincent. Els deutes començaven a ser importants i el baró, impedit i gran, no tenia perquè assabentar-se de res. Amb un xic de sort, fins i tot moriria aviat. Va fer broma. I què li deixaria? Res! Ni tan sols el títol de baronessa, que els parents del baró s'afanyarien a reclamar-li.

Mariana es va espantar davant d'un futur gens afalagador i ple de misèria que el seu germà va saber descriure amb tots els pèls i senyals i que va guarnir amb detalls esgarrifosos. No havien tingut fills i, per més que Abelino hi havia posat els cinc sentits, durant el poc temps que encara era capaç de fer alguna cosa, no hi havia hagut res a pelar. Sense fills, segurament, arribat el desenllaç, els pocs parents que tenia el seu marit encara reclamarien l'herència, tot argumentant que era una dona jove que s'havia casat per interès. I l'única cosa que pagava la pena era la casa de Madrid. La resta, que se la quedessin els altres. Què hi podien perdre?, li va dir José Manuel. Havia de pensar en el seu futur i preparar-se per quan el baró ja no hi fos.

Tot plegat, l'únic que havia de fer era obrir les cames i, durant una estona, suportar un pes al damunt. Li havia dit José Manuel. Cert, va pensar ella. Els homes s'acontenten amb ben poca cosa. Són com els seus orgasmes. Poses foc a la metxa i surt la bala pel canó. Sensibilitat: cap ni una. Per no dir que li feien fàstic, diria que li feien pena. Fins i tot, el seu germà. Per què va acceptar, doncs? Perquè una dona els ha d'aguantar. O potser va ser per por a quedar-se a la misèria? Tant li feia! El fet era que el seu treball resultaria fàcil. Tan sols havia de fer allò que ja no feia amb el seu marit o allò que havia fet amb el pare. De la resta, ja se n'encarregaria José Manuel, que ho tenia tot ben rumiat.

Poc després, l'amic de José Manuel va veure com se li obrien les portes de la cambra de Mariana. I va gaudir de tots els favors d'ella, convençut que acabava de fer la més gran de les conquestes. Mariana va saber adobar-ho tot amb una aurèola de romanticisme que l'embolcallà i el va fer perdre tot el que podia perdre. Fins que va arribar el desenllaç final.

Aquell home es va quedar sense sang a les venes, quan José Manuel el va visitar a casa seva. El germà de Mariana venia amb un posat greu i molt digne. El baró de Malpica, el seu cunyat, li havia explicat que els havia enxampat al llit, però que no havia gosat entrar-hi perquè estava impedit i ja era prou vergonya no poder demanar-li satisfaccions. Tanmateix, ell, Don José Manuel de Castro, era tot un home i un cavaller i allò no acabaria d'aquella manera. Havia seduït l'esposa d'un baró impedit, havia trencat la confiança d'un amic, havia abusat de la bona fe d'una dona virtuosa i havia desfet la felicitat d'un matrimoni. La baronessa, que només s'havia lliurat a un home, al seu marit!

El pobre desgraciat no sabia ni com reaccionar. I menys encara quan José Manuel li va insinuar que entre cavallers tot aquell afer s'arreglava amb un duel. Déu meu! L'havia vist entrenar a l'acadèmia del mestre Palacios i prou que sabia que no tenia cap possibilitat. Enfrontar-se a un home jove que es podia mesurar amb el seu mestre... Sants del cel! Ja es veia mort.

José Manuel va començar a alçar la veu i el pobre home es va ensorrar. Li va pregar que no muntés cap escàndol. Ell era casat i amb tres fills. Podien arreglar-ho sense gaire enrenou. No tornaria a visitar la baronessa. Paraula d'honor. I, quant a la satisfacció del baró, estava disposat a arreglar-ho convenientment. Dos homes que juguen a les cartes sempre es poden entendre.

I es van entendre. I tant que sí!

Tot va anar bé durant un temps, però el baró havia decidit no morir-se, els metges seguien xuclant-li la sang i els diners es van tornar a esgotar. José Manuel jugava fort a les cartes i no tenia gaire sort. Llavors, va tornar a convèncer Mariana i va buscar una altra víctima, que també va pagar. Un home casat, amb cinc fills i de noble procedència. Perfecte!

Amb el tercer les coses no van ser gaire fàcils, perquè va acceptar el repte de José Manuel. L'idiota va acabar a l'hospital. Finalment va pagar, però els rumors havien començat a circular.

Va ser aleshores que Mariana va reflexionar. Havien comès dos errors greus. El primer era precipitar-se. No es pot cantar més de pressa del que va la música i tot requereix el seu temps. Els homes van perdent les forces a mesura que s'endinsen en l'embolcall de la seducció, de la mateixa manera que la fruita es desprèn de la branca amb facilitat quan és madura, però costa arrencar-la quan encara és verda, i no te la pots menjar. Si haguessin esperat un xic més de temps, possiblement aquell babau no hauria acceptat el repte i hauria pagat, tot pensant en ella i en el mal que li podia fer un escàndol, però el seu germà tenia pressa. Havia de saldar un deute de joc i es va precipitar.

El segon error era que, si vivien a Madrid, no podien munyir les vaques de cal veí. Havien de desplaçar-se, caminar una mica i anar més lluny. Les ambaixades i les delegacions oferien un bon caldo de cultiu i, com era gent que no vivia a la capital, sinó que estava de passada, no hi hauria temps per aixecar rumors.

De manera que va parlar amb el seu germà i van acordar que ella triaria el moment perquè José Manuel entrés a escena. Sota cap circumstància, tornaria a acceptar precipitacions.

El negoci va canviar de rumb i esdevingué més discret. Abelino, tot i el seu parentiu llunyà amb Godoy, no formava part del cercle de convidats habituals a les grans recepcions. De manera que Mariana s'havia de conformar d'assistir de tant en tant a algunes festes. Ella, quan coneixia un estranger, li explicava que no sortia gaire degut a la malaltia del seu marit. Aleshores apareixia la història de la dona sola i trista, gairebé una esclava als peus de la cadira d'un marit impedit, i aquí s'encetava el camí cap al seu llit. Finalment, tots acabaven igual i José Manuel prenia el relleu i atacava. Alguns van pagar sense badar boca i altres van tastar l'espasa del seu germà. Una ferida i prou. Desgraciadament, algun va morir, perquè a José Manuel se li va escapar la mà. Aquest va ser el cas del capità John Lear, que va fer fugir l'altre desgraciat... Com es deia? Ah, sí! McFar.

Aquell episodi va representar una nova experiència. Va ser el mateix capità que, després de dues setmanes de relacions i veient l'embranzida d'aquella dona, li va proposar un joc al qual encara no havia jugat. Potser perquè ell no era tot el que havia de ser i tant se li'n donava uns bons pits com una altra cigala. Mariana, de bon començament, s'hi va negar. Però, sense esgarrifar-se'n. John Lear va insistir-hi i, finalment, la baronessa va acceptar. Mai no havia estat al llit amb dos homes a l'hora.

Quan José Manuel li va demanar si ja tot estava a punt per entrar en acció, ella li va donar allargs. Va treure l'excusa que el capità no tenia prou diners, però que hi havia un amic seu que gaudia de bona fortuna. A més, se li havia ocorregut que dos homes damunt d'una dona bé pot passar per una violació. I amb el marit impedit i a la cambra del

Albert Salvadó

costat... Quin escàndol per a un oficial anglès que treballava a l'ambaixada!

Per què ho va fer? No seria capaç de contestar-ho. Només sabia que la idea l'havia excitat molt i que, quan ho va tastar, ho va voler repetir. Allà no hi havia diferències i els dos homes jugaven amb ella i entre ells, i ella s'hi ficava pel mig. Això de tenir ocupades les dues mans i poder comparar, de sentir l'escalfor d'un alè damunt del seu cos, mentre la besaven, de notar que li xuclaven els mugrons ensems una altra llengua es passejava per la seva esquena va ser... molt interessant.

El capità anglès no es comportava com els altres homes. Era més delicat. Llavors va descobrir que, qui realment l'interessava era el seu company. Primer es va sentir utilitzada i menyspreada, però després va venir la gran descoberta. Els podia contemplar i estudiar-los amb molta cura. Aquells dos homes només eren un cos enganxat a un membre que semblava pensar per ell mateix i tenir vida pròpia. Quan aquell tros de carn s'aixecava, el cervell deixava de funcionar. Ella podia dominar-los i, secretament, venjar-se del mascle fastigós. S'acabaven de trencar totes les fronteres i es va adonar que, entre aquells dos cossos, podia gaudir del seu com mai no ho havia fet, tancar les parpelles i imaginar el que volgués. La força de la imaginació! Va ser, en aquella ocasió, que també va descobrir que el vertader plaer es trobava en el poder que exercia sobre els mascles, pobres idiotes que es deixaven manegar al seu caprici.

Vés per on, un no-home li havia mostrat fins on podia arribar amb els homes.

Malgrat que no en van treure diners, per a ella va resultar tot un aprenentatge i... una descoberta. Aquella immensa força havia romàs adormida durant anys i ara es despertava. Podia dominar els homes i fer amb ells el que volgués. Malparits! Havia arribat l'hora de la seva venjança.

142

Si fos sincera, hauria de confessar que havia descobert un món diferent, i que li agradava. Era com una droga. Ara, cada cop que es presentava una nova aventura, la seva imaginació s'exaltava i ja dibuixava com seria el seu nou amant, com el dominaria, com el rebregaria per terra i com el faria patir fins a extrems increïbles, fins deixar-lo fet un nyap. És el que hauria volgut fer amb el seu pare. Llàstima que ja fos mort!

Però, en el cas de Tom Headking, jove, alt i elegant, s'obria una perspectiva diferent. S'acabava d'adonar tot just quan el seu germà l'havia posat al corrent de qui era el seu salvador i de la fortuna que podia amagar-se darrere. La intuïció que havia tingut, com més ho meditava, esdevenia, de mica en mica, una possible realitat. El jove Tom Headking podia tenir altres destinacions i no permetria que el seu germà li posés les mans al damunt.

Algun dia també dominaria el seu germà. Molt més del que ara el dominava. Per què no? Ja veuríem qui tastava a qui! I, oblidant el fàstic que li havia fet la llepada a la galta, somrigué enigmàtica.

9.- MASSA CANVIS

Gordon va sortir esperitat del seu despatx per anar
corrents cap al de Sir Blum. Els dos homes que es van creuar
amb ell el van mirar bocabadats. Mai no havien vist bellugar-
se tan de pressa una panxa com aquella. I Harry, el secretari
particular del cap dels Serveis d'Informació, es va sorprendre
en veure'l entrar esbufegant. Tan gran havia estat l'esforç
que tot el temps que Gordon havia guanyat en la cursa pel
passadís ara el va perdre per recuperar l'alè.

—Anuncieu-me a Sir Blum —digué amb la mà al pit,
mentre maleïa Ferguson per haver tardat tant en comunicar-
li les notícies.

—En aquests moments, no el puc molestar —replicà
Harry.

Només quan estava assegut, Harry mantenia el cap dret.
Tan bon punt s'aixecava de la cadira, la seva testa queia
obligada per un coll que semblava no tenir prou força per

mantenir-lo en posició vertical. I, tot i assegut, el seu front gairebé s'amorrava a la taula quan Sir Blum obria la porta del seu despatx. Amb la veu passava una cosa similar. Era més o menys alta quan entrava Gordon, però s'esmorteïa només notar la presència del seu superior directe. I, pel que feia a caminar, hi havia tot un món de distància entre la forma de fer-ho fora o dins del despatx de Sir Blum, on entrava com si trepitgés olives. Gordon prou que coneixia totes aquestes facetes del secretari particular del cap de Serveis d'Informació.

—Està reunit? —demanà Gordon.

—M'ha donat instruccions perquè no el molesti.

—És urgent —gairebé bramà Gordon.

En escoltar el to d'aquelles paraules, Harry es posà neguitós i començà a dubtar de la seva aparent autoritat. N'hi va haver prou amb la mirada de Gordon perquè fes els seus càlculs, s'imaginés el que podia passar si s'equivocava amb la valoració de la urgència del tema i acabés reben l'esbronca de Sir Blum. De manera que va fer un bot de la cadira, es dirigí a la porta del despatx de Sir Blum i trucà amb molta cura. No va rebre cap resposta i tornà a trucar. Tampoc va rebre resposta. Llavors, trucà amb més energia i una veu enfadada li va concedir permís per entrar. Obrí lleugerament la porta i hi ficà el nas. Només el nas, per anunciar la visita sobtada de Gordon.

—Un moment! —escoltà Gordon que feia la veu de Sir Blum, i va veure com Harry tancava la porta amb timidesa.

Els homes mediocres trien homes mediocres.

Força estona després escoltaren la campaneta que Sir Blum tenia damunt la taula. Ja podien entrar. Gordon havia estat tot el temps donant passes amunt i avall d'aquell petit despatx i es pujava per les parets.

Quan per fi va entrar, va veure que el cap dels serveis d'informació feia cara de son. No calia ser cap llumener per endevinar que tot just s'aixecava d'una bona becaina i que la nit anterior, segurament, havia estat llarga i moguda per causa dels seus nombrosos compromisos socials. Per aquesta raó disposava d'un bon sofà. No pas per fer reunions.

—Marat és mort —escopí Gordon.

—Marat? —demanà Sir Blum amb cara de babau, intentant desfer-se de l'ensopiment que l'aclaparava.

—Jean Paul Marat, diputat de París, responsable de les matadisses d'agost i setembre del darrer any, instigador de la caiguda dels girondins fa tot just un mes —informà Gordon amb desesperació i d'una sola tirada.

—I com ha estat això?

Gordon es cavalcà les ulleres damunt del nas i llegí literalment un paràgraf de la nota que duia a la mà.

—Marat ha estat assassinat a la seva banyera per una dona que respon al nom de Charlotte Gorday. Es tracta d'una fervent seguidora dels girondins.

—Ah! —féu Sir Blum, obrint els ulls de patac—. I ara què?

Ja havia sortit la pregunta intel·ligent del dia! Gordon va bufar i brandà el cap.

—Les noticies apunten que l'enrenou és d'allò més gran. S'acaba de crear el Segon Comitè; Robespierre, Conthon i Saint-Just han format un triumvirat i són els amos de França.

—I Danton?

—Ha estat destituït.

—Bé! Això vol dir que no hi haurà guerra —va fer Sir Blum amb satisfacció.

—Vol dir justament el contrari —replicà Gordon, que no podia creure que el seu cap fos tan curt de gambals.

—Amb Marat mort i Danton fora del poder...

—Amb Robespierre al poder... —el tallà Gordon.

—Què?

—Acaben de suprimir la llibertat de culte i la llibertat de premsa —digué Gordon, gairebé cridant—. Hem de parlar amb lord Grenville.

—Oh! —exclamà Sir Blum. Es quedà en silenci un instant, en una de les seves profundes meditacions plenes de buidor, i després també va fer—: Hem de parlar amb lord Grenville.

—Sí —afirmà Gordon, amb els ulls ben oberts.

Aquell home cada dia el meravellava amb una nova mostra de la seva incompetència. Gordon havia corregut tot el passadís per trobar-se amb una conversa inútil, després d'esperar un temps preciós, que es podia haver estalviat si no tingués davant i damunt seu aquell idiota. Evidentment, que havien de parlar amb lord Grenville. Això ja ho sabia, però havia perdut una hora ben llarga perquè l'idiota de Ferguson no havia fet la seva feina com cal i, a més, havia d'informar Sir Blum.

Quan van arribar al despatx del ministre es van trobar que era ple de gom a gom, sobretot d'uniformes d'alts oficials. Jack Smith, responsable del centre d'Europa, Peter Fox, responsable d'ultramar, Ralph Freeland, responsable de l'est d'Europa, i James Boodrik, responsable de la zona àrab, ja hi eren.

—Els vostres serveis d'informació no són tan ràpids com caldria esperar —va fer lord Grenville, un cop escoltades les notícies que li duia Sir Blum— Ja fa més de mitja hora que estem reunits.

—Gordon, podíeu haver dit que era urgent i hauria sortit immediatament de la reunió —es tombà Sir Blum cap al seu subordinat, que es posà vermell de ràbia, però que va callar.

—És evident que la declaració dels drets de l'home i dels ciutadans queden en paper mullat —deia un dels militars presents.

—Hem de preparar-nos, perquè la guerra amb França és a les portes —va intervenir un general.

—França es deu haver begut l'enteniment. Com pot lluitar amb Espanya, amb Prússia i amb nosaltres al mateix temps? —demanà lord Grenville.

—És que tot ha canviat —respongué Sir Blum, i els presents el miraren—. Vull dir que França està governada per gent sense senderi.

—Oh! —exclamà lord Grenville—. Algú té una explicació més detallada? —demanà als presents.

Gordon tancà les parpelles i bufà.

Dues hores després tothom abandonà aquell despatx. Lord Grenville havia d'anar a veure el primer ministre Pitt. S'acabava de constituir un gabinet de crisi per tractar l'afer i prendre decisions.

Gordon va ser el darrer a sortir i, just en creuar la porta, el ministre l'aturà.

—Quan heu sabut que Marat era mort?

—Ben bé més d'una hora abans de venir —respongué Gordon.

—A partir d'ara, tot allò que arribi a la taula de Sir Blum, també arribarà al mateix temps a la meva. Queda clar?

—Sí, senyor ministre.

*** ***

Godoy va arribar al palau real acompanyat del seu secretari, que arrossegava la cartera plena de documents. Va pujar amb pas ferm l'escala principal i traspassà el vestíbul, mentre el seu secretari amb la cartera premuda contra el pit mirava de no quedar-se enrere.

La seva visita havia estat anunciada poca estona abans i les portes s'obriren al seu pas fins atrapar la sala que Carles

IV emprava per les ocasions que requerien un tractament d'urgència.

La porta s'obrí i Godoy va veure el rei assegut darrere la taula gran que ocupava el centre de l'estança ricament decorada amb tapissos i quadres d'escenes de caça. No en va, el poble es referia al rei Carles IV amb el sobrenom de Caçador.

Godoy avançà fins a situar-se davant del rei i féu una estudiada reverència, a la que el rei respongué amb un lleuger cop de cap i un moviment de la mà per assenyalar la cadira que hi havia a l'altre costat de la taula. Godoy s'assegué i el seu secretari redreçà l'esquena i es quedà unes passes darrere d'ell, dempeus i esperant ordres.

—Excuseu la meva visita sobtada, però ens han arribat notícies alarmants dels Pirineus —digué Godoy, mentre allargava la mà cap al seu secretari, que obrí la cartera i va treure el comunicat que acabaven de rebre—. El General Ricardos ha estat aturat a Perestortes. Hi ha hagut un enfrontament amb el revolucionari Jaume Josep de Cassanyes. El resultat és que el general Ricardos ha perdut Vernet, al Conflenc.

—Això significa que els francesos envairan Espanya? —demanà el rei amb gest amoïnat.

—Vol dir que els generals Aoust i Coguet estan obtenint recolzament per part dels revolucionaris Farbe i Casanyes i que les forces de Ricardos no poden seguir avançant —explicà Godoy—. Hem d'enviar reforços a Catalunya. Els hauríem d'haver enviat fa temps.

—Sí. I és clar! No podem deixar que traspassin els Pirineus.

La conversa va durar uns minuts més i Godoy es va aixecar, féu una reverència i sortí amb el mateix pas ferm amb què hi havia entrat. Ja havia informat el rei de tot el que calia i el rei, com sempre, caminava ben perdut. Però era necessari fer-ho.

Just quan començava a baixar l'escala del vestíbul, s'obrí una porta i aparegué la reina Maria Lluïsa.

El secretari, en veure la reina, doblegà l'esquena en una nova reverència i Godoy acotà el cap i féu un gest amb la mà per tal d'indicar el seu secretari que seguís baixant i que els deixés sols.

—Cada dia sou més car de veure —digué la reina, dirigint-se a Godoy. I en la seva veu s'endevinava un to de retret.

—Majestat... —contestà simplement Godoy, abaixant el cap.

—Veniu a veure el rei i ni tan sols m'ho comuniqueu —seguí Maria Lluïsa en el mateix to.

—Prou que sabeu que, si no vinc més sovint, és perquè importants afers ocupen el meu temps. I prou que sabeu que tot el meu temps està dedicat a la vostra seguretat i a la del rei —es defensà Godoy.

—Ah, sí? Doncs, segons em comuniquen, tens molt ocupades les teves nits —canvià la reina el to i el tractament. Ja no els podia escoltar ningú.

—Totes les hores del dia i de la nit ets present en els meus pensaments —també canvià Godoy el to i el tractament.

—Fins i tot quan ets al llit? —abaixà la veu Maria Lluïsa.

—Fins i tot —respongué el primer ministre, arrossegant les paraules.

—Fins i tot en altres braços? —li llençà un somrís gens afalagador.

—No hi ha altres braços que els teus —contestà Godoy, i prengué la mà de la reina per dipositar-hi un petó.

—Mentider! —féu la reina, i enretirà la mà, ofesa.

—La situació és en extrem delicada i els francesos ataquen de valent. Tot són reptes i no dormo tot el que vull, pensant en tu.

—Ja sé que respons qualsevol repte, sigui del tipus que sigui i vingui d'on vingui.

—El meu major repte és la vostra seguretat, la del rei i la teva.

—Una dona se sent segura quan és feliç, i tu no fas res de res per la meva felicitat.

—En tens proves més que sobreres, que tot el que faig és per la teva felicitat.

—Demà a la tarda el rei surt a caçar i jo seré aquí. Porta'm les teves proves i les examinaré amb molta cura. Llavors, decidiré si és cert el que dius o només ets un mentider.

Godoy prengué de nou la mà de la reina i la besà, tot tancant els ulls en un gest de passió. La reina deixà caure les parpelles, sospirà llargament, després enretirà lentament la mà, s'agafà la falda, es tombà i desaparegué per la mateixa porta que havia sortit.

El primer ministre esperà fins que la porta es tancà, somrigué i seguí baixant les escales. L'endemà hauria de fer hores extraordinàries. La reina era molta reina. No era pas per casualitat que havia tingut dotze parts i que es comentava que podia tornar a estar embarassada, i ell li despertava les passions. Tanmateix, ho faria de bon grat. No seria on era ni ocuparia el lloc que ocupava si no fos per ella.

En arribar al vestíbul, es trobà amb l'Infant Ferran, que era el producte del novè part de la reina i que aviat compliria deu anys.

—Una altra vegada aquí? —féu l'Infant amb impertinència.

—La situació és delicada i havia d'informar Sa Majestat el Rei, el vostre pare.

—Com sempre —somrigué l'Infant, amb un deix de menyspreu.

—Excuseu-me, però haig de marxar. Afers urgents, concernents a la seguretat d'Espanya, requereixen la meva atenció —inclinà el cap Godoy, i seguí caminat cap a la sortida.

Ferran el mirà mentre el criat obria la porta i el primer ministre enfilava cap al carruatge que l'esperava. Afers urgents! No li queia bé, aquell home.

*** ***

El seu afer estava en bones mans. Aquesta era la resposta de Gordon, que Tom va rebre per conducte de Flint el mes de desembre de 1793. Tanmateix, la situació havia fet un gir i amb la guerra els temes menors... Temes menors per a Anglaterra, s'havia d'entendre, perquè Gordon era ben conscient que, per a Headking, obtenir la gràcia del rei George, evidentment, no era un tema menor. Li havia promès que podria tornar a Reigate i visitar la seva mare, però calia un xic més de paciència. Ara tot anava en dansa i molts assumptes s'havien alentit, però tot seguia el seu curs.

Bé, Tom va ordenar les idees i de nou va repassar les notes que havia pres després del seu viatge a Granada. Domènec Badia era un jove nascut a Barcelona. El seu pare era Pere Badia, secretari del comte d'Ofàlia, que havia estat governador de Barcelona, governador de Pamplona i que ocupava el càrrec de capità general de Castella la Vella, Costa i Granada, on també l'havia seguit Badia. La seva mare es deia Caterina Leiblich i procedia de Brussel·les, tot i que la seva família vivia a Barcelona des feia més d'un segle.

El jove Domènec havia fet una carrera brillant a l'ombra del seu progenitor. Als catorze anys va ser nomenat Administrador d'Estris de la Costa de Granada i als dinou va substituir el seu pare en el càrrec de Comptador de Guerra i Tinença de Tresorer del partit de Vera amb exercici i distintiu de Comissari de Guerra. Feia poc que s'havia casat amb Maria Lluïsa Burruezo i Campoy, una noia de Granada. Tom no va tenir ocasió de conèixer-lo, perquè quan ell hi va anar, no hi era, però del jove Domènec Badia deien que era inquiet i que li agradava llegir i investigar. Tenia coneixements de física, botànica, astronomia, matemàtiques i geografia. Un personatge notable i ben curiós. Hi havia qui el catalogava de somiatruites, mentre que altres apuntaven que era tot un científic i que duia dins d'ell l'ànima dels grans aventurers i descobridors.

Què podia fer amb aquella informació?, meditava Tom. Gordon havia estat força explícit i li havia dit, sempre per conducte de Flint, que volia dades concretes, fets, i no pas teories. Tot el que havia trobat feia pensar que l'autor de l'assaig sobre el gas i màquines o globus aerostàtics, si més no, semblava que sabia de què parlava. El seus coneixements de física, matemàtiques, geografia i astronomia, així ho avalaven. Com es podia lligar, doncs, amb que aquell escrit romangués damunt la taula de Godoy? I tant de temps!

Hi va estar donant voltes i més voltes sense treure'n cap conclusió. Els globus no passaven de ser un experiment.

—Si els francesos entren a Catalunya i arriben a Barcelona, perdrem les rutes del Mediterrani —va escoltar que feia la veu de Don Santiago.

Va aixecar els ulls i va veure el seu soci palplantat a la porta del despatx.

—Els francesos tenen més problemes que no pas en volen. I només els faltava guillotinar la reina Maria Antonieta. Fer rodolar el cap del rei francès a començaments d'any es podia arribar a entendre, però deu mesos després tallar-li el cap a la reina, sense cap motiu aparent, ha estat un greu error que ha posat dempeus tot Europa. Toló continua ocupada per les forces espanyoles i angleses. Des d'allà dominen l'illa de Còrsega i les nostres rutes són segures. A més, si Anglaterra i Espanya van del bracet, la resta de països ens mira amb bons ulls. Ja veieu que són tantes les mercaderies que belluguem que aquesta nau ja se'ns queda petita. La crisi ens afecta tan poc que gairebé diria que és producte de la imaginació. Crec que no ens podem queixar.

—No em queixo! —féu Don Santiago—. Ben al contrari. Ja he pagat tots els meus deutes i aviat pagarem les instal·lacions de Cadis. Però, això de comprar vaixells, no ho acabo de veure clar. Sóc home de terra endins i...

—I vau sortir ben escaldat de la primera experiència —rigué Tom—. No són les mateixes circumstàncies ni jo sóc el mateix soci. Comprar vaixells ens pot permetre disposar de la nostra flota particular, no haver de pagar els preus cada cop més desorbitats dels armadors i passar a cobrar per transportar altres mercaderies quan no fem el ple.

—No sé —negà Don Santiago repetidament—. Potser és que tot està canviant tan de pressa que no sóc capaç de seguir el ritme marcat pels esdeveniments. Cada dia em sento més gran i no tinc un fill que em pugui rellevar.

Sí, tot canviava molt de pressa. Poc temps enrere ni es preocupava pel que passava fora del seu territori comercial, però ara s'havia eixamplat i començava a preocupar-se pel que podia passar a Prússia o Àustria, llocs que havia hagut de localitzar en un mapa per tenir una lleugera idea d'on es trobaven. De vegades, fins i tot, se sorprenia i s'espantava, quan es descobria parlant d'aquella manera. S'estaria convertint en un il·lustrat dels que abans menyspreava i titllava de ments esclafades? Déu no ho vulgui, que ja tenia prou maldecaps! Tanmateix, el negoci és el negoci i tot s'ha de vigilar. Això ho havia après de Tom.

—Teniu dues filles i un gendre —va escoltar que feia la veu del jove.

—Ah! Un gendre! —exclamà Don Santiago—. Ja has conegut Manuel. El voldries com a soci?

Tom no va contestar. Havia conegut Petra i Manuel en un dinar a casa de Don Santiago. De conversa més social, més femenina i més convencional, Petra era ben diferent d'Angelines. L'altra cara de la moneda. Pel que feia a

Manuel, no era cap llumener. Si hagués de triar, ell s'estimaria més tenir Angelines de sòcia, malgrat que fos una noia. Però això no li ho podia dir a Don Santiago. No ho hauria entès, perquè ell no s'entenia amb la seva filla i dubtava que algú en fos capaç. Tot i així, Tom havia copsat que Angelines era intel·ligent i clissava la gent ben de pressa. A més, llegia molt i es preocupava pel que passava arreu del món. Qualitats importants en un negoci.

—Petra està embarassada i potser us donarà un nét que serà el vostre successor —respongué Tom, i afegí—: Espero que d'aquí una bona colla d'anys.

—O em donarà una altra Angelines —replicà Don Santiago. Llavors, es va adonar del que acabava de dir i intentà corregir—: Vull dir que... En fi! Que...

—Angelines és tot un caràcter —l'ajudà Tom, procurant amagar el somrís que amenaçava d'escapar-se-li.

—Això mateix, però és molt bona noia. El que passa és que de vegades diu les coses d'una manera un pèl forta. Tanmateix, quan la coneixes bé, és dolça com la mel. Seria una esposa extraordinària i una mare com no n'hi ha d'altra...

—Don Santiago —van escoltar que feia la veu de Manolo.

—Què? — Erquiza estroncà el seu discurs.

—Han arribat els carros d'Andalusia.

—Ja seguirem parlant... del tema dels vaixells —féu Don Santiago, i abandonà el despatx.

Tom somrigué. Del tema dels vaixells. Potser sí.

De sobte, Don Santiago aparegué de nou a la porta.

—Per Nadal ens reunirem tota la família. M'agradaria, si no tens cap compromís, que ens acompanyessis.

—Serà un honor.

—Bé! —exclamà Don Santiago, i abans de marxar de nou, repetí—: Bé!

*** ***

156

Feia estona que eren al despatx del ministre d'afers exteriors. Només lord Grenville i Gordon, i aquella era la mateixa pregunta que Gordon havia fet al seu secretari Brenton, que s'havia bellugat amb diligència, com sempre, i havia obtingut alguna informació del personatge en qüestió. Poca, malgrat tot.

—Bonaparte, Napoleó —digué Gordon—. Nascut a Còrsega; ha estat lloctinent coronel de la guàrdia nacional a l'illa; segons diuen és jacobí. No en sabem res més.

—Excepte que ens ha fet fora, a nosaltres i als espanyols, del fort de l'Eguillette i que ha estat nomenat general de brigada i l'han enviat a Itàlia. Ara Toló és francès i les nostres rutes del Mediterrani perillen.

—Sir Blum diu que això ha estat un cop de sort per part d'aquest jove oficial.

—Sir Blum hauria de saber que els agosarats tenen cops de sort, però els bons oficials obtenen victòries. I si sumen les qualitats de bon oficial i d'agosarat, el resultat és evident. De manera que no perdeu de vista aquest *jove oficial* que, a partir d'ara, és *general* —va fer lord Grenville, recalcant les paraules claus.

—Sí, senyor ministre.

Lord Grenville havia pres una tàctica que semblava proporcionar-li bons resultats. I tot mercès a Sir Blum, a qui encara hauria d'agrair que ocupés el lloc que ocupava. Cada cop que el cap dels serveis d'informació feia un comentari, el ministre pensava en la idea contrària. Sir Blum tenia l'estranya habilitat d'equivocar-se en totes les seves valoracions. De manera que, si havia dit que Bonaparte no els havia de preocupar, significava que aquest oficial francès podia acabar sent un bon maldecap. Naturalment, aquests raonaments se'ls guardava, però Gordon, secretament, també havia arribat a idèntica conclusió.

—Què se'n sap, de la compra de vaixells per part de Tom Headking? —demanà lord Grenville—. Ha entès perfectament el tipus de nau que ha de buscar?

—Sí, senyor ministre. Un parell de vaixells ràpids que es puguin transformar sense gaires canvis en naus de guerra, però que no cridin l'atenció.

—Exacte! I com va tot?

—Ha hagut de lluitar contra les reticències del seu soci, però l'ha convençut i ja ha iniciat gestions a Itàlia.

—No. De cap manera. Hem de treure suc al Forrester.

—Us recordo que aquest és el vaixell que vam robar a Santiago Erquiza.

—Precisament per això. Els italians no podran competir amb els nostres preus —replicà lord Grenville.

—Però, si l'hi venem, Erquiza se n'adonarà.

—De què? —somrigué lord Grenville—. És un home de secà. No hi entén, d'embarcacions. El pintem de nou, li fem un parell de retocs, li canviem el nom i li encolomem. Haurà pagat dues vegades el mateix vaixell i estarà content perquè l'hi vendrem a un preu interessant.

—I Headking?

—Headking no l'ha vist mai.

—Entesos, senyor ministre —acceptà Gordon—. I l'altre?

—Com es diu aquell que ara és al port?

—El que vam robar al mar del Nord?

—No el vam robar. És un botí de guerra —el corregí lord Grenville.

—L'Argos —recordà Gordon.

—Aquest mateix. És ràpid i manejable. Tant l'un com l'altre es poden transformar fàcilment. Els vendrem a Headking. Que els bellugui pel Mediterrani, que tothom s'acostumi a veure'ls i que ho tinguin tot preparat a Gribaltar per quan sigui el moment.

—Sí, senyor ministre. He ordenat que enviïn canons i que els mantinguin ben guardats.

La política té camins força interessants, pensà Gordon. Amb una mica d'astúcia es poden multiplicar els recursos. I tot sense gaires despeses.

—Que Sir Blum s'encarregui de la venda —féu lord Grenville.

—Sir Blum? —s'estranyà Gordon.

—Alguna cosa li hem de donar per fer-lo content.

—Entesos, senyor ministre.

Quedava clar que el ministeri tancaria els ulls davant les possibles comissions que se'n derivessin. Gordon es dirigí cap a la porta i dubtà

—Per cert, senyor ministre —va fer.

—Sí, Gordon —aixecà els ulls lord Grenville.

—Recordeu el tema del tractat de màquines aerostàtiques i globus? —preguntà, i el ministre assentí amb el cap—. Polindo Remigio no existeix. És un pseudònim. El vertader nom de l'autor és Domènec Badia i Leiblich.

—I?

—És nascut a Barcelona, fill del secretari del compte d'Ofàlia. Ara ocupa el càrrec de comptador de guerra i tresorer del partit de Vera a Granada amb distintiu de Comissari de Guerra.

—Comissari de Guerra... Interessant —féu lord Grenville, convidant-lo a seguir.

—Es veu que és un home inquiet que ha estudiat diverses matèries, entre elles geografia i física.

—Un espanyol culte.

—Un català.

—No heu dit que ha nascut a Barcelona?

—Per això mateix, senyor. És català i, segons explica Headking, els catalans gaudeixen d'algunes característiques especials. Ell hi ha viscut i els coneix força bé. Són gent pràctica, que no fa volar coloms. Tenen fama d'anar per feina.

—On voleu anar a petar?

—Que, potser, no és cap escalfat.

—Heu parlat amb Sir Blum?

—Sí, però m'ha repetit que això dels globus són bajanades.

—Potser no és cap esclafat ni es tracta de bajanades, però ara ens hem de dedicar a afers més urgents. Guardeu aquest tema en cartera i ja en parlarem més endavant —digué lord Grenville.

—Sí, senyor.

Gordon va fer una lleugera reverència amb el cap i obrí la porta.

—Català, heu dit. Oi que sí? —l'aturà la veu de lord Grenville.

—Sí, senyor ministre —es va tombar Gordon.

—Gent pràctica, que no fa volar coloms.

—Sí, senyor ministre.

—Interessant... —mormolà lord Grenville, i seguí treballant.

*** ***

Era el dia de Nadal. Al carrer feia fred i el cel estava ben tapat. Encara acabaria nevant, va pensar Tom, mentre caminava de pressa. Els darrers dies Angelines no havia anat per l'empresa. I és clar que Nadal són unes dates que mantenen les dones molt ocupades. Les dones i els homes, perquè havien hagut de servir un bon plec de noves comandes.

I, pensant en comandes, hi havia una que era especial per a ell. El baró de Malpica havia ordenat que li portessin les mateixes viandes que servien al rei. Aquell dia ell no hi era i Don Santiago es va fer càrrec del client. Quan Tom va tornar i va veure el nom del nou client, el cor li va fer un salt. Recordava la baronessa, els seus ulls, la seva cara, el seu somriure i la gràcia amb què bellugava l'ombrel·la. La propera vegada ja s'ho manegaria per anar-hi personalment.

La idea d'escriure a les caixes que eren els proveïdors de la Casa Real, donava el seus resultats, reflexionava Tom quan pujava les escales que conduïen a la casa de Don Santiago.

Just abans de trucar, va pensar en Angelines. Tot un caràcter, li havia dit al seu soci. Quan se la coneix, és dolça, li havia respost Don Santiago. Potser sí, però amb ell es comportava d'una manera força estranya. Tan aviat semblava que li somreia, com gairebé el mirava amb menyspreu. Les dones són ben diferents dels homes i no hi ha qui les entengui. Menys encara si es tracta d'una noia que pretén ser més gran del que li pertoca. Llavors, les contradiccions se sumen al desig d'aparentar i el resultat és imprevisible, pensà Tom, amb una rialla.

Matilde es va càrrec del seu abric i Don Santiago el va venir a trobar i el conduí fins al menjador, on ja l'esperaven tots. Va saludar Petra i Manuel, va conèixer els pares del marit del gendre del seu soci, va saludar dos cosins i una cosina de la família i finalment es va trobar de cara amb Angelines.

Ella havia triat un vestit blau i blanc amb ornaments daurats i un generós escot que realçava els seus pits. Sortosament la casa estava ben caldejada. Tom es va adonar que alguna cosa havia canviat. Gairebé diria que o l'escot era més gran de l'habitual o els pits havien crescut, perquè quan Angelines respirava semblaven voler desbordar la balconada.

La jove es va adonar que Tom havia de fer esforços per no mirar cap a on els seus volien anar. I va sentir cert plaer. Tanmateix, de seguida va tornar a copsar el somrís que li indicava que Tom seguia mirant-la com a una noia i no pas com a una dona. Llavors, es va enrabiar i va sentir l'impuls de fer o de dir alguna bajanada. No obstant això, va respirar fondo i se'n va estar. Una noia tal vegada ho faria, però una dona, mai. I ella havia decidit que el reforç que havia ordenat a Matilde que fiqués sota el vestit representava un salt important en la seva condició que, forçosament, s'havia de traduir en un canvi d'actituds i de comportament.

La celebració va ser d'allò més divertit. Don Pedro, el pare del gendre de Don Santiago sabia com adobar una conversa i Tom no es quedava enrere, tot i què es manifestava prudent.

—L'Església s'hauria de mantenir al marge —deia Don Pedro—. El món evoluciona i no es pot aturar eternament el progrés.

—No estaràs d'acord amb els revolucionaris francesos? —va fer Don Santiago.

—Espanya no pot seguir com fins ara. Les finances van malament, la crisi augmenta i Godoy no és capaç d'aportar solucions —respongué Don Pedro, que assistia regularment a reunions de gent que reclamava reformes.

—A nosaltres no ens va pas malament —somrigué Don Santiago.

—Godoy s'escolta massa els inquisidors. Això de prohibir que entrin documents, de censurar totes les notícies de l'exterior i de parlar d'una creuada contra França està escalfant els ànims. ¿Sabeu que a Barcelona han fet fora molts francesos que hi residien des de feia anys? I el mateix passa a Andalusia. Heu llegit el que escriu aquest frare... com és diu? Diego José de Cádiz. Parla de França com el mal absolut i crida a la defensa dels valors tradicionals. Només cal veure el títol de la seva obra: *El soldat catòlic en guerra de religió* —rigué—. No us recorda l'època de les creuades a Terra Santa?

—No ho acabo d'entendre —va fer Angelines—. Ens hem aliat amb Anglaterra, amb Àustria i amb Prússia, quan resulta que, en el fons, estem tractant amb protestants i amb luterans.

—Filla meva, quan el diable camina sol, qualsevol aliat és bo. Els revolucionaris francesos estan cremant esglésies, disparen contra les imatges sagrades i profanen... —i aquí es va callar.

—Profanen el sexe? —féu Angelines, i tots la miraren—. Això és el que diuen —es disculpà ella, tot enrogint-se.

—Quan vaig ser a Barcelona vaig descobrir que els residents francesos són notables calderers, bons barretaires i experts comerciants —desvià la conversa Tom—. No m'estranyaria que algú aprofités l'avinentesa per fer fora la competència i ampliar el seu negoci.

—És el que jo dic —féu Don Pedro—. Darrere de tant d'enrenou sempre hi ha una qüestió econòmica i la religió només és una excusa. El que no vol el govern espanyol és que les idees revolucionaris arribin. Tenen por que molts s'hi apuntarien. Per això són capaços d'aliar-se amb el mateix diable, tot dient que el diable és un altre. Hem de canviar les estructures per tal d'aconseguir un creixement econòmic. No ho creieu, senyor Headking?

—El que no crec és que existeixi el diable —somrigué Tom.

—I en Déu? Hi creieu? —demanà Don Pedro.

—En un déu tan poc poderós que ha de menester un exèrcit d'homes per defensar-lo, evidentment no hi crec.

—Aneu a l'església? —seguí Don Pedro.

—Quan sento la necessitat, sí.

—Vós sou anglès. Quina religió professeu? Teniu el Sant Ofici a Anglaterra?

En aquell precís instant aparegué Matilde amb la safata del capó.

—Ah! —va fer Don Santiago, que va veure que la conversa començava a anar per viaranys massa delicats—. Per fi arriba el capó! —aixecà els braços i tothom el mirà—. L'he fet portar d'una granja que hi ha als afores de Madrid —explicà.

El tema va quedar oblidat i la conversa se centrà en les viandes.

163

Albert Salvadó

Descomptant aquell petit incident en la conversa, l'amo de la casa se sentia content, feliç, perquè Angelines aquell dia es va comportar com calia. No hi va haver cap més sortida de to ni cap discussió amb la seva germana Petra, que eren prou habituals quan es reunien. Al contrari, la resta de la vetllada va estar xerraire i divertida i va dedicar el seu temps a tothom. Per un instant va veure en ella la imatge de Gertrudis. Fins i tot, va haver un moment que Don Santiago es va preocupar. Semblava que l'havien canviada i ell ja era gat vell i escaldat, però, davant de la seva sorpresa, el dinar va transcórrer sense incidents i, en acabar, Don Santiago es va adonar que Angelines s'ho manegava per quedar-se amb Tom, quan ell s'enduia els homes a la sala gran per prendre una copa i les dones es retiraven per parlar de les seves coses.

—No és perillós comprar vaixells, ara que estem en guerra? —demanà Angelines, a Tom, quan encara estaven al menjador i tothom havia sortit.

—La vida és un perill constant —somrigué el jove—. Tanmateix, no deixem de viure-la.

Durant tot el dinar, Tom havia copsat que Angelines li dedicava mirades. L'amor d'una adolescent, pensà divertit.

—No us acabo d'entendre. Hi ha moments en els quals em sembleu terriblement agosarat i, d'altres, us quedeu aturat —va dir Angelines.

—Depèn de la importància de l'objectiu. De vegades, cal anar a poc a poc per no perdre-ho tot. La valentia no ha d'estar renyida amb la prudència.

—I quin seria un objectiu tan important que requereix de tanta prudència? —demanà ella, mirant-lo als ulls, amb un ampli somriure.

Tom li va tornar la mirada. No se li havia escapat que Angelines procurava comportar-se com la seva germana. Estava creixent. Aviat compliria els divuit i volia semblar més gran. De manera que decidí jugar-hi.

164

—Una dona, per exemple.

Angelines es ruboritzà, va desviar la mirada i, per un moment, es va sentir desemparada, tot buscant l'aixopluc dels altres convidats, però no hi eren. Ella l'havia burxat i ara rebia les conseqüències, perquè aquell home podia fer-li pujar els colors amb una sola paraula. Per un instant va notar que la ràbia s'apoderava d'ella, però va fer un esforç, es va refer i el tornà a mirar als ulls.

—L'excés de prudència pot constituir un greu error i, força sovint, és molt millor saber què en pensa l'altra persona. Encara que ens haguem d'enfrontar amb una negativa —va fer amb valentia.

—Seria una negativa? —demanà ell, aclucant les parpelles i dedicant-li un somriure.

—No! —va fer ella, i es va adonar que havia respost massa de pressa. De nou sentí que la cara li cremava—. Vull dir que no necessàriament. He parlat d'una negativa com el pitjor que pot passar, però això gairebé mai no arriba. L'home sap molt bé quan pot tenir esperances i quan no.

—I jo en puc tenir?

Angelines se sufocà. Respirà fondo, ignorà la pregunta, es va ventar amb la mà i es va adonar que tremolava.

—El pare sempre es passa amb el foc —va fer, mentre dirigia els ulls cap als troncs que cremaven a la llar.

De sobte feia fred i la pell dels braços se li havia esborronat. No va saber què més havia de dir i creuà la porta amb el cor completament desbocat. Llavors, es va tombar i va veure que Tom somreia divertit.

Maleït siguis!, va fer, sense paraules. Has estat jugant amb mi. Va prémer els llavis amb força i li va donar l'esquena ben digna.

Don Santiago la va veure passar cap a la sala de les dones i després va veure entrar Tom. Què havia passat?

—Brandi? —demanà.

—Millor xerès —va dir Tom amb una rialla—. És més dolç i no pas tan fort.

Ai, Angelines! No la casaria mai!

10.- VENTAFOCS

Les dues columnes que suportaven el petit porxo d'entrada atorgaven a la casa un aspecte senyorívol. La porta, de fusta fosca i profusament treballada, presentava una imatge ben acurada, els daurats estaven nets i lluents i dos testos, un a cada costat, amb una palmera cadascun, li conferien un cert aire colonial, com si volgués donar a entendre que el seu amo tenia possessions a ultramar.

Isabel obrí la porta. Vestia uniforme i còfia i va dedicar una simpàtica reverència a Tom mentre es feia càrrec del barret i del bastó. El jove havia triat un vestit adient per l'ocasió: jaqueta llarga de color blau fosc, camisa blanca amb el coll alt i un mocador, calces negres, mitges fosques i sabates també negres. Tenint en compte la categoria que suposava a l'amo de la casa, s'havia estimat més la calça curta i les mitges que no pas el pantaló llarg i amb ratlla a l'estil dels *sans-culotte*, que s'estava imposant lentament, malgrat que entre els nobles encara aixecava certes reticències. El fet que hagués sorgit d'una revolució i que vingués de França, amb la qual Espanya estava en guerra, tot i que els nobles tradicionalment sempre s'havien emmirallat en París per les qüestions del vestit, la parla i el comportament, no permetia convertir-los en una moda que s'estengués amb rapidesa.

Tom va seguir la criada fins a una sala que donava al darrere de la casa, on s'estava la senyora baronessa de Malpica.

Mariana romania asseguda al sofà que hi havia davant la finestra que mostrava la gran profusió de flors i plantes del jardí i que el sol de mig matí realçava fins convertir-lo en un petit paradís. La baronessa duia un vestit vermellós, no gaire llampant i força elegant, ample i alt de cintura, que pujava en forma de copa fins atrapar el pit per deixar-lo ben aixecat. L'escot era generós, malgrat que estava cobert per una gassa, molt tènue i transparent, que li arribava fins al coll, sense pretendre, de cap de les maneres, amagar la pell blanca ni dissimular el gràcil moviment dels pits que pujaven i baixaven amb cada respiració i que ella accentuava en funció de l'ocasió i del moment.

La baronessa, sense moure's de lloc, aixecà el braç i allargà la mà per oferir-la a Tom, que creuà la sala, la va prendre i hi dipositià un lleuger petó, amb elegància.

—Encantada de tornar-vos a veure, senyor Headking — va fer Mariana, i li indicà una cadira.

—És un plaer exquisit, senyora baronessa —inclinà Tom respectuosament el cap.

Llavors, apartà el faldó de la jaqueta i prengué possessió de la cadira que li havia indicat la baronessa.

—Aquest matí he enviat un criat, però veig que no ha arribat a temps. Sento que hagueu fet aquest desplaçament en va. El meu marit es troba indisposat i no pot parlar amb vós.

Feia uns dies que havien rebut a l'empresa una nota amb el segell del baró de Malpica, en la qual deia que vinguessin avui per liquidar la factura pendent. Tom, quan havia vist la nota, l'havia agafada i se l'havia guardat.

—Només per l'immens honor de gaudir de la vostra bellesa, el desplaçament no ha estat en va —replicà Tom.

Mariana exhibí un ampli somriure. Aquell jove, a més de ben plantat, era educat, refinat i atent amb les dones. S'expressava en un castellà precís i escollia les paraules que ella volia escoltar. Els anglesos, si més no, saben parlar, va pensar amb satisfacció.

—De tota manera, ja que sou aquí, us vull demanar consell.

—Estic enterament a la vostra disposició.

—Ai! —sospirà Mariana, amb la mà al pit, com si li faltés l'alè—. Aquí dins fa massa calor. Puc oferir-vos un vas d'aigua o de vi?

Tom es va estranyar, perquè no en tenia gens, de calor.

—Aigua. Us ho prego, senyora —va fer.

La baronessa va agafar la campaneta que tenia a prop, a un costat, i, just quan anava a fer-la sonar, s'hi repensà i s'aixecà. Tom es va posar dempeus a l'instant. Ella es dirigí cap a la taula del centre de la sala, on hi reposava una safata amb gots i copes i una altra amb ampolles de licors i de vi i una gerra d'aigua. Tom es va sentir cohibit.

—Si us heu desplaçat fins aquí, el mínim que puc fer per vós és servir-vos jo mateixa —digué Mariana, que havia copsat l'embaràs del jove—. A més, us vull tornar a agrair que em salvéssiu la vida.

—Qualsevol hauria fet el mateix.

—No resteu mèrit als vostres actes de cavaller, perquè, llavors, em resteu mèrit a mi —somrigué ella.

—Vós els teniu tots, senyora baronessa.

Mariana va rodejar la taula i se situà de cara a Tom. Llavors va triar una copa, la més elegant que va trobar, va prendre la gerra, tot amb parsimònia, es va atansar la copa prop de l'escot, va inspirar lentament, per tal que els pits s'inflessin i desbordessin el vestit, i va deixar caure l'aigua en un petit rajolí per allargar la cerimònia i estar ben segura que tota l'atenció de Tom es dirigia cap al lloc on ella desitjava, mentre expulsava l'aire dels pulmons i abaixava la tibantor de la tela del vestit. Depositá la gerra damunt la safata, aixecà la cara i dirigí una amable, gairebé tendra, mirada al jove. Llavors es desplaçà en un ampli moviment amb la copa dirigida cap a Tom, tot allargant lleugerament el braç, però mantenint-lo davant del seu escot, en un acte ple d'insinuacions amagades.

Quan ja era a una passa i Tom començava a aixecar la mà, la copa va tremolar i va semblar que Mariana defallia. El jove va prendre la copa amb rapidesa i gairebé no va tenir temps per entornar-la per la cintura amb l'altre braç i impedir que caigués. Ella es va dur el dors de la mà al front, respirà i cobejà el seu cap al pit de l'home.

—Això d'estar sempre pendent del meu pobre marit, m'esgota —va dir amb veu apagada.

Tom es va sentir desconcertat, sense saber què havia de fer. No obstant això, va reaccionar, va depositar la copa damunt la tauleta i va acompanyar la baronessa fins al sofà, on es va deixar caure, agafant-lo per la jaqueta, i el va arrossegar al seu costat.

—Avisaré el servei —va fer l'home.

Tanmateix, la baronessa li ho impedí, arrapant-se més a la seva jaqueta, amb les dues mans, i simulant un desmai. Respirà diverses vegades, es va refer lentament i aixecà el cap per deixar els seus llavis entreoberts a prop dels de Tom, que podia respirar el seu alè i se sentia torbat per aquella boca que l'atreia amb una força salvatge.

De sobte, els ulls de Mariana s'obriren i el mirà espantada. Tom encara es va sentir més torbat, perquè sabia que ella endevinava la passió a la seva mirada. Mariana va tremolar lleugerament, contemplà les seves mans agafades a les solapes de la jaqueta, i es va fer enrere, gairebé sufocada.

—Oh! —exclamà, i abaixà la mirada en un acte ple de vergonya. Respirà agitadament, tancà les parpelles, i féu—: Déu meu!

Tom es va posar dempeus d'un salt.

—He caigut als vostres braços. Si algú arriba a entrar... —va encetar Mariana, amb la mà al pit.

—Baronessa, jo...

—Marxeu, si us plau.

—No us puc deixar així.

—Us ho prego, senyor Headking. No engrandiu la meva vergonya —tombà la cara per amagar-li els ulls.

El desconcert de Tom no tenia límits. No sabia si quedar-se, avisar el servei, marxar...

Mariana va prendre la campaneta i la va fer sonar. La porta s'obrí i aparegué Isabel.

—El senyor Headking marxa. Acompanya'l, si us plau —va ordenar Mariana, encara amb el rostre cap a la finestra.

—Baronessa —digué Tom, acompanyant la paraula d'una respectuosa reverència.

Mariana va tombar la cara, però no el mirà, sinó que va conservar els ulls baixos, i va fer un lleuger assentiment amb el cap.

Tom va fer l'esma d'afegir-hi alguna cosa, però no gosà, i abandonà l'estada.

Isabel el seguí. Van travessar el vestíbul i la noia li va lliurar el barret i el bastó.

—La senyora baronessa s'ha trobat indisposada —va fer ell, gairebé titubejant.

La noia el va mirar significativament, donant-li a entendre que ella imaginava que la indisposició de la seva senyora, tal vegada, l'havia provocada ell. Tom es va sentir amb l'obligació de donar-li alguna explicació, però davant d'aquells ulls acusadors va callar.

*** ***

La notícia havia caigut com un gerro d'aigua freda. El general Ricardos havia mort sobtadament i al palau de Godoy tot anava en dansa. S'havia reunit l'Estat Major en ple i tenien un problema greu damunt la taula. Els francesos atacaven de valent, havien penetrat a la Cerdanya, havien travessat els Pirineus per les Valls d'Andorra fins atrapar la Seu d'Urgell i també feien un forat a la Vall d'Aran. Pel moment, l'Aragó i el País Basc aguantaven.

—El Comitè de Salvació Pública ha nomenat el general Dugommier com a nou cap de les forces invasores —informà Prado.

—Encara no ens han envaït —li respongué Godoy amb una mirada que deixava ben palès que no toleraria una actitud de victimisme—. Amb qui comptem, a Catalunya?

El secretari va buscar la llista d'oficials i la hi passà.

—Antúnez? —digué Godoy.

—No —s'escoltà la veu del marquès de Labranza—. És massa jove.

—Ramiro? —trià Godoy un altre nom.

—Tampoc —digué el general Prado—. El vaig tenir a les meves ordres i no el veig prou capacitat.

—Carvajal Vargas? —apuntà Godoy, un xic desesperat.

—Seria un bon element. És el governador del castell de Figueres i no ho ha fet pas malament fins aleshores —digué un altre general.

—Sí, el comte de La Unió pot ser el substitut de Ricardos —afirmà Prado, i afegí—: Sempre que li enviem els reforços que ja va demanar el pobre general desaparegut.

—No sé si us adoneu que les arques del govern són buides i que estem patint una crisi econòmica com feia anys i panys que no patíem —digué Godoy—. No tenen a Catalunya una institució que es diu el sometent?

—El sometent ja no existeix, senyor —el corregí el marquès de Labranza.

—Ah, no?

—No, senyor. Va ser abolit pel rei Felip V.

—Doncs, ara tornarà a revifar —digué Godoy—. Demanaré el rei que sancioni l'ordre i ja tindrem un exèrcit.

—Mentre el poble català participi voluntàriament en aquesta guerra, no hi haurà problemes, però si se l'obliga... —intervingué Prado.

—Bé han de defensar el que és seu.

—Més que homes, necessitem armes. Dugommier ha tornat a oferir la possibilitat de crear un estat independent a Catalunya, un estat lliure, però depenent de França. Això és perillós, perquè podria revifar velles aspiracions d'una part de la població. I, pel moment, els catalans han lluitat com a voluntaris al costat del malaurat general Ricardos. Us demano que no tempteu la sort.

—Sort? —féu Godoy—. No n'hi ha prou de tenir sort i comptar amb quatre voluntaris.

—Senyor, ja us vaig dir que per guanyar una guerra no només calen homes. Necessitem armes —insistí Prado.

—I les armes necessiten homes que les manegin —replicà Godoy—. Demà mateix tindré el nomenament del comte de La Unió i el decret de restabliment del sometent. I no vull parlar-ne més —acabà la discussió.

*** ***

Llàstima que no li pogués explicar el contingut de les converses! Tanmateix, Maria era insubstituïble, va pensar Tom, mentre examinava amb molta cura la llista de totes les visites que havia rebut Godoy en les darreres setmanes. En algun cas no hi havia noms, sinó una detallada descripció del personatge. Amb allò ja en tenia prou per parlar amb Albert

Flint, que coneixia tothom i podia batejar les descripcions amb noms i cognoms.

En una altra nota, Maria li havia relacionat tots els documents que havia vist damunt la taula de Godoy. I, curiosament, tot i l'enrenou de la guerra, l'opuscle sobre els globus continuava present.

Tom es va plantar davant Maria, la va prendre per les espatlles i pronuncià:

—Gràcies.

Maria somrigué. Li queia bé aquell jove. No era com Brunell i la tractava amb respecte i consideració. Cada cop que el visitava sortia amb unes monedes a la bossa. Era molt més generós que no pas el brètol que la va acollir quan els seus pares desaparegueren, que prou que li havia cobrat el favor.

Mentre Tom acabava d'endreçar la taula i guardava papers a la calaixera, Maria va recordar moltes coses que havien passat.

Anys enrere, quan va conèixer Brunell, aquell malparit no era ningú, però era astut com una guineu. Quan es va assabentar que ella, no gaire agraciada, era filla d'un mestre d'escola i que, tot i ser sordmuda, podia llegir i escriure, la va acollir a casa seva. Cada nit li parlava i li parlava lentament, amb paciència, per tal que ella aprengués bé a llegir-li els llavis. Ella, en aquells dies, li estava molt reconeguda, fins que va descobrir que ho feia amb un objectiu ben clar i concret i que tota aquella aparent devoció tenia el seu preu. Quan Brunell va decidir que ja estava preparada, que era capaç de llegir els llavis amb facilitat, les coses van canviar. A partir d'aleshores hauria de guanyar-se el pa com qualsevol altre. Més i tot! Havia de pagar tot el que havia menjat durant aquell temps, els vestits, l'habitació i el fet que l'hagués acollit. Com a una filla!, encara va cridar aquell desgraciat.

Durant anys va caminar pels carrers, bruta i amb un cistell de pomes al braç, i va entrar en els caus més infectes, on ningú no gosaria posar un peu. Ningú no la mirava i es reien d'ella i de la seva sordmudesa. Feien bromes i la tractaven com una idiota, sense ser conscients que ella podia saber el que deien. Després, tornava a casa de Brunell, com si també el visités per vendre-li pomes, i escrivia damunt d'un paper tot el que havia vist i tot el que havia pogut copsar als llavis dels seus competidors.

Un dia, un d'aquells animals, borratxo perdut, va abusar d'ella. Amb un blau a l'ull i el vestit esparracat, va acudir a Brunell, que li va contestar que si ell la defensava, la gent descobriria el pastís i tot se n'aniria en orris. De manera que s'havia d'espavilar tota sola, i li va oferir una navalla que ella va dur sempre més sota la roba. Sortosament, ningú no la va tornar a molestar.

Brunell, d'una forma prodigiosa als ulls de tothom, es va anar fent amb tot el negoci amagat del port de Barcelona. Ningú no podia competir amb ell i semblava ser present pertot arreu, veure-ho tot i saber-ho tot. Brunell va arribar a ser el número ú i ningú no li podia discutir la primacia.

Un dia la va enviar a casa de Tom Garcia, el belga estúpid que es pensava que podia fer-se un lloc en aquella ciutat i que s'havia negat a pagar protecció.

Tom li va caure bé, a Maria, el dia que el va conèixer. Era educat, jove i ben plantat. Li va obrir la porta i li va dir que no volia comprar pomes. Ella insistí amb la poma a la mà i ell es va adonar que era sordmuda. Llavors, va somriure, la convidà a passar i li va demanar tres pomes. Ho recordava bé. Tres pomes, li havia indicat amb els dits.

—Una per cada germana —va fer ell.

Maria va llegir els seus llavis. Què volia dir una per cada germana? I va buscar amb la mirada les germanes. Tom es va adonar que l'havia entès.

—Ven-ta-focs —digué ben a poc a poc.

Ella va fer un gest per fer-li veure que l'havia entès i que volia que li expliqués allò de les germanes, convençuda com estava que Tom guardava dins d'aquella casa tres germanes que l'ajudaven, perquè Brunell li havia dit que era impossible que aquell jove fos capaç de fer tanta feina tot sol i li havia ordenat que esbrinés quin era el seu secret.

Tom entrà a la seva cambra i sortí amb un llibre a les mans. L'obrí i li mostrà uns dibuixos. Maria l'hi va prendre de les mans.

—Vés amb compte, que és l'únic record que guardo de casa meva, de quan era un infant. Bé, és una versió castellana que acabo de comprar a Madrid, però tan se val —somrigué ell, però Maria no podia escoltar la seva veu.

Llavors es va fixar que els ulls de Maria es movien damunt les línies escrites. Li va agafar la barbeta i l'encarà cap a ell.

—Déu meu! —va fer—. Saps llegir! Qui te n'ha ensenyat?

Maria negà amb força i li tornà el llibre. Se la veia espantada i va voler fugir d'allà, però Tom la va retenir.

—Si vols, te'l deixo i ja me'l tornaràs —digué a poc a poc.

Maria tornà a negar amb el cap i forcejà per mirar d'escapar.

—Entesos —va fer Tom, i la deixà anar—. No et tocaré més. Si vols marxar, marxa.

La dona va fer l'esma de marxar, però s'hi repensà. Es va tombar i mirà Tom, i després el llibre que ell sostenia a les mans. Se la veia que desitjava conèixer aquella història, que el poc que havia pogut llegir l'havia captivat.

Tom va deixar el llibre damunt el moble del menjador. Ho va fer lentament. Després el va senyalar.

—Si vols llegir-lo, pots venir cada dia. M'has entès?

Ella va fer que sí, amb el cap. Va somriure tímidament i va sortir d'allà.

Brunell va fer un posat enigmàtic quan Maria li va comunicar que Tom treballava tot sol, que no tenia ningú que l'ajudés ni que el protegís.

L'endemà Maria es va trobar Tom pel carrer. Li va oferir una poma, però el jove li va recordar que li n'havia comprat el dia anterior. Ella va insistir-hi i Tom s'hi va negar de nou. Llavors, Maria l'hi va posar a la mà, la va serrar amb les seves per tal d'impedir que la rebutgés, el va mirar als ulls, va afirmar amb el cap diverses vegades i va marxar.

Tom va obrir la mà i es va adonar que sota la poma hi havia una nota. S'ho va guardar tot a la butxaca i, quan va arribar a casa, la va llegir. Era curta i molt explícita. Brunell anava per ell.

Allà va néixer una bona amistat. Potser l'únic amic que Maria havia tingut.

Ell l'havia anat a buscar a Barcelona, l'havia tret d'aquell cau de rates fastigoses i, un cop a Madrid li havia ensenyat moltes coses: com s'havia de parar una taula, com havia de servir, com havia de vestir-se i com havia de comportar-se. Ella hi va posar els cinc sentits i com era llesta va aprendre de seguida. Després, un dia, li va proposar que entrés a treballar en un palau gran i preciós, dels que ella havia vist de lluny. Primer es va espantar. Era un segon Brunell, Tom?

Tots els diners que guanyés, serien per a ella, només seus. Tom no li feia pagar ni l'estada ni el menjar ni els vestits que li havia comprat. Únicament li demanava de fer allò que havia fet sempre: obrir els ulls i llegir els llavis. A més, li pagaria pels seus serveis.

No li havia exigit res. Li ho havia demanat. No l'obligava a res. La porta era oberta. Podia marxar quan volgués. Podia tornar a Barcelona. Ni tan sols li havia dit que havia pagat per la seva llibertat. Tanmateix, ella ho sabia. Brunell no l'hauria deixat anar sense obtenir un bon preu.

Evidentment, Tom no era un segon Brunell. De manera que va acceptar i va entrar a treballar en aquell palau.

Sebas era un bon home. Tenia cura que ningú no es rigués d'ella i, per primer cop en tota la seva vida, des que els seus pares van morir, es va sentir tractada com una persona. El dia que el majordom, Francisco, la va triar per dur la safata i servir Godoy, va tremolar com una fulla al vent. Hauria volgut protestar, però no podia parlar. Després pensà en Tom i en el gran favor que li faria donant una ullada a la taula del primer ministre espanyol.

Godoy vestia molt elegant i es va quedar estranyat que no seguís les seves instruccions. «És sordmuda!», recordava que havia fet aquell home. Ella li ho havia llegit, als llavis. Llavors Francisco havia parlat i parlat i havia fet moltes reverències a Godoy. Se'l veia amoïnat. El primer ministre s'havia posat dempeus, l'havia mirat i havia fet amb els llavis: llet. Ella va afegir llet al cafè, fins que va veure que la mà de Godoy feia un gest. Ja n'hi ha prou. Això és el que ell li havia dit amb la mà.

Després van estar parlant, Godoy i el majordom, i finalment, el primer ministre es va tornar a plantar davant d'ella i la mirà. Maria va copsar intel·ligència en aquells ulls.

Aquesta era la seva història. La història d'algú que mai no podria gaudir de la vida com els altres, perquè li havia estat negat el do d'escoltar els sorolls i les paraules i havia estat confinada al món del silenci, a la soledat de les mirades. Només Tom l'havia tractada com un ésser humà, li parlava amb bones paraules, li somreia amb simpatia i li agafava la mà amb tendresa.

Tom va buscar la jaqueta i va treure de la butxaca un parell de monedes.

—Procura guardar diners. Pensa que un dia deixaràs de treballar i, si has guardat diners, podràs viure.

Maria va fer que sí, amb el cap. Ja feia dies que en guardava. El dia que tornés a Barcelona no viuria a ciutat.

Sabia que hi havia bona terra prop del riu Llobregat, que podia comprar-hi uns quants pams, on hi plantaria verdures. Els pagesos l'ajudarien. La gent que conrea la terra és d'un altre tarannà que els de ciutat. Després les vendria al mercat i se'n quedaria una part per a ella.

Va prendre les dues monedes i aprofità per besar la mà de Tom. Ell va somriure, la va abraçar i l'acompanyà fins la porta.

Un cop sol, Tom va pensar en la baronessa de Malpica. No havia pogut deixar de pensar en ella des que l'havia visitada a casa seva, dos dies abans. A tota hora s'imaginava aquells llavis molsuts i entreoberts que se li oferien, mentre la respiració agitada de la baronessa obligava els seus pits a xafar-se contra ell, amb calidesa.

Durant aquells dos dies s'havia assabentat que el baró de Malpica era un home gran i malalt, que gairebé no sortia de casa. I va pensar en ella amb tendresa. Pobra dona!, va fer, convençut que dedicava tota la seva vida a un home que no podia satisfer-la. La va dibuixar com una heroïna de comptes de fades que crema la seva joventut i la seva vitalitat per una causa perduda. Allà, assegut al sofà, l'hauria abraçada amb força, l'hauria besada i hauria acaronat aquells cabells castanys. Als seus ulls, era la dona més dolça i formosa del món. La veia delicada i femenina, amable i sincera, amb un cor immens i uns ulls on es podia extasiar i perdre's.

La vida és injusta. A qui té ànsia de vida li atorga esclavatge, malgrat que estigui envoltada de riqueses. Desitjava tornar-la a veure, encara que fos de lluny. Desitjava escoltar la seva veu, contemplar el seu somriure, i emmirallar-se un altre cop en els seus ulls, com si fos dintre d'ella. Desitjava que allò fos un conte i que ell, un príncep, que arrencaria la Ventafocs de les olles per convertir-la en princesa.

Sospirà llargament, prengué la jaqueta i sortí de casa per dirigir-se cap a l'empresa. Feia dos dies que havia de fer un notable esforç per concentrar-se en el seu treball.

*** ***

Don Santiago es va aixecar de la cadira quan li van anunciar que a baix hi havia una dama que demanava per Tom.

La dona venia acompanyada d'una serventa i duia un vel que li cobria la cara i que deixava entreveure la perfecció del seu rostre. La va conduir al seu despatx i li va oferir una cadira. Ella es va seure amb elegància i la serventa va restar dempeus, al seu costat.

—Fa dos dies el senyor Headking va venir a casa per cobrar, però no va poder ser —va fer ella, mentre retocava la seva faldilla—. De manera que he vingut jo.

—No feia falta, senyora baronessa —inclinà Don Santiago el cap—. Només enviant l'encàrrec, nosaltres hauríem tornat a passar per casa seva.

—El meu marit havia patit una recaiguda i no el va poder rebre —seguí explicant la baronessa.

—És greu? —s'interessà Don Santiago.

—Fa molt de temps que es troba impedit. La gravetat de la seva malaltia ja no és el més preocupant.

—Ho sento de debò, baronessa. Si puc fer alguna cosa per vós...

—Voldria disculpar-me amb el senyor Headking.

—El senyor Headking no hi és en aquests moments —digué Don Santiago, i en veure la decepció de la baronessa, consultà el seu rellotge i afegí—: No obstant això, segur que és a punt d'arribar. De fet, ja hauria de ser aquí.

En aquell precís instant van trucar la porta. Don Santiago va donar permís per entrar i aparegué Tom.

La baronessa, asseguda d'esquenes a la porta, no es va moure, ni es va tombar.

—La senyora baronessa de Malpica demanava per tu —va fer Don Santiago.

Tom va entrar amb el cor desbocat, va fer les tres passes que el separaven d'ella i se li posà al davant. Mariana va aixecar la mirada a través del vel i allargà la mà enguantada. El jove la va prendre entre les seves i la besà amb tendresa. Ella va fer un lleuger moviment amb els dits i, després, lentament, l'enretirà. Va seguir durant uns instants amb els ulls clavats en els del jove i, finalment, desvià la mirada.

—He vingut per pagar la factura pendent —va dir, amb un to indiferent, com si pretengués disfressar l'efecte que Tom li havia produït. O més ben dit: l'efecte que ella havia insinuat amb exquisida habilitat.

—He dit a la senyora baronessa que no calia que es molestés, que ja hauríem passat nosaltres —digué Don Santiago.

—Només que ens avisés, hauríem vingut de seguida, senyora —va fer Tom, sense deixar de mirar-la.

—Isabel, dóna'm la bossa petita —ordenà.

—Ai, senyora! —va fer la serventa—. S'ha quedat damunt la taula del rebedor.

—No t'he dit que l'agafessis?

—Sí, senyora baronessa, però com després...

—Què en pensarà el senyor Headking, de mi?

—Senyora, jo...

—Ai, Isabel, Isabel, Isabel! —brandà Mariana el cap. Tanmateix, el to de la seva veu era mesurat i el retret amable. Es va tombar cap a Tom—. Podeu enviar algú aquesta mateixa tarda?

—Vindré personalment —s'afanyà Tom.

—No voldria destorbar-vos del vostre treball.

—Serà un plaer, baronessa. Us acompanyo fins a la porta.

Mariana es va aixecar de la cadira, va allargar la mà a Don Santiago, que la va besar respectuosament, i va sortir del despatx acompanyada de Tom. Isabel, els va seguir.

Un cop arribaven a la porta del carrer, aparegué Angelines.

—Angelines, et presento la baronessa de Malpica —va fer el jove—. Senyora baronessa, Angelines és la filla de Don Santiago.

Mariana va mirar Tom, després a la jove, llavors va somriure, va allargar la mà, va tocar la galta d'Angelines, es tombà cap a Tom i digué:

—Quina noia més bufona.

Angelines premé els llavis amb ràbia.

—Encantada, senyora baronessa —respongué, i es dirigí cap a l'escala que pujava als despatxos.

Durant tot el dinar, Angelines va estar tensa. Aquella baronessa, amb el gest d'acaronar-li la galta, l'havia tractada com una nena. Davant de Tom! Maleïda sigui! I així va seguir, fins que va notar que el seu pare estava estrany. De tant en tant es quedava quiet, amb la cullera a mig camí entre el plat i la boca.

—Què passa? —va demanar.

—No, res. Coses de la feina.

—Teniu problemes?

—No, no. Ben al contrari. Tot va força bé.

—Us amoïna alguna altra cosa?

—No, no. Res, res. No res.

Massa «no» per ser «res», pensà Angelines. Però, va callar i no va insistir-hi.

Des del Nadal, Angelines havia canviat ostensiblement. Ja no exhibia aquell tarannà juvenil i impulsiu. Ja tenia divuit anys, la seva veu era més dolça i el seu pare podia parlar amb ella i comunicar-li notícies i decisions sense obtenir un moc a canvi. Fins i tot, Matilde s'havia donat que Angelines havia millorat en l'aspecte de vestir-se amb més cura i elegància. Es mirava més al mirall, els seus gests eren mesurats i somreia amb més facilitat. Tanmateix, la ment del seu pare era força lluny d'aquelles cabòries.

Don Santiago estava preocupat des que havia vist aquella mirada en els ulls de Tom, quan parlava amb la baronessa. Si fos fill seu, hauria parlat amb ell per dir-li que, als seus anys, tenia prou experiència per adonar-se de quan una dona persegueix un home. El fet, absolutament insòlit, que tota una baronessa es desplacés fins al despatx d'un proveïdor per pagar una factura era un senyal massa evident. Tot i així, un pobre enamorat no veu més enllà del nas. I, evidentment, aquestes reflexions no les podia comunicar a Angelines.

La filla, per la seva part, es va quedar amoïnada. La feina anava bé, si escoltava el seu pare. I, si la feina va bé, que és la màxima preocupació de l'empresari, ¿què és el que el preocupa fins al punt de no prestar atenció al menjar?, es demanava. El seu pare, habitualment, gaudia de la taula. Deia que, a la seva edat, ja esdevé el major dels plaers terrenals, perquè els altres comencen a minvar. Quan deia això, davant de la seva filla, s'enrogia lleugerament.

La campaneta de la porta del carrer va sonar. Qui podia ser a aquelles hores, sense haver avisat? Poc després Matilde va entrar corrents al menjador.

—Don Santiago —va fer—. Petra acaba de tenir una filla —anuncià.

Pare i filla s'aixecaren de taula com un llamp.

—Oh! —va fer Angelines—. Hem d'anar-hi ara mateix.

—Crida un cotxe —ordenà Don Santiago—. Au, va, dona! No t'estiguis aquí, com un estaquirot! —empenyé Matilde.

Ja no es recordava de Tom ni de la senyora baronessa.

*** ***

Recordava el seu nom, i el va afegir quan li va donar les gràcies per fer-se càrrec del barret i del bastó.

—Gràcies, Isabel —va fer Tom, amb un somriure.

—La senyora baronessa us espera. Acompanyeu-me, si us plau.

Isabel va tancar la porta i conduí Tom fins a la sala gran, la del darrere, on Mariana s'estava dreta davant de la finestra.

El jove es va quedar quiet fins que ella acomiadà la criada i li indicà el sofà.

—Seieu, us ho prego —va dir.

Tom es dirigí cap al sofà i esperà palplantat fins que ella va venir cap a ell.

Mariana va somriure i, enlloc de triar una de les butaques, va decidir seure's al sofà. Tom mirà d'apartar-se, però ella el va prendre per la mà i, sense deixar de mirar-lo als ulls, tibà lentament, l'obligà a seure's al seu costat i no deixà anar aquella mà.

Els seus llavis eren tan a prop que el cor del jove es va desbocar. L'abraçà amb força i la besà amb passió. Ella va prémer la seva mà i mig va respondre al petó. No del tot. Es va apartar lleugerament i va simular que la respiració se li alterava. Tom va cercar de nou els llavis de la dona i ella s'hi resistí lleugerament. No gaire, evidentment, i, aquest cop, ella sí que respongué.

Per avui, amb un parell de petons, n'hi hauria prou. Més endavant ja el deixaria fer alguna cosa més. El foc que millor escalfa i que més dura és el de les brases. Les flames no fan altra cosa que cremar-ho tot. A ella li agradava fer-ho tot al seu ritme i gaudir del seu poder.

11.- LA FRUITA MADURA

Helen, des de la finestra, va veure com el senyor Gordon pujava les escales del porxo. Ho feia a salts, brandant el bastó com si volgués tallar el cap a totes les flors. Malament!, va pensar. Acte seguit va escoltar la porta que s'obria i, després, el cop per tancar-la. Malament!, va negar amb el cap, mentre premia els llavis amb preocupació i respirava fondo.

Quan va arribar l'hora de sopar, Gordon es va seure amb cara de pomes agres i va estar jugant amb el puré de patates, com faria un paleta amb el ciment. De tant en tant l'apilava en forma de petita muntanya i després la xafava i la tornava a bastir. Patty, la cuinera, s'enduria un disgust quan veiés tornar el plat tan ple com havia sortit de la cuina

—Com va tot, a Europa? —li demanà Helen, quan la serventa va retirar els plats i va portar les postres.

—No entenc res —respongué el seu marit.

—De què estimat?

—De res —respongué ell, com si no volgués parlar del tema.

Tanmateix, la senyora Gordon prou que sabia que allò indicava precisament tot el contrari. El senyor Gordon necessitava parlar, desfogar-se i, possiblement, cridar com si l'esbronqués. Ella ja estava habituada i el deixava fer. Era la seva compensació pel fet d'haver de callar a la feina i d'aguantar el que ell considerava bajanades. De manera que Helen va guardar silenci i va esperar tranquil·lament. De fet seguia la filosofia de la cuinera que no parava d'explicar que ella amb el seu marit, un bon home, el deixava esbravar i, quan acabava i tot el vapor de l'olla havia sortit, perquè ja no quedava més aigua per bullir, es calmava i podia dormir. Patty parlava pels descosits i Helen procurava tallar-la, però, de tant en tant, deia coses amb prou seny.

—Com poden seguir lluitant amb tot l'enrenou que tenen a casa seva? —va fer Gordon, de sobte—. Robespierre és mort. Li han tallat el cap, a la guillotina. Han empresonat tothom. Fins i tot generals. Aquell general jove, Napoleó... Te'n recordes, que te'n vaig parlar? —mirà la seva esposa, que va fer que sí, amb el cap—. També l'han empresonat. A Antibes. No ho entenc —es desesperà.

—Això és bo. Si els francesos empresonen els seus propis generals, no podran lluitar.

—Això és el que no entenc —Gordon alçà la veu. Havia arribat el moment culminant.

A partir d'aquí, Helen va escoltar tot un seguit de raonaments barrejats amb improperis i crits i es va assabentar que l'armada anglesa tenia seriosos problemes amb l'armada francesa, que tot Europa anava de corcoll i que Espanya no podia aturar l'avenç de les tropes comandades per Dugommier.

Finalment, de mica en mica, el to va baixar. Gordon ja començava a calmar-se. Segurament, havia hagut d'aguantar un altre cop les estupideses de Sir Blum i, com deia Patty,

186

que, tot i no sé persona culta, de filosofia casolana en sabia un niu, quan l'olla comença a bullir, s'ha de destapar. En cas contrari, l'arròs vessa i esquitxa tota la cuina. Aquella dona tot ho reduïa al limitat univers d'olles, culleres, plats i peroles, però Helen havia descobert que els seus raonaments donaven bons resultats. De manera que el senyor Gordon arribà al llit ben tranquil, com si res no hagués passat.

*** ***

Si l'estiu no havia estat positiu, quant a les notícies, la tardor encara va ser pitjor. Encetat setembre, les forces franceses atacaren encara amb més força i el govern de Madrid palesà encara amb més nitidesa que la manca de recursos passava factura. L'exèrcit enemic havia ocupat la vall de Baztan, havien entrat per la banda est dels Pirineus i havien pres Ondarrabia, San Sebastià i Tolosa. Durant dos mesos tot van ser derrotes i, arribat el novembre de 1794, Godoy va rebre la visita del general Prado.

—El comte de La Unión és mort —va fer, sense cap més preàmbul, en entrar—. Hem perdut Mont-roig, a l'Alt Empordà.

—No pot ser! —s'aixecà Godoy d'un salt.

—Dugommier també ha mort en l'enfrontament.

—Pobre Carvajal! Sembla una partida d'escacs —medità Godoy—. Hem canviat reina per reina.

—Sí, però l'adversari conserva les torres i els alfils. Nosaltres, per contra, ens hem de recolzar en els peons.

—Qui substituirà Carvajal, com a capità general de Catalunya? —demanà Godoy.

Evidentment, el comentari de les torres i els peons el va ignorar. Altrament, seria tant com admetre que no havia enviat prou reforços i armes, tot i la insistència dels seus generals.

—Només disposem del marquès de Las Amarillas —va fer Prado—. Ja ha pres el comandament, però ha hagut de retirar-se i refugiar-se a Girona.

Godoy s'atansà al mapa que tenia en una de les taules i contemplà el territori català.

—Girona? —va fer estranyat—. Per què no s'ha quedat a Figueres?

—Figueres ja és francès, senyor —respongué Prado amb gest greu—. Allò que tant em temia, s'ha produït. Figueres ha obert les portes a l'invasor.

—Què vol dir que li ha obert les portes?

—Us ho vaig advertir, senyor. No és bo obligar la gent a fer el que no vol. Ens estan envaint.

—Els hem d'aturar com sigui —digué Godoy. Havia ignorat la darrera resposta de Prado.

I, en aquesta ocasió, el primer ministre tampoc no havia corregit el general Prado. Invasió era el mot més adient per definir el que estava passant a Catalunya. La situació era més que delicada i no pagava la pena embolicar-se amb qüestions semàntiques.

—També tenim problemes a Barcelona, on hi ha hagut un motí —afegí Prado més llenya al foc—. Hem perdut més de cent homes.

—On és Urrutia?

—A València.

—Que surti deseguida cap a Girona. El vull allà. José de Urrutia serà el nou capità general.

—I Barcelona?

—Poseu-hi pau. Com sigui —es quedà un instant en silenci—. Que la posi ell, que per això serà capità general —conclogué.

—Sí, senyor. També hauríem de preparar la possible defensa de les terres valencianes. I, en aquesta ocasió, us torno a recomanar que trieu voluntaris.

Godoy anava a replicar, però el que havia passat a Catalunya, sobretot a Figueres, pesava massa en la balança.

—Entesos —cedí Godoy—. Encarregueu-vos de tot.

El general Prado va saludar i va sortir. Havien perdut molt de temps per un estúpid error i per no enviar material bèl·lic quan ho va demanar el difunt general Ricardos. Si amb pocs homes i mal armats va ser capaç de fer tot el que havia fet, què no hauria fet amb una força com cal? I un altre error va ser atacar només des de Catalunya. Les forces de l'Aragó, de Navarra i del País Basc s'hi haurien d'haver sumat, però Godoy era qui prenia les decisions.

Evidentment, si el govern de Madrid no hagués estat cec, ara no serien on eren.

*** ***

—Quan t'encarregaràs de l'italià? —demanà José Manuel.

—Quan sigui el moment —respongué Mariana—. Encara ens queden alguns diners i aquests afers s'han de dur amb cautela.

José Manuel va somriure cínicament.

—T'està costant molt fer-lo madurar —es queixà.

—Tot ha d'anar segons el previst. Recorda que l'últim cop vam tenir problemes perquè l'idiota que havies triat, quan vaig muntar el número de la porta, es va llevar i va anar a veure si hi havia algú. Sort que et vaig fer rectificar a temps. Si haguessis continuat dient que era Abelino, qui ens havia enxampat i no pas un criat, s'hauria descobert tot el pastís. De manera que no et tornis a precipitar i fes el que jo dic.

—Afanya't. Aquest matí m'han comunicat que se'n torna a Itàlia. Ha acabat la seva feina —replicà José Manuel—. Saps què en penso? Que estàs esmerçant les energies amb l'anglès i estàs allargant massa l'afer amb l'italià. Tant, que se'ns pot escapar.

—No hi té res a veure, una cosa amb l'altra —replicà Mariana.

—Doncs, si falla l'italià, haurem de recórrer al que ens quedi.

Mariana es va atansar al seu germà i el mirà directament als ulls, amenaçadora.

—Et vaig dir que el deixessis en pau —va fer amb els llavis ben prims—. I ara t'ho repeteixo. No gosis ni acostar-te a ell.

—D'on traurem, llavors, els diners?

—En buscarem un altre.

—No hi ha temps. Haig de pagar...

—Tu i els teus deutes de joc! —cridà Mariana—. Ja et vaig dir que deixessis de jugar.

—No sóc l'únic que hauria de deixar de jugar —respongué José Manuel amb ironia—. Tenim un problema i la solució o és l'italià o serà el teu anglès.

—No!

—Tan bo és al llit?

Mariana va tombar la cara cap al finestral, i no va respondre la pregunta.

—Espero que tard o d'hora te'n cansis. Però, no triguis gaire, perquè, llavors, més que una fruita madura, potser també serà una fruita passada i, com l'italià, no et servirà ni a tu ni a mi —va dir José Manuel.

—Tom Headking no és cap fruita, sinó un home. Molt més home que tots aquests babaus que em portes i molt més home que tu —el menyspreà Mariana.

—Com pots dir això, si encara no m'has tastat? —somrigué José Manuel, cínicament.

—Un cop has tastat la mel, la millor carn és salada.

—Em comença a preocupar de valent, aquesta relació. No estaràs pensant alguna cosa estranya?

Mariana se'l mirà amb una espurna de preocupació. Potser havia anat massa lluny. Coneixia prou bé el seu germà i, sobretot, aquella mirada que sempre mostrava quan acaronava la idea de revenja. I, ara, la tenia.

—Busca un altre entre els teus amics, que pugui substituir l'italià, si se'ns escapa.

—Per què perdre el temps, si ja tenim un candidat?

—Compte amb el que fas —amenaçà Mariana amb el dit acusador—. Vigila —insistí, i bellugà el dit com si volgués burxar el seu germà amb un punxó.

José Manuel li dedicà una petita reverència i sortí. Isabel l'esperava al vestíbul per obrir-li la porta del carrer.

—Estic content, perquè veig que la senyora baronessa surt més sovint que no pas abans —va fer José Manuel.

—Cada tarda fa un petit passeig —contestà la serventa.

—Això és molt bo —somrigué José Manuel, i es quedà mirant Isabel.

La noia va desviar la mirada, tremolà lleugerament i s'enrogí. José Manuel eixamplà el seu somrís i la mirà. De dalt a baix, amb interès. Hi ha torres que no cal enderrocar perquè ja tenen les portes obertes de bat a bat. O, potser, hauria de dir les cames?

—Molt bo —repetí, i va marxar.

12.- UN XIC MÉS DE PACIÈNCIA

Davant del mirall del rebedor de la casa de Tom, Mariana es va retocar el pentinat. Amb el barret no es notaria res del que havia passat. Després es va mirar l'escot, tibà de la tela a un costat i a l'altre i acabà agafant-se els pits per sota i aixecant-los per situar-los correctament.

Tom la va abraçar per darrere, li posà les mans a la panxa i l'estrenyé amb força, mentre dipositava un petó al seu coll. Ella es va apartar.

—Haig de marxar —va fer.

—Queda't una estona més. Viure lluny de tu, és viure un calvari —replicà Tom, i la va abraçar.

—Sóc una dona amb obligacions —li recordà, i de nou s'apartà per acabar d'assegurar-se que ningú no notaria res.

—No em torturis, si us plau. Prou que saps que, si fossis una dona lliure, no sortiries d'aquesta casa sense que haguessis acceptat que fos teva. Compto totes les hores fins tornar-te a veure; friso per passar una nit sencera amb tu, sense haver d'amagar-nos; somio que passegem plegats i que tothom m'enveja, en veure una dona com tu penjada del meu braç. Quan no hi ets, m'imagino els teus ulls i els teus llavis, sento l'escalfor del teu cos, en ressegueixo cada corba, des del coll fins als peus. Cada nit em desperto i et busco, però només trobo la buidor d'una casa que es queda freda quan tu no hi ets.

Mariana somrigué complaguda. Aquell jove estava vertaderament enamorat. I ella se sentia afalagada i feliç. Quan quedés lliure, es casaria amb ell. Tom tenia fortuna, era jove i vital, la duria a festes, li compraria tot el que li demanés i, per les nits, l'acaronaria com havia fet aquella tarda, tot just una estona abans. Què més podia desitjar?

—El metges diuen que Abelino està molt malament. No li donen més enllà d'uns mesos de vida. Llavors, tot el meu temps et pertanyerà —va dir, dipositant un lleuger petó als llavis d'ell.

—Si pogués, fugiria amb tu. Et segrestaria i et duria lluny d'aquí, on ningú no ens conegués, on poguéssim viure plegats —va fer ell, i la va tornar a agafar per la cintura.

—Tingues paciència. No puc abandonar el pobre Abelino —digué Mariana.

Tom la deixà anar. Ella es dirigí cap a la porta, l'obrí, li envià un petó amb la mà i sortí.

Un cop fora va pensar en José Manuel. Amb l'italià, el desgraciat del seu germà l'havia enganyada, tot fent-li creure que aquell babau havia regatejat el preu i l'havia rebaixat. Naturalment, havien discutit. Mariana no se'l creia. Imaginava que José Manuel s'havia quedat amb part dels diners per pagar deutes o per tornar a jugar. El fet era que els pocs diners que havien tret de l'italià durarien uns mesos. No gaire més. Abelino cada cop estava més dèbil. De manera que més valia que els metges l'encertessin per una vegada a la seva vida i morís aviat. Llavors, hauria arribat el moment de fer fora de casa el seu germà i encetar una nova vida. En cas contrari, aquell malparit acabaria amb tota la fortuna de Tom i tot tornaria a començar.

La tarda era agradable i caminà distreta, sense adonar-se de la presència de José Manuel, que l'observava des de l'altre costat del carrer, amagat darrere d'un arbre. Ara ja sabia la destinació de la seva germana, quan sortia cada tarda. I també sabia que ella en barrinava alguna de grossa. Però, quina?

*** ***

El primer ministre Pitt va rebre lord Grenville a les deu del matí. Un assumpte urgent, havia dit el ministre d'Afers Estrangers. Un tema que pot capgirar moltes coses, havia afegit.

—Per què tanta pressa? —va fer William Pitt quan va escoltar el tema de què es tractava.

—Headking insisteix massa. Flint diu que intueix que hi ha una dona pel mig i que li sembla que podria haver boda.

—Millor. Que es casi. Així encara tindrà més responsabilitats.

—Albert Flint diu que li sembla que és espanyola. Fins i tot ens ha passat un nom: la filla d'Erquiza.

—Millor, encara —somrigué Pitt—. S'integrarà més i serà més acceptat.

—Sí, però voldrà tornar a Anglaterra per presentar la seva esposa a la seva mare —va fer lord Grenville un gest amb el cap, tombant-lo cap a un costat.

—Això ja és una altra cosa —murmurà Pitt. Ara ja veia on era el problema.

—Gordon diu que Headking ha fet una gran tasca.

—No ho nego. Però, encara ens pot ser de gran utilitat, sempre que mantinguem la seva situació actual. La policia espanyola el podria investigar i Flint ha d'estar a l'aguait.

Pel moment tothom ha de tenir clar que Headking és un perseguit i no ens convé que canviïn d'opinió.

—El rei podria signar el decret de gràcia sense gaire escarafalls i ell pot fer una visita ràpida i discreta i tornar a Madrid. És un jove intel·ligent i un bon anglès. Si parlem amb ell, de seguida ho entendrà. A més, sembla que hagi nascut per fer la feina que fa. Li agrada i ara Espanya no és cap enemic, sinó un aliat.

—Europa canvia molt ràpidament i l'amic d'avui pot esdevenir l'enemic de demà —replicà Pitt. N'havia vist de tots colors—. Ens ha costat molt esforç i molts diners situar el nostre home.

—Jo diria que la major part de la feina l'ha fet ell i, quant als diners, Gordon s'ho va manegar per tal que la inversió fos mínima i, a més, estem obtenint bons ingressos de l'empresa de Madrid. Hem venut dues vegades el Forrester i, encara, la meitat continua sent nostra. Santiago Erquiza és el nostre banquer sense saber-ho, i a un interès ben baix —replicà lord Grenville, i afegí—: A més, us recordo que l'hi vam prometre.

William Pitt va prémer els llavis i es gratà la barbeta. Hi havia una promesa pel mig. I no hi havia cap queixa, quant al comportament de Tom Headking. Al contrari, tot eren lloances. Si hagués d'emetre el seu parer, estava ben inclinat a creure la seva versió dels fets, sobre l'afer del fill del senyor de Brooksheeld. Però perdre una ocasió com aquella no li feia el pes. Anglaterra és per damunt dels homes.

—Les negociacions de Basilea segueixen endavant i ja no les podem aturar —insistí lord Grenville—. El darrer missatge de lord Henry Spencer ha estat prou clar. El rei Frederic Guillem de Prússia signarà la pau amb França.

—Prou que ho sé —féu Pitt amb un pessic de ràbia—. De la mateixa manera que sóc ben conscient que aquest afer ens ha costat una fortuna. La idea de subornar *madame* de Lichtenau per tal que li concertés una entrevista amb el monarca no ha servit per a res i hem perdut les cent mil guinees que li vam pagar. Triar com a intermediària l'amant del rei no va ser una bona decisió.

—En aquest cas hem fallat, però no oblideu que moltes guerres s'han guanyat damunt dels llençols d'un llit i no pas al camp de batalla —respongué lord Grenville amb una rialla.

—Sí —afirmà Pitt—. I, si algun dia el poble se n'assabenta, es demanarà per què han de morir els seus fills a la guerra.

—Bé, el fet és que Prússia signarà. Ja en té prou i està disposada a concedir a França la riba esquerra del Rin. De manera provisional, naturalment. Pel que fa a Carles IV tot apunta que es conformarà a recuperar l'Empordà i les ciutats perdudes i restablir les fronteres del tractat dels Pirineus. Espanya també ha rebut de valent, perquè Godoy no va saber reaccionar a temps i no va fer cas del general Ricardos. Les seves forces han estat derrotades al Rosselló i, a més, els francesos han entrat per l'est dels Pirineus i han ocupat Ondarrabia, San Sebastià i Tolosa. De manera que Espanya seguirà el joc de Prússia i farà el que calgui per signar la pau. Llavors, ens quedarem sols i també haurem de signar. Posades així les coses, no veig que hi hagi cap impediment perquè parleu amb el rei i obtingueu el perdó de Tom Headking.

—Entesos. Parlaré amb Sa Majestat —acceptà Pitt, finalment.

Seguir discutint amb lord Grenville no hauria servit de res. Els nobles, de vegades, són massa nobles, i això de la paraula donada, també de vegades, pot ser una llosa massa pesant. A més, per desgràcia, tenia raó. Malgrat que a Anglaterra li convenia seguir lluitant per poder expandir les seves colònies a l'altre costat de l'Atlàntic, la decisió del rei Frederic Guillem era ferma. «El rebré, però no canviaré de parer», havia dit a *madame* Lichtenau. I no havia canviat. De vegades, el domini d'una amant no és tan gran com imaginem.

Uns dies després, William Pitt va anar a visitar el rei per despatxar diversos temes. Havia triat un dia en el qual duia a la cartera un bon plec de documents i, entre ells, hi va afegir la carta de gràcia de Thomas Headking. La hi presentaria com un assumpte intranscendent.

Durant força estona van parlar de la situació d'Europa, de la guerra i de tot plegat.

El rei va escoltar com si tot allò no hi tingués res a veure amb ell. Pitt ja hi estava acostumat. Els reis sempre estan pel damunt del bé i del mal. Sempre que no perilli el seu coll, naturalment.

Quan William Pitt va posar damunt la taula la carta de gràcia de Headking, tot fent referència a un assumpte menor, de sobte George III va recuperar tot l'interès.

—Thomas Headking, de Reigate —va fer George III, i somrigué—. Ho porta bé, això de ser espia, després d'haver estat criminal?

El primer ministre va posar cara de babau.

—Força bé, Majestat —va respondre, lacònic.

—Suposo que sí, perquè si, fins i tot, es vol casar... —va fer el rei George, i somrigué amb més satisfacció en veure l'expressió de Pitt.

—Això són suposicions. Ell no n'ha dit res.

—De tota manera, seria bo per la corona, que ho fes. Si es casa a Madrid, amb una dona d'allà, encara s'integrarà més. És una bona solució —digué el rei.

—Cert —va fer Pitt. No podia fer altra cosa. Eren les seves mateixes paraules.

—Però no crec que sigui bo per a Anglaterra que vagi més enllà —seguí George III. Pitt va fer un gest de no entendre per on volia anar el rei. Llavors, George III aclarí—: Si es vol casar, tal com sembla, millor. Això li atorgarà més credibilitat davant dels nostres enemics. No és, precisament, el que voleu?

—Espanya no és cap enemic.

—L'idiota de Carles canvia segons les escalfors del llit de Maria Lluïsa. No ens podem refiar d'un rei que no té criteri. De manera que és millor que aquest assassí... Headking... segueixi perseguit per la nostra justícia —replicà el rei George—. La Corona, malgrat que delegui afers en el seu primer ministre, en certs temes té la darrera paraula i la gràcia li pertany. De manera que, pel bé d'Anglaterra, no signaré aquest paper —afegí, i empenyé el document cap a Pitt.

El primer ministre es va quedar en silenci. George III el mirava amb una superioritat que li transmetia el missatge que el rei estava més que al corrent del cas. Sa Majestat George ja sabia que utilitzaven Tom Headking i per a què l'utilitzaven; sabia qui era, què havia fet i quin crim se li imputava. En resum: ho sabia tot! Discutir hauria estat inútil. La decisió estava presa. Aquest era el missatge silenciós, només amb la mirada.

—És una gran idea, Majestat —digué Pitt, alhora que dedicava amb el cap una reverència de respecte al seu monarca—. No hi havia caigut. Si ell està perseguit per la nostra justícia, ningú no sospitarà que treballa per a nosaltres —simulà que meditava—. I com vós heu apuntat, haurem de guardar gelosament el secret i no comunicar-lo a ningú.

—Exacte! Això és el que penso. Prou content ha d'estar aquest criminal, perquè conserva el coll. I, fins i tot, es casarà —rigué divertit—. Ja en parlarem més endavant. Però, pel moment, no espereu que perdoni un assassí.

—No tornarem a parlar d'aquest tema fins que les circumstàncies no hagin canviat i us dono paraula que la meva boca quedarà segellada —digué el primer ministre, invertint els termes.

Coneixia prou bé el rei George i sabia que era capaç de canviar de parer en qualsevol tema i en qualsevol moment. Deien que estava boig i les seves relacions amb el primer ministre no eren d'allò més bo, sobretot des que Pitt havia accedit al govern de la nació mercès al suport popular, mentre que, abans, el rei feia i desfeia a la seva conveniència, nomenava ministres i els destituïa gairebé segons l'humor amb el qual s'aixecava del llit.

—Espero que sigui cert i que no parleu amb ningú —digué el rei George amb el convenciment i l'orgull de creure que tota la idea havia sortit d'ell.

El primer ministre abandonà la sala d'audiències, baixà les escales que conduïen al jardí i pujà al carruatge que el duria de nou a Londres.

Bé!, pensà satisfet quan el cotxer va fustigar els cavalls. Els idiotes també tenen la seva utilitat. Sobretot en política. Sir Blum acabava de prestar un gran servei al govern i Pitt recordava que Cromwell amb Enric VIII va cometre un greu error, que va motivar la famosa frase de Thomas Moro: «No heu dit al rei el que ha de fer, sinó el que pot arribar a fer, i ara que ha pres consciència del seu poder tots estem perduts». Quants caps van rodar durant el seu regnat, el segle XVI? I tot per l'error d'algú que perseguia el poder per damunt de tot. La història bé ha de servir per alguna cosa.

William Pitt podia sentir-se satisfet. Tot havia anat segons el previst. Sir Blum, després de rebre una lleugera insinuació, havia parlat amb lord Bristol, que va anar a veure el rei. A partir d'aquí tot havia anat rodat. I encara hi aniria més bé. Lord Grenville no podria dir que Pitt no havia presentat el cas al rei, Gordon hauria de callar, Sir Blum se sentiria satisfet pel que pensava que era una victòria personal i Headking seguiria igual. Que es casés. L'única cosa que no podria fer era presentar la seva esposa a la seva mare. No era pas tan greu.

MALEÏT CATALÀ!

*** ***

Albert Flint caminava tranquil·lament pel parc, tot meditant. El mes de juliol de 1795 havia significat la pau. Les negociacions a Basilea havien acabat i, únicament, havien d'afegir que França va exigir, a canvi de retirar-se de la Vall d'Aran, l'illa de Santo Domingo, que Espanya acceptà donar-li.

Ningú no s'explicava l'èxit francès, si tenien en compte que a París les coses també anaven en dansa. Es parlava d'una nova constitució, de canvis importants dins del govern, de la manca d'un cap de l'exèrcit interior i de moltes més coses que no donaven peu a gaires alegries.

Flint va seguir caminant i s'assegué en un banc. La temperatura era agradable i la gent omplia el parc. Allà, assegut sota el sol, el món romania en pau, la guerra ja no existia i Madrid seguia sent la ciutat acollidora de sempre. Els nens jugaven i les dones conversaven. Llavors, va veure aparèixer la figura de Tom Headking.

Tom va passejar tranquil·lament, es va atansar i es va seure al banc.

—Un dia ben agradable —digué el jove.

—Sí, el temps ens acompanya —respongué Flint.

No sabia com comunicar-li les notícies que havia rebut de Londres i s'havia estimat més citar-lo al parc. Aquell home li queia bé. Durant tot un dia havia estat buscant la manera de fer-ho, però... ¿com es dóna una mala notícia? Com inventes una excusa per allò que no en té cap?

—Gordon m'ha encarregat que us faci arribar les seves felicitacions. Londres valora molt el vostre treball —va encetar.

—Quan podré tornar a Anglaterra? —va somriure Tom, esperançat.

—El ministre Grenville i el primer ministre William Pitt també us feliciten —seguí en el mateix to, i afegí—: Extraoficialment.

—Què vol dir extraoficialment? —es posà en guàrdia Tom.

No li havia agradat aquella paraula. I menys encara que Flint no anés al gra ni li hagués comunicat de bon començament res del seu afer.

—Londres estima molt el vostre treball, però ha sorgit una circumstància que ens obliga, pel moment, a mantenir les coses com estan.

—Quina circumstància?

—Sir Blum encara no ho acaba de veure clar. Londres us demana un xic més de paciència.

—He fet tot el que se m'ha demanat. Fins quan haig d'esperar per visitar la meva mare?

—Ja us he dit que William Pitt, lord Grenville i Gordon estan molt contents amb vós —somrigué Flint.

—Fins quan hauré d'esperar? —tornà a demanar Tom.

—També us haig de comunicar que Londres ha decidit augmentar-vos la vostra assignació —va mirar Headking—. Fins i tot, si voleu fer arribar diners a la vostra mare, jo me n'ocuparé personalment que els rebi.

—No heu respost la meva pregunta —insistí Tom.

—Perquè no us puc donar una data concreta. Ja sabeu que de vegades és difícil fer canviar una persona. Us ho dic amb tota sinceritat. Com també us dic que desitjo que no hagueu d'esperar gaire temps. Si voleu escriure una carta a la vostra mare, també ho podeu fer. No obstant això, tingueu en compte que no podeu explicar-li el que feu ni el que està passant. També he rebut ordres d'ocupar-me personalment que arribi a la seva destinació. No per conducte reglamentari, evidentment. Suposo que per a ella serà important rebre notícies vostres, saber que esteu bé i que penseu en ella. Pel moment és tot el que puc fer —respongué Flint, que prou que li havia costat dir tot el que havia dit.

—Digueu-me, senyor Flint, si jo decidís prendre esposa...?

—Ja teniu candidata?

—He parlat en condicional —puntualitzà Tom.

—Doncs, en aquest supòsit, crec fermament que també comptaríeu amb el permís del primer ministre —respongué Flint, i afegí—: Londres ho té tot previst. Extraoficialment, per suposat.

—Extraoficialment —digué Tom.

—Extraoficialment —repetí Flint.

—I, suposant que prengui aquesta decisió, com us sentiríeu si la dona que estimeu fos a punt d'esdevenir l'esposa d'un fugitiu? L'enganyaríeu fins aquest punt?

—Pel moment, segons dieu, aquest cas encara no s'ha presentat. Tingueu confiança i no us amoïneu. Tot se solucionarà — Flint intentà somriure.

—Si no puc saber quan, no sé si se solucionarà —replicà Tom—. I encara menys puc tenir confiança.

—Heu de tenir paciència. L'afer està en bones mans. Us ho puc ben assegurar. Gordon és un home molt meticulós.

—Sí. En unes mans que sembla que estan més lligades que les meves. Doncs, escriuré a la meva mare i la faré venir.

Flint ja s'esperava aquella resposta i, per desgràcia, havia rebut instruccions.

—No us ho recomano. Mentre no quedi solucionat el vostre afer amb la justícia, la vostra mare pot tenir dificultats per sortir del país.

—Això no és legal —es queixà Tom—. Ella hi té dret i pot sol·licitar un passaport.

—Ja sabeu que, de vegades, hi ha petits entrebancs amb la burocràcia —digué Flint, i premé els llavis.

Tom es va quedà en silenci. I tant que ho sabia!

—Si no se soluciona i prenc esposa, quina excusa donaria per explicar l'absència de la meva mare?

—Rebríeu una carta a l'empresa. Tenim vertaders especialistes en redacció i us asseguro que seria força convincent. Llavors, la podríeu ensenyar a qui fos. D'aquesta manera guanyaríem temps.

Tot estava ben pensat i ben estudiat. Tom s'aixecà del banc, saludà Flint amb un cop de cap i enfilà cap a la sortida del parc.

Li ho havia promès. Gordon li ho havia promès!

Quan es dirigia cap a l'empresa, medità sobre la seva situació. Aviat, havia dit Gordon, i ja portaven més de dos any.

Tot havia canviat. I ara tornava a canviar. Havia abandonat la clandestinitat, podia emprar lliurement el seu cognom, havia accedit a una vida que ni tan sols podia somiar. Tanmateix, era més esclau que mai. El ruc també persegueix una pastanaga que penja del pal i creu que en algun moment l'atraparà. Havia mort el fill del senyor de Brooksheeld. Cert! Com també era cert que va ser un duel noble i net, i que ell mai no el va provocar, sinó que es va veure abocat per les circumstàncies i la pedanteria d'aquell idiota que considerava que Tom era un pobre desgraciat, fill d'un mestre de poble, sense cap dret ni tan sols a mirar-lo a la cara o a demanar-li raons per la mort del seu pare. Poc recordava, aquell tanoca, que de nens havien jugat plegats i que en aquells dies no existien diferències socials, perquè els infants són sincers. Potser els francesos n'estaven fent un gra massa amb la guillotina, però hi havia moments que Tom seria capaç de disculpar-los i d'entendre que, quan has viscut anys i panys sota un règim gairebé d'esclavatge, on la teva vida sempre està al servei dels que han nascut amb un títol sota el braç, sembla que l'alliberament només és total quan ha desaparegut enterament la causa que l'ha produït.

I és clar que podia casar-se amb totes les benediccions de William Pitt, de Grenville i de Gordon (per cert, Flint no havia nomenat el rei), ¿però n'hi havia prou amb les seves benediccions per amagar una mentida? Mariana li havia comunicat que el seu marit cada cop estava més malalt i que els metges ja no li donaven cap mena d'esperança. Per contra, ella sí que n'hi havia donat, d'esperances. Esperances i moltes més coses. Gairebé totes, excepte una. No volia trair el seu marit i anar-se'n amb ell, malgrat que sospirava per ser amb ell, per lliurar-se-li completament. Aquestes havien estat les seves paraules, quan l'abraçava. Havia acaronat els seus pits, havia posseït el seu cos, li havia donat tot el que una dona casada pot donar a un altre home, però ell volia encara més. Volia totes les seves hores. Volia la seva ànima. Aquesta era la raó per la qual no fugia i desapareixia d'allà, perquè de ganes no n'hi faltaven.

Sí, hauria engegat a dida Flint, Gordon, Lord Grenville, Sir Blum i tot el govern anglès, amb el rei inclòs. Però, què passaria amb Mariana i amb el seu amor? També l'hauria d'abandonar. I no estava disposat a fer-ho. L'estimava tant!

Quin embolic! Què faria quan morís el seu marit? Què li explicaria quan ella s'interessés per la seva família? Millor dit: quan volgués conèixer la seva mare. Mentiria? Però, com podia mentir al seu amor? Com podia trair una dona per la qual sentia aquella passió? Déu meu! Tenia la felicitat a una passa i Anglaterra li negava el que li havia promès.

Londres li demanava paciència. Mariana, també. Tothom li demanava un xic més de paciència. Entesos, però fins quan?

13.- PENJATS DEL CEL

Des del mes de juny i durant tot l'estiu, fins ben entrat setembre, durant les hores de sol, i més cap al migdia i primera hora de la tarda, la calor arriba a tal extrem que els carrers estrets apareixen deserts i gairebé ningú no surt de casa fins que el sol cau. Llavors, Còrdova recobra la vida. Tanmateix, a l'interior de les cases, la temperatura és agradable gràcies als patis i que la calç que empren per pintar tot l'exterior reflecteix la llum del sol i rebutja l'excés de calor tot expulsant-la cap al carrer.

Pedro Gutiérrez era fuster. Deien que el millor de tots. Imaginatiu, pràctic i eficient, havia fet bona part dels mobles de moltes de les cases dels nobles i dels rics de Còrdova, de Sevilla i de Granada. Tenia el seu taller en un carreró que no rebia la llum directa del sol i que li permetia sortir al pati gran, on s'amuntegaven fustes de tot tipus. En un racó, fora de les mirades dels seus set empleats, tenia un petit cau que li permetia aïllar-se del món exterior i estudiar amb molta cura les seves creacions.

Aquell matí del mes de maig havia arribat molt d'hora, amb uns papers sota el braç. Quan el primer dels empleats va obrir la porta de la fusteria, va veure llum al petit despatx, però no s'hi va atansar. Prou que coneixia el tarannà de l'amo i prou que sabia que, segurament, el dia anterior hauria rebut un nou encàrrec.

La resta d'operaris van anar arribant i es distribuïren pel taller tot reprenent la feina que havien deixat la nit anterior.

Cap a mig matí, la porta del petit despatx que donava al pati s'obrí i aparegué la figura menuda de Pedro. Els empleats van contemplar aquell home calb que caminava amb les cames arquejades i que exhibia un etern somriure que mostrava les seves dents irregulars i groguenques per causa del tabac que mastegava contínuament.

Enmig del pati hi havia una taula que servia per desplegar els dibuixos i explicar el que pretenia que fessin els treballadors.

Va cridar el Paco i el Tonio, els dos més antics i els de més experiència, i va desplegar damunt la taula un curiós dibuix.

—Què és això? —va fer Tonio.

—Una cistella —respongué Pedro.

—Les mides són correctes? —demanà Paco.

—Sí —contestà Pedro.

—Doncs és un tros de cistella! —féu Paco—. Què hi volen ficar?

—Homes.

—Homes? —s'estranyà Tonio.

—Sí —respongué Pedro, amb una bona rialla—. Ha de ser molt lleugera i molt resistent. Tan lleugera que dos homes puguin aixecar-la sense gaire esforç i tan resistent que hi puguin pujar fins a tres persones i, a més, afegir-li altres coses que poden pesar tant com un altre home.

—Collons! —exclamà Tonio, i deixà escapar un perllongat xiulet.

—I això rodó, què és?

—Un anell de suspensió —explicà Pedro—. D'aquest anell sortiran unes cordes que subjectaran la cistella.

—Que la volen penjar del sostre? —rigué Paco.

—No —contestà Pedro, molt divertit—. La volen penjar del cel —I aixecà els ulls enlaire.

Paco i Tonio el van imitar i van mirar cap al cel. Com podien penjar una cosa del cel, si allà dalt només hi havia aire? Els estava prenent el número?

Pedro era amic de la gresca, però mai quan treballava. No els estava prenent el número, encara que era evident que aquell encàrrec constituïa la més estranya petició que mai no havien rebut.

*** ***

Jesús Huerta va trigar una mica a tancar la porta. L'home que s'allunyava carrer avall era jove, prim i lluïa un bon bigoti. Anava ben vestit i li acabava d'avançar uns diners per una feina que semblava cosa de bojos.

Hauria de buscar força tela i fil. Una tela molt resistent i un fil gruixut. Hauria de fer els patrons i necessitaria disposar d'una sala ben gran. Va pensar en el seu cunyat, a qui ell havia llogat un pati de generoses dimensions i un petit cobert per guardar les gallines i els conills. Que els guardés en un altre lloc. Netejarien l'espai i durant el dia podrien treballar a l'exterior i, arribada la nit, ho guardarien tot dins del cobert.

Una tela resistent...

Va tancar la porta i es dirigí cap al magatzem. Palplantat davant les poselles plenes de rotlles de tela, es gratà la barba. N'hauria de triar una de ben ampla. Lleugera i resistent... Mare de Déu! I el color? Tant és, li havia respost el senyor Badia. I com la traslladaria, des de Sevilla fins a Còrdova, un cop estigués acabada? Plegada i amb un carro.

Vols dir que no està sonat, aquest Domènec Badia? Potser sí, però havia pagat una part a l'avança i ell, evidentment, no feia escarafalls dels diners.

Durant tot el matí va estar remenant totes les teles que hi tenia. Finalment, en va triar una. Amb el que disposava, no n'hi havia ni per començar. Hauria d'atansar-se fins al majorista i comprar-ne la resta. Somrigué. Segur que es pensaria que ell també s'havia tornat boig. Quantes dones podrien vestir-se amb tot allò?

Bé! No podia perdre temps, si volia complir els terminis fixats. De manera que va agafar la gorra i sortí al carrer. Feia calor. Aquell estiu seria un bon estiu. En tots els sentits!

*** ***

—Que us heu begut l'enteniment? —bramà Sir Blum.

—Si algú s'ha begut l'enteniment, no sóc precisament jo —replicà Gordon.

—Hem de parlar amb lord Grenville.

Gordon somrigué. Lord Grenville ja estava al corrent del que feia al cas. Tenia damunt la seva taula una còpia de tot el que havien rebut. Naturalment, Sir Blum d'aquest petit detall no en sabia res.

Van abandonar el despatx del cap dels Serveis d'Informació i demanaren audiència amb el ministre d'Afers Exteriors. Mitja hora després entraven al despatx de lord Grenville.

—Tenim notícies de Madrid, veritablement alarmants. Han concedit permís a Domènec Badia per construir i enlairar un globus —va fer Sir Blum.

Lord Grenville els va indicar dues cadires que tenia davant la seva taula i es disposà a escoltar de boca de Sir Blum allò que ja coneixia per conducte del secretari de Gordon. Tanmateix, va simular que per a ell era una novetat.

— No dèieu que això dels globus era una bajanada? —féu el ministre, i es quedà mirant Sir Blum.

—Potser li han trobat alguna utilitat.

—Ah! —va fer lord Grenville—. Quina utilitat?

Sir Blum s'allargà el bigoti i va mirar Gordon, que no va badar boca. Per un cop a la seva vida, havia de trobar una resposta, i ho havia de fer tot sol.

—No ho sé ben bé. Nosaltres dominem el mar, però si un altre dominés l'aire... —i es va quedar en silenci.

L'esforç mental havia estat digne de tot elogi. Més, tenint en compte, que venia d'un home com ell.

—Teniu raó, Sir Blum —digué lord Grenville—. Jo vaig pensar el mateix fa temps. Per aquesta raó he parlat amb dos enginyers. Ambdós creuen que els globus tenen un greu problema. Dominen l'enlairament, però no pas el desplaçament. Es poden aixecar, tal com van demostrar els germans Montgolfier, però un cop enlairats, el vent és qui pren les decisions.

—I si aquest home hagués inventat la forma de dominar-los? —féu Sir Blum.

—Jo insistia sobre el tractat de globus i màquines aerostàtiques i vós no li vau concedir major importància —intervingué Gordon—. Ara resulta que li han atorgat permís, a aquest Domènec Badia, per construir el globus i enlairar-lo i vós dèieu que era un aficionat. No és això el que vau dir?

—Què es podia esperar d'un... d'un...? —va buscar la paraula justa, però no la trobava i, finalment, va fer—: D'un espanyol —com si aquella sentència ho digués tot.

—Em sembla que són ells, que van descobrir Amèrica i que n'han colonitzat la major part —somrigué Gordon—. A més, Domènec Badia és català —corregí—. Recordeu que Headking ens va dir que són gent pràctica? —encara hi afegí.

Sir Blum es va posar vermell com un tomàquet i lord Grenville va mirar fixament Gordon, que va callar. Ja n'hi havia prou de fer-li la pell al pobre cap dels serveis d'informació.

—Ja han estat lliurats els vaixells? —va demanar el ministre.

—Headking els ha rebut i ja els ha començat a bellugar pel Mediterrani —respongué Sir Blum.

—Si la seva base és Cadis, ningú no s'estranyarà que faci algun viatge a Andalusia. Envieu-li un missatge. Vull saber tot el que s'hi cou a Còrdova —ordenà lord Grenville—. Godoy, com bon mediterrani, pot arribar a ser imprevisible i no m'agradaria tenir sorpreses.

—Sí, senyor —féu Gordon.

La reunió s'havia acabat.

Quan sortien per la porta, Gordon va escoltar que Sir Blum feia, amb les dents ben serrades:

—Maleït català!

I va somriure divertit.

Aquell vespre, Alfred Gordon va explicar a la seva esposa el que feia el cas. Des que s'havia signat la pau amb França, arribava més d'hora a casa i tenia més bon humor. Per aquesta raó, Helen va gosar treure un tema que era un espina clavada al cor del seu marit.

—Què passarà, ara, amb aquell jove de Madrid? —va fer la dona.

—Et refereixes a Tom Headking?

—Sí.

—No ho sé. El rei li ha negat la seva gràcia.

—No deies que es volia casar?

—Sí.

—Pobre noi!

—Sí —afirmà de nou Gordon.

—Creus de debò que ell no va mentir? —féu Helen— Que va ser un duel net —aclarí.

—Un assassí no es comporta com ell ho està fent.

—I no s'hi pot fer res per canviar una sentència?

Ai, Déu! Pensà Gordon. Quan Helen preguntava tant, significava que alguna idea barrinava pel seu magí.

—Què insinues? —s'interessà.

—No insinuo res —respongué ella—. Només pensava que, si algú declarés el que de debò va passar, s'aclariria l'afer i, tal vegada, el tribunal hauria de reconsiderar la seva decisió. Llavors, no caldria la gràcia del rei i tu hauries complert la teva paraula.

L'endemà, a primera, hora, Gordon va redactar una nota i la passà a Brenton. Urgent. Després obrí el calaix de la taula i va treure la carpeta que hi guardava.

Helen tenia raó. Li havien explicat moltes coses, però ell no s'empassava que el rei hagués refusat signar el document de gràcia per a Headking. Sobre quina base ho havia fet? I cada cop que hi pensava, apareixia la imatge de Sir Blum. El que havia començat com un enfrontament entre el comissionat i el cap del Servei d'Informació, ara esdevenia una qüestió personal. Gordon havia empenyorat la seva paraula i no seria un idiota com Sir Blum que li impediria complir-la.

Dins la carpeta hi havia tot el dossier de Tom Headking. Circumstàncies i noms. L'havia d'estudiar amb calma.

*** ***

Don Santiago va entrar per la portalada de l'empresa amb un ampli somriure als llavis. Tot rutllava de valent. Hi havia molta feina i veure els homes treballar produeix alegria.

Tom era una joia. Li havia comunicat que faria un viatge a Cadis per controlar els vaixells, que ara existien de debò. Don Santiago no els havia vist. Que se n'encarregués Tom, que ell era de secà i això de tanta aigua li feia una mica de por. Mai no havia acabat d'entendre que uns homes es poguessin passar dies i dies sense veure ni tocar un tros de terra. Ell sempre s'havia bellugat amb els peus ben ferms i els vaixells es movien massa i no li oferien cap seguretat.

Va pujar les escales. Manolo el va saludar.

—Què? Com va tot? —va fer Don Santiago, eufòric.

—No ens podem queixar, Don Santiago.

Amb aquell comentari ja n'hi havia prou. Si Manolo no es queixava, volia dir que tot rutllava.

Obrí la porta del seu despatx i bufà amb força. Llavors va escoltar la porta del despatx de Tom, es va sorprendre i se n'hi va anar.

—No marxaves aquest matí? —va demanar.

—He vingut per recollir algunes coses. Prenc la diligència d'aquí una estona.

—Quant de temps seràs fora?

—No ho sé, exactament —acabà Tom de prendre els documents i els ficà a l'alforja—. Depèn. Vull aprofitar per passar per Còrdova, on tinc alguns amics.

—No et ficaran en cap embolic?

—Per favor!

—Oh, per favor! —brandà Don Santiago el cap—. Jo també he estat jove i els amics...

—No passeu ànsia, Don Santiago. Són uns amics de debò. A més, algun d'ells ens podria proveir d'alguna mercaderia interessant.

—Si és així, ja és una altra història. Els negocis són els negocis.

Tom el mirà divertit.

MALEÏT CATALÀ!

—Sabeu què crec? Que porteu sang catalana a les venes. No deixeu de pensar ni un instant en els negocis. De tant en tant no...? —Tom va deixar la frase penjada. Amb el gest i la rialla no calia que l'acabés.

—Un cavaller no parla de les dames que ha conquerit — digué Don Santiago, tot cofoi.

—Ni encara menys de les que no eren dames —somrigué Tom.

—Bé, procura... procura... Bé, ja saps el que vull dir — Don Santiago s'enrogí lleugerament.

Tom va tancar les corretges de l'alforja, va fer una ullada a la taula i es dirigí cap al seu soci.

—Ens veurem a la tornada —va fer, mentre allargava la mà.

Don Santiago va ignorar la mà estesa i l'abraçà. Gertrudis li havia donat moltes coses, però no pas un mascle. Pobre Gertrudis, que era una santa i que Déu tingui a la seva glòria! Tom bé podria ser aquell fill que li havia faltat.

14.- ENTRE EL CEL I LA TERRA

Les aigües del Guadalquivir baixaven tranquil·les i esdevenien el mirall on es reflectia el llarg i poderós pont romà que obria les portes de Còrdova, que havia estat residència de califes i que conservava una de les joies de l'arquitectura musulmana. La mesquita situada a l'altre costat del riu, darrere de l'arc de triomf i davant del palau episcopal, havia assolit la difícil tasca de traspassar la frontera del temps i de l'espai i erigir-se en muda espectadora de tot el que passava en aquella ciutat, malgrat que les successives ampliacions i l'esforç dels bisbes havien mirat de convertir-la en el més semblant a una catedral catòlica. Tanmateix, en travessar les portes i endinsar-se unes poques passes, els colors dels arcs i la disposició del centre de la nau feia endevinar de seguida que la resta que envoltava aquell cau de pau era una usurpació a la història.

La diligència va creuar lentament el pont romà i es dirigí cap a la plaça que hi havia davant de l'arc de triomf. Fi de trajecte. Allà es va aturar i els cavalls renillaren, tot manifestant que havien arribat a destinació i fent saber que reclamaven aigua, aliment i descans.

Tom va obrir la porta i ajudà a baixar una dona grassa que s'havia passat les darreres cent llegües queixant-se de la pols, de la calor, del soroll, de les constants trontollades del vehicle, de la pudor dels cavalls, de... Potser, fins i tot, seria més fàcil enumerar allò que no era motiu de queixa. La llista hauria estat força més curta.

Amb l'equipatge a la mà, Tom enfilà el carrer Buen Pastor i cercà la casa d'hostes de dues plantes, tota blanca, amb els balcons ben plens de flors. Damunt la porta d'entrada hi havia un rètol blau amb lletres blanques. Casa Jacinto, va llegir. Aquesta era la pensió que li havia indicat Flint.

Només creuar el pont, Tom ja havia copsat l'alegria d'aquelles terres i la vida que s'escampava per tots els racons. I ara ho constatava. Respirà l'aire calent i bufà amb força abans de creuar la porta d'aquella casa.

Un home d'uns quaranta anys, amb el cabell ben negre el va rebre amb un ampli somriure. Era Jacinto, l'amo de la pensió.

Hi va llogar una habitació. Jacinto li va demanar quants dies s'hi quedaria i ell va respondre que no n'estava segur. Havia vingut per fer negocis i tot depenia de com anessin les coses. A partir d'aquí va haver de respondre moltes preguntes, perquè aquella gent, tal com ja sabia, era de tarannà obert i simpàtic i s'interessava pels viatgers i pels visitants. Va explicar que comerciava amb formatges, embotits, olives... I Jacinto ja li va proporcionar dues o tres referències. Amics seus que el rebrien bé i li farien bons tractes.

MALEÏT CATALÀ!

Un cop va haver pres possessió d'una habitació alegre, amb un balcó que donava al carrer i per on entrava la llum a raig, baixà i demanà on era la taverna de Juan Diego. Jacinto li indicà el camí. No era gaire lluny. L'establiment es trobava prop de la Sinagoga, en un carreró. A més, li va dir que servien uns *finos* extraordinaris i que el menjar era superior.

—Si demana per Juan Diego i li diu que ve de part meva, el tractarà força bé. És un gran amic. Va ser cuiner a França, a casa d'un marquès important, i va venir quan es va quedar sense feina —va explicar Jacinto—. Es veu que, allà, molts cuiners, després que tallessin el cap als seus amos, han obert el que diuen *restaurants* —abaixà la veu—. Un invent francès —la pujà de nou—. Ningú no donava dos duros per ells, però la idea ha quallat i té bona clientela. Cada dia omple el local. Gent de diners. De tota manera, és millor que esperi fins al vespre. Ja som al mes de juny i ara fa massa calor i ningú no camina per aquests móns de Déu. Al vespre, ja veurà que la ciutat s'omple de gent i de vida.

Va dinar a la pensió i va esperar pacientment fins que el sol començà a davallar. Llavors, va sortir al carrer i es dirigí cap a la Sinagoga. On poc abans no hi havia ningú, de sobte, els patis obrien les reixes, la gent prenia possessió dels carrers i les dones treien les cadires a la fresca i parlaven. Ara la temperatura era força agradable.

La taverna de Juan Diego ocupava un racó en un carreró estret, just en un punt on s'eixamplava lleugerament i que permetia posar-hi unes taules. Al fons del local, un pati cobert amb canyes apareixia ple de taules que s'omplien amb rapidesa. Tom va aconseguir-ne una de petita, en un racó, després que, seguint el consell de Jacinto, va demanar per l'amo. Juan Diego era un home gras i rialler que parlava a crits, la qual cosa obligava els clients a aixecar la veu i atorgava al pati un bullici ple de riallades.

Encara no s'hi havia assegut que un cambrer li va dur una ampolla de vi blanc i un got, sense ni tan sols haver-ho demanat.

—Què li posarem? —va preguntar el noi, un xicot d'uns quinze anys.

—Què teniu? —demanà Tom.

—Ah! Vostè és estranger! —va fer el noi amb gran desimboltura, en sentir l'accent del client—. D'on ve?

—De Madrid —somrigué Tom.

—Però, vostè no és d'aquí —s'interessà el noi. Era evident que aquí volia dir Espanya.

—Sóc anglès.

—Doncs, si em deixa fer, marxarà ben content —va dir el noi.

—Tu mateix.

El noi va desaparèixer i va tornar poc després amb dos plats petits i un tros de pa.

—Abans no s'ho acabi, ja li portaré més coses —va fer.

Tom va intentar demanar què era allò, però el noi va desaparèixer.

Les verdures estaven absolutament delicioses i l'embotit no tenia preu. Quan va arribar el tercer plat, ni va preguntar què era. I amb el quart es va endur una bona sorpresa. Picava com un dimoni i va haver de prendre un parell de gots de vi per calmar la cremor. Tanmateix, el gust era exquisit.

Cap a les nou del vespre va aparèixer al pati un home baix i moreno, net i ben vestit, tot i que es veia de seguida que no duia roba de qualitat. Aquell home va fer una ullada a les taules. Juan Diego, només veure'l, s'hi va atansar i li va fer un gest per dir-li que totes eren plenes. Llavors, l'home va senyalar la de Tom i li va explicar alguna cosa, que va fer que l'amo del local es dirigís cap a la taula de l'anglès.

—Aquell home demana si pot seure amb vostè. Diu que es coneixen.

El cos de Juan Diego li tapava la visió i va obligar Tom a tirar l'esquena enrere per mirar el nouvingut, que li va dedicar una petita reverència amb el cap.

—No el deixarem palplantat. Digueu-li que pot seure amb mi —somrigué Tom.

L'amo del local va parlar amb aquell home i es va fer pas entre les taules per conduir-lo fins a Tom.

—Bona nit, senyor Headking —somrigué el convidat amb la gorra a la mà—. José Antúnez, per servir-lo.

—Seieu, si us plau, amic José.

—Ara mateix li porten una ampolla i un got —anuncià Juan Diego, mentre feia petar els dits amb la mà ben enlaire i senyalava la taula—. Què soparà?

L'home dubtà. Llavors, Tom s'avança:

—El mateix que jo. És el meu convidat.

—Sí, senyor.

El noi que l'havia servit va aparèixer amb una nova ampolla de vi i un got. No va haver de demanar res, perquè Juan Diego ja l'havia informat de tot, només amb unes quantes paraules.

—El senyor Flint em va comunicar que arribaríeu ahir —va dir José.

—I així havia de ser, però la diligència tenia problemes amb una roda i vam haver d'aturar-nos a Ciudad Real. Què en sabem dels moviments de Domènec Badia?

—El que sap tothom —rigué José—. Cada matí el Campo de la Merced s'omple de curiosos que van per veure l'espectacle. Estan construint una cosa estranya, una mena de... de... creus —i va fer un gest amb les mans per indicar que era molt gran i quadrada.

—Uns mastelers?

—Sí, així li diuen. La gent es demana per a què serviran.

—Per sostenir un globus mentre l'inflen —explicà Tom.

—Un què? —féu José.

—Un globus enorme que ompliran d'aire calent i que faran volar.

—I hi pujarà algú?

—Sí. Per això ho estan construint.

—Ah! —exclamà José, i es quedà pensarós. Llavors, murmurà—: Ara entenc què hi fa la gran cistella i totes les cordes. A més, fa uns dies va arribar un carro ple de tela. El van descarregar i avui l'han portat fins al costat dels... —va fer petar els dits.

—Mastelers —li recordà Tom.

—Sí, els mastelers.

—Això vol dir que, possiblement l'inflaran demà.

—Ja podran?

—Sí. Per què?

—El meu cunyat, que treballa al camp, diu que ve mal temps.

—Bé! Demà ho sabrem.

L'endemà, a primera hora, Tom abandonà la pensió i es dirigí cap al Campo de la Merced, tot creuant la ciutat. Còrdova era una munió de carrers, tots blancs, estrets, sense ordre ni concert, quallats de figures religioses pertot arreu i amb les balconades farcides de flors. La gent, a les portes de l'estiu, es llevava d'hora per poder aprofitar la fresca.

Havia quedat amb José que es trobarien sota el Cristo de los Faroles. Des d'allà, José el conduiria fins al parc on tenia lloc l'espectacle.

En arribar, Tom va distingir a l'instant els mastelers aixecats, que semblaven ser a punt per rebre les veles d'un vaixell. Hi havia força gent i un cordó impedia que s'atansessin massa. Formaven una immensa rotllana, enmig de la qual uns homes desplegaven una gran tela. Sota els mastelers, damunt d'una taula de fusta enlairada del terra, hi havia una cistella de generoses proporcions, damunt de la qual semblava flotar a l'aire una circumferència de fusta, subjecta als mastelers per cordes. Gràcies al dibuix que Flint li havia proporcionat, Tom podia identificar aquella circumferència com l'anell de suspensió, altrament dit ralinga. Uns homes s'afanyaven a lligar a la cistella les cordes que baixaven de la ralinga.

Enmig de tant d'enrenou, un home ben vestit, prim i amb bigoti donava ordres i es movia inquiet, amunt i avall, mentre, de tant en tant, llençava esguards cap al cel. Uns núvols espessits s'atansaven per l'oest.

Tom el va observar amb molta cura. Era moreno i nerviós. Gesticulava sense parar i tan aviat estava pel globus que ja havien desplegat, com es dirigia cap a la cistella i comprovava que les cordes i els nusos fossin els adients. Era Domènec Badia, sens dubte, i Tom, per fi, podia veure l'home que, fins aleshores, creia que només era un fantasma.

Durant dues hores, de mica en mica, els globus va ser col·locat damunt de la cistella i lligat als mastelers. Llavors van encendre foc i l'aire calent començà a inflar la tela. El parc s'omplí de murmuris, comentaris i expressions d'admiració, mentre aquella enorme esfera adquiria forma i els homes tiraven de les cordes i procuraven que se situés entre els mastelers.

Quan ja s'atansava el gran moment, els núvols que havien aparegut per l'oest adquiriren força i el vent bufà de valent.

—El meu cunyat tenia raó —va fer José.

De sobte, el globus mig inflat es va plegar per la força del vent i s'inclinà cap a un costat, amb tan mala fortuna que un tros de la tela s'enganxà en el braç d'un masteler i s'esquinçà.

Un murmuri general va donar la mida exacta de la decepció per part del públic, i els crits de Badia van fer bellugar els homes molt de pressa per apagar el foc i plegar la tela.

El nombrós públic encara va suportar les primeres gotes de pluja. Podia més la curiositat, però quan els cels s'obriren i el xàfec va adquirir més força, la gent va fugir esperitada.

—Què hi diu el teu cunyat? —demanà Tom—. Durarà gaire la pluja?

—Uns dies —respongué José, tot cofoi de tenir un cunyat capaç de predir el temps.

—Hauran de reparar el globus i esperar que el temps canviï. Necessitaré un lloc discret on viure-hi.

—Us buscaré una casa.

—No. Vull un lloc ben discret. També necessitaré roba menys elegant —replicà Tom.

—Us diria de venir a casa meva, però és molt humil i...

—Ja m'estarà bé. Per més humil que sigui, puc assegurar-te que he conegut llocs més humils —somrigué Tom.

*** ***

Isabel va córrer les cortines per deixar l'habitació en penombra. El baró de Malpica respirava pesant i el metge acabava de sortir. Es va atansar al llit i arreglà el llençol, després prengué l'orinal i es dirigí cap a la porta. Fora, la baronessa parlava amb el metge.

—Ho sento, senyora, però hem d'estar preparats pel pitjor. La medicina ja ha fet tot el que podia.

—Quant de temps li queda? —demanà Mariana.

—Unes setmanes, com a molt —va fer el metge, negant amb el cap—. El seu cos ja no respon a res i tot queda en mans de Déu.

—Isabel, acompanya el doctor fins la porta —ordenà Mariana, s'acomiadà del metge i entrà a l'habitació del seu marit.

*** ***

224

MALEÏT CATALÀ!

Tom, durant els dies següents havia abandonat la pensió, s'havia instal·lat a casa de José, que vivia sol, s'havia atansat fins als mastelers, quan ningú no el podia veure, i havia recorregut tot el parc. Mai no se sap el que pots trobar.

Entre unes mates de flors va descobrir un paper amb un croquis, força ben detallat, del que havia de ser el globus. Al darrere hi havia un curiós croquis d'una petita caldera amb un tub en forma de colze, la boca del qual donava a una hèlix. Va agafar la troballa, la va ficar dins d'un sobre, juntament amb unes notes que havia pres, i l'envià a Madrid, a Albert Flint.

Arribat el dia 20 de juny d'aquell any de 1795, la gent tornà a congregar-se al parc. La notícia havia corregut ben de pressa. El globus ja estava preparat i no hi havia amenaça de pluja.

Entre la multitud, Tom i José contemplaven l'espectacle. L'aire calent omplia lentament el globus i els homes tibaven les cordes amb força.

Un cop tot era a punt i, quan els comentaris de la gent ja apuntaven que l'enlairament era imminent, mentre tothom intentava estirar el coll per no perdre's cap detall, s'aixecà vent del nord i en l'instant que la cistella, amb Domènec Badia dins, semblava no tocar el tauler, la immensa esfera s'inclinà perillosament arrossegant els homes que pretenien mantenir-la vertical. La cistella deixà el terra, però no pas per aixecar-se, sinó per tombar-se i expulsar el seu tripulant.

Segon intent i segon fracàs.

Badia es va aixecar i amb les mans enlaire maleí el vent. Llavors, ordenà desinflar i plegar el globus i marxà enfadat.

Els dies següents transcorregueren sense cap més novetat. Segons les notícies i els rumors, que corrien per tots els carrers de Còrdova, Badia havia decidit esperar fins al mes de juliol, en el que tradicionalment els vents desapareixien i la calor duia una tranquil·litat absoluta. No volia fracassar per tercer cop.

Què havia de fer Tom? Doncs, esperar instruccions de Flint. Mentre, havia escrit al seu soci per explicar-li que estava fent tractes amb gent de Còrdova, però que eren gent molt especial, difícils de convèncer.

*** ***

—Un atac aeri? —va fer Sir Blum.

—És una possibilitat —respongué lord Grenville—. He ordenat examinar el dibuix que hi ha al darrere del paper que ens ha fet arribar Flint. No és molt detallat, però suggereix que aquest Badia podria estar pensant en enlairar un globus i després dirigir-lo a voluntat per mitjà d'aquesta hèlix. Els nostres experts diuen que es necessitaria una caldera molt gran per generar prou vapor que pogués moure l'hèlix amb la força suficient per impulsar el globus.

—Llavors, el pes... —féu Sir Blum, i brandà el cap per donar a entendre que tot allò era absurd.

—De les idees més peregrines han sorgit grans invents —digué Gordon.

—Cert —afirmà lord Grenville—. Badia ens ha passat al davant i no ho podem permetre. Quines notícies tenim de Madrid?

—Jo diria que no tot són flors i violes per a Domènec Badia —informà Gordon—. El temps juga en contra seva, perquè, segons Headking, ja ha patit un parell d'entrebancs per causa del vent i ha hagut de reparar el globus. D'altra banda, segons Albert Flint, el ministeri espanyol de la guerra ha rebut una petició per part del comte d'Ofàlia en el sentit que s'acabi aquest experiment. Pel que sembla, Pere Badia, el pare del nostre aficionat a la ciència, està en contra del projecte. Domènec Badia ha emprés l'aventura en solitari, amb els seus diners, i ha invertit fins al darrer ral, tot confiant que, si li surt bé, rebrà una forta subvenció de l'estat espanyol. Això fa pensar que, si l'experiment tingués molts problemes o fracassés, s'acabaria tot aquest enrenou, perquè a ell se li acabarien els diners i el pare disposaria de prou arguments.

—Llavors, féu el que calgui per tal que l'experiment fracassi —afirmà lord Grenville.

—Sí, senyor ministre.

—Però, que quedi clar que no ens hi hem de veure involucrats de cap manera. M'heu entès?

—Per suposat, lord Grenville.

*** ***

Isabel obrí la porta.

—Bon dia, Don José Manuel —saludà, i s'apartà per deixar entrar el germà de la senyora baronessa.

—Què tal està el senyor baró? —demanà ell.

—Molt malament. La senyora baronessa no es mou del seu costat.

—Aquest home ens fa patir a tots plegats —digué José Manuel.

—Us anunciaré.

—No cal —l'aturà José Manuel, prenent-la del braç—. No vull destorbar. Només volia saber com estava el meu cunyat. Pobra Mariana! —féu— Ningú no la pot consolar. No ha tornat el senyor Headking? —preguntà de sobte, i Isabel es posà tensa—. Del seu viatge per Andalusia —afegí José Manuel, amb naturalitat, com si estigués al cas de tot—. Si més no, ella se sentiria recolzada.

—No, senyor. La senyora baronessa em va demanar que me n'assabentés de quan tornava, però els seus empleats no en saben res —explicà Isabel, suposant que Don José Manuel sabia tot el que havia de saber. De fet, es tractava del germà de la seva senyora.

—No li diguis que he vingut —digué José Manuel, i acaronà la galta de la serventa—. Tu també has d'estar passant un calvari. Tot el dia tancada i... sola.

—Faig la meva feina, senyor —respongué Isabel, alterada davant d'aquella mostra d'afecte.

—Saps que tens la pell molt suau? —somrigué José Manuel.

—Ai, senyor! —va fer Isabel, i s'enrogí.

—De vegades, allò que tenim més a prop és molt superior a tot el que busquem fora —li prengué la mà i la fregà amb els dits—. I quines mans! —va fer—. Tornaré un altre dia, amb més calma. O, millor encara: si la senyora t'envia per veure si el senyor Headking ha tornat, passa't per casa meva.

—Ai, senyor! —féu un altre cop Isabel, amb veu trencada i desviant la mirada, sense saber com havia de respondre.

José Manuel apropà la seva boca a la galta de la serventa.

—T'hi espero. I qui espera una dona com tu, pateix una gran tortura —digué a cau d'orella, amb veu insinuant, i deixà anar tot el seu alè a prop del coll de la serventa.

La respiració de la noia s'alterà i la pell se li esborronà. José Manuel la mirà als ulls i, sense deixar de fer-ho, li besà la mà. Després li tornà a acaronar la galta, però aquest cop amb la mà ben oberta, que baixà fins al coll i pujà de nou. Ella va tancar els ulls i va tombar la cara per tal que els seus llavis toquessin el palmell d'aquella mà.

José Manuel li dedicà el millor dels seus somriures i ella es quedà amb la porta oberta, mirant com s'allunyava. Un cop havia desaparegut, tancà, s'hi recolzà i sospirà. Don José Manuel s'havia fixat en ella.

*** ***

Arribat el mes de juliol, durant els primers dies encara bufava el vent. Tom ja feia més d'un mes que era a Còrdova i va rebre una visita inesperada. Era a casa de José, quan van trucar a la porta i aparegué Albert Flint, que arribava amb una petita maleta. Es van saludar i Tom el va posar al corrent de la situació.

—Bé! —Va fer Flint—. Londres no vol que sota cap pretext el globus s'enlairi. L'experiment ha de fracassar.

—Domènec Badia és un home amb una voluntat de ferro, capaç de seguir endavant malgrat que el món s'ensorri —respongué Tom—. L'única manera d'aturar-lo, seria destruint el globus.

—Això és el que heu de fer.

—Llavors, només hem de cremar el cobert.

—No —negà Flint repetides vegades, amb el cap—. Lord Grenville vol que tot sembli un accident. En cas contrari, investigarien i no ens convé.

—Doncs, ja m'explicareu com ho podem fer?

—Us he dut un petit regal de part de Gordon —somrigué Flint, i va treure una bossa del seu equipatge—. Aquí teniu un quilo de clorat de potassi. És un producte que té unes propietats molt especials. Si l'escalfeu o el rasqueu contra una superfície rugosa i dura, s'encén. Els francesos han fet experiments per crear el que en diuen llumins. Volen posar una mica de clorat de potassi a la punta d'un petit pal i que s'encengui rascant-lo.

—Clorat de Potassi —Tom agafà el sac i el sospesà.

—Ep! —l'aturà Flint— Aneu amb molt de compte, que això és perillós. Recordeu que s'encén. No l'atanseu al foc ni el deixeu caure. El que heu d'aconseguir és introduir-lo dins del globus, tot espargint-lo per les costures, i quan escalfin l'aire s'encendrà.

—No serà fàcil atansar-se fins al globus. El guarden dins d'un cobert i durant tota la nit un home el vigila.

—Aquest problema l'haureu de solucionar vós mateix. Jo haig de tornar a Madrid, perquè la meva presència a Còrdova aixecaria sospites.

Tom es va girar cap a José, que havia romàs callat durant tota l'estona, perquè no entenia ni una paraula d'anglès.

—Què hi diu el teu cunyat, del temps? —va demanar en castellà.

—D'aquí un parell de dies és possible que comenci la bonança de l'estiu —respongué José.

—Doncs, no disposem de gaire temps.

*** ***

El dia 15, ben entrada la nit, els dos homes es dirigiren al parc. Tot era fosc, excepte la llanterna que penjava de la porta i que il·luminava l'home que feia guàrdia davant del cobert on reposava el globus.

Arribats a un punt del parc des d'on el vigilant no els podia veure, se separaren i José va treure l'ampolla i es dirigí cap al cobert. Caminava fent tortes i cantava. De tant en tant s'aturava i bevia de la botella. L'home es va aixecar de la cadira i se li encarà.

—Aquí no t'hi pots estar —va fer, brandant el garrot.

—Déu m'estima —respongué José amb veu de borratxo —. Vosaltres no, però Ell, sí —i va fer un altre glop de l'ampolla.

—Vés a dormir la mona —digué l'home.

José va caure assegut al terra i l'home s'hi va atansar.

—No vull dormir. No necessito dormir —va fer José.

—Surt d'aquí o et trenco el cap —l'amenaçà l'home.

—No ets un bon cristià.

—Què t'empatolles ara?

—La dona m'ha deixat i tu no vols parlar amb mi.

—Aixeca't, home!

—Algú m'ha d'escoltar.

—Verge Santa! A mi m'havia de tocar! —exclamà aquell home, resignat.

Va ajudar José a aixecar-se i aquest va simular que tornava a caure i el va anar allunyant de la porta.

Llavors, Tom va sortir del seu amagatall i obrí la porta del cobert. La tancà sense fer soroll i ajudat de la llum que entrava per les escletxes de la fusta cercà el globus.

Va desplegar la tela fins que va trobar la boca i s'hi ficà dins. Llavors, amb molta cura agafà el sac de clorat de potassi i va distribuir-ne el contingut, procurant que quedés ben enganxat a les costures. Va tornar a plegar el globus tal com estava, va donar una ullada a l'exterior, on José seguia explicant les seves desgràcies al pobre vigilant, va sortir i va desaparèixer. Confiava que, quan arrosseguessin el globus fora del cobert, fregués contra el terra i el clorat de potassi s'encengués.

*** ***

Isabel estava dempeus, a casa de José Manuel, que l'havia conduït fins prop del sofà i s'havia quedat darrere d'ella, gairebé fregant-la.

Les mans de l'home atraparen la seva cintura i van pujar lentament per tota l'esquena fins posar-se a les espatlles. L'alè li arribava al clatell i Isabel va tancar els ulls. Llavors, va notar que els dits es desplaçaven lliscant damunt la pell i cercaven la seva barbeta i el seu coll, per immediatament obrir-se, baixar i situar-se-li damunt dels pits. Va notar que aquell cos se li enganxava i que les mans de José Manuel l'estrenyien cada cop més.

—No hauria d'haver vingut, senyor —es queixà, amb el cor desbocat i la respiració alterada.

—No t'ho hauria perdonat mai —digué José Manuel, passejant els seus llavis pel cabell de la noia.

—Si la senyora baronessa se n'assabenta...

—Potser, l'hi explicaràs?

—No! —exclamà ella, sense obrir els ulls.

La mà de l'home es ficà dintre el seu escot i atrapà el mugró, que ja estava dur. Ella va notar l'escalfor que li pujava pel ventre i començà a tremolar. Prou que sabia el que passaria i prou que ho desitjava. Cada cop amb més força.

*** ***

Dos dies després, el matí del 17 de juliol, el cel s'aixecà serè, sense un sol núvol ni una gota de vent.

Els homes van obrir la porta del cobert i Badia ordenà treure el globus, mentre vigilava que no toqués el terra per tal d'evitar el més petit dany.

Tom va esperar pacientment fins que la tela va ser dipositada prop del tauler. Ara el desplegarien i, segurament, s'encendria, va pensar.

Tanmateix, els homes van desplegar la immensa tela i res no va passar. Encengueren el foc i el globus començà a inflar-se. Tom es mostrà preocupat. I si Londres s'havia equivocat i allò no funcionava?

De mica en mica s'aixecà la gran esfera i es posà vertical, mentre les cordes tibaven amb força.

Un cop tot a punt, Badia va pujar a la cistella.

Donava ordres a tothom. Que mantinguessin les cordes ben tibades i que les afluixessin lentament.

La cistella deixà el terra i començà a balancejar-se, mentre els aplaudiments i els crits omplien tot el parc. Badia, des de dalt de la cistella somreia feliç.

De sobte, un dels homes que tenia cura d'una de les cordes, va perdre l'equilibri i caigué. La corda s'afluixà i el globus es va inclinar i fregà un dels mastelers.

—Foc! —es va escoltar que feia una veu.

MALEÏT CATALÀ!

Tothom va mirar cap al lloc d'on sortia el fum, a mitja altura, i un esglai omplí el parc. Badia va saltar de la cistella, que s'enlairà un metre. De sobte les flames adquiriren dimensió, els globus es desinflà i caigué.

Els homes abandonaren les cordes i prengueren les galledes d'aigua. La gent es va fer enrere. El foc s'estengué i atrapà la cistella.

Badia feia un posat de desolació. Era el tercer fracàs. El fracàs absolut. Després d'allò, difícilment tornaria a repetir l'experiment, pensà Tom.

Bé, havia d'enviar un missatge a Londres

*** ***

El comte d'Ofàlia, després del sonat fracàs de Domènec Badia, havia tornat a insistir prop del ministeri espanyol de la guerra i havia aconseguit que es retirés el permís per construir un nou globus i repetir l'experiment. Lord Grenville havia felicitat Gordon, mentre Sir Blum gairebé havia rebentat de ràbia i d'enveja. El cap del servei d'informació només havia pronunciat dues paraules: maleït català!

Gordon somrigué satisfet. Tom ja podia tornar a Madrid.

*** ***

Mariana havia triat un vestit fosc i molt discret. Encara no havia decidit anar de negre, perquè el baró, tot i que s'apagava cada dia, seguia viu. Durant aquells dies s'havia escampat la notícia que el seu marit es trobava a les portes de la mort. Ja no parlava, ja no coneixia ningú i ja havia deixat de menjar.

Durant els darrers dies Mariana havia rebut la visita de diverses amistats que s'atansaven per avançar un condol que s'albirava ben a prop. Tanmateix, no havia vingut ningú dels vertaderament importants. La llarga malaltia del baró l'havia apartat de la vida social de Madrid i, quan no hi ets present, no hi ha gaire gent que se'n recordi de tu ni que noti la teva absència. Tot i així, va venir gent. I no hi van faltar, naturalment, les amigues íntimes de Mariana, que la van acompanyar tota l'estona i li van dedicar moltes paraules de consol.

Sota la llum tènue, que les cortines filtraven i que atorgava a l'estança força tristor, Mariana va poder simular, sense gaire esforç, una pena inexistent. Davant seu s'obria una nova porta. Tom ja no podia trigar gaire. Potser, quan el veiés hauria d'explicar-li algunes coses. De debò ho hauria de fer? Si volia actuar amb intel·ligència, sí. No era convenient que se n'assabentés d'alguns episodis per altres conductes. Una dona disposa de moltes armes per fer veure un home tot allò que vol que vegi i per fer que oblidi moltes coses. Sobretot si és un home enamorat. Sempre es podia presentar com la víctima de les maquinacions del seu germà i inventar una història que fes córrer rius de llàgrimes. Els homes, davant d'una dona llesta, sempre acaben sent dèbils i comportant-se com uns estúpids. I, pel que feia al seu germà, ja se n'ocuparia de fer-lo fora, que prou que se n'havia aprofitat d'ella. Que es busqués la vida en un altre lloc.

Al seu costat, José Manuel també esperava el desenllaç final, i també reflexionava. Tot el que li havia tret a Isabel, no tenia preu. Mariana sospirava per veure morir el seu marit, perquè, llavors, tal com li havia comunicat aquella estúpida criada, que s'imaginava que ell frisava per ella i que se li havia obert de cames només tocar-la, la seva germana entabanaria l'anglès i es casarien. On quedava ell, en tota aquella història? La jugada era massa evident com per no veure-la. Simplement, Mariana li tancaria la porta al nas. De manera que el millor era avançar-se i treure'n tot el que pogués. Per això, al contrari que la seva germana, ell resava perquè el seu cunyat seguís viu fins que tornés el tanoca de

234

MALEÏT CATALÀ!

Tom Headking. Altrament, el seu pla hauria de variar sensiblement.

15.- EL GRAN DESASTRE

L'ambaixador Gray era a punt de ficar-se al llit quan el majordom va trucar a la porta del dormitori.

—El senyor Albert Flint és aquí, excel·lència —li anuncià el majordom des de l'altre costat de la porta—. Ha insistit. Diu que és molt urgent.

La seva esposa, ja sota els llençols, va fer un posat d'estranyada. Què era tan important que no podia esperar l'endemà?, havia demanat.

—Com vols que ho sàpiga —havia replicat Gray.

Es va vestir la bata de seda i va sortir per rebre el secretari de l'ambaixada.

Albert Flint l'esperava al despatx. Li havia costat molt prendre aquella decisió. Les ordres eren clares, per part de Londres. L'ambaixador només seria informat de certs detalls, però el pes de l'operació i els contactes amb Headking els duria Flint personalment i... discretament. Tanmateix, no hi havia temps per demanar instruccions a Londres i el tema era delicat en extrem. De manera que Flint havia pres la decisió de buscar consell en l'ambaixador.

—José Manuel de Castro ha desafiat Tom Headking —va dir, sense ni tan sols saludar l'ambaixador.

—Per quina causa?

—La seva germana, la baronessa de Malpica.

—Una altra vegada! —va fer l'ambaixador—. Què no vaig donar instruccions precises respecte d'aquesta... dama? —li havia costat un xic trobar el mot adient. O millor dit: triar-ne un, encara que no fos el més dient.

—I es van cursar, però Headking oficialment no treballa a l'ambaixada i no n'estava al corrent. Ni oficialment ni extraoficialment. A més, qui s'ho havia d'imaginar, que s'embolicaria amb la baronessa? No freqüenten pas els mateixos cercles.

—Sí, i és clar! —va fer Sir Gray, força preocupat—. I Headking ha acceptat?

—Em temo que sí, excel·lència.

—Ho sabem del cert?

—El senyor de Castro ha tornat a l'escola d'esgrima. Algú que hi era present ha escoltat com explicava al mestre Palacios que necessitava escalfar un pèl. No gaire, ha dit. El rival no té molta talla.

—Ha anat com els afers de Berg i de Lear?

—Suposo.

—Disposem de temps?

—Fins dijous a primera hora. És a dir: un dia.

—Doncs, parleu amb Headking i que pagui.

—Un cavaller que ha acceptat un repte, no pot fer-se enrere.

—Headking no és un cavaller —somrigué Gray—. No el pugeu de categoria i no estarà obligat a res. M'heu entès?

—Sí, senyor ambaixador —Flint féu una lleugera reverència.

En poc més d'uns segons Flint va veure que Sir Gray acabava de proporcionar-li la solució. Havia fet bé de venir.

—Gràcies excel·lència, i perdoneu la meva intromissió —féu més tranquil.

Gray acompanyà Flint a la porta, l'acomiadà i va pujar l'escala.

Un plebeu no és un cavaller ni pot emprar les mateixes normes que un cavaller. Headking era un petit burgès que, pel moment, havia salvat el coll de la forca. Que s'empassés tot el seu orgull i que pagués.

Quan Gray va arribar al dormitori, la seva esposa l'esperava desperta. Només obrir la porta, va rebre la mirada inquisidora. Es va treure la bata, la deixà als peus del llit, obrí el llençol i digué:

—La baronessa.

—Els teus homes deuen ser idiotes! —exclamà ella—. Qui ha estat aquest cop?

—No pertany a l'ambaixada. És un empresari. Un burgès.

—Ah! —va fer ella—. I a què treu cap tanta pressa, si no és dels nostres?

—Ja coneixes Flint. S'ofega en un got d'aigua —respongué l'ambaixador, i bufà amb força per tal d'apagar el llum de la tauleta.

*** ***

Tom era a punt de sortir quan va sonar la campana de la porta. Va obrir i aparegué Albert Flint. Se sorprengué. Habitualment es trobaven sempre en un lloc ben discret, com per casualitat, i el secretari de l'ambaixada mai no havia anat a visitar-lo a casa seva ni a l'empresa

Què podia ser tan important que obligava el secretari de l'ambaixada a deixar de banda les normes fixades?, medità Tom.

Flint va rebre l'encaixada de mà de Tom. Després, el jove es va fer càrrec del barret del secretari i el conduí fins la sala de visites.

—No disposo de servei. Només una dona que ve per netejar cada matí —digué Tom—. De tota manera, us puc oferir alguna cosa...

—No us podeu batre amb el senyor de Castro —el va tallar Flint.

Tom es va quedar en silenci. Com se n'havia assabentat?, es demanava.

—Les notícies corren —va fer Albert Flint. Semblava que havia llegit el pensament de l'home que tenia al davant—. Seria un desastre que patíssiu un accident i, pitjor encara, que acabés en tragèdia. En aquests moments sou insubstituïble i el govern de Sa Majestat no ho aprova.

—La notícia ha tingut temps d'arribar a Londres? —s'estranyà Tom.

—No cal que hi arribi per conèixer la resposta —replicà Flint. Es va posar dempeus i alçà la veu—. Aquest duel és absurd i no ha de tenir lloc. No l'hauríeu d'haver acceptat.

—El senyor José Manuel de Castro em va venir a visitar i em va dir havia ultratjat la seva germana i havia ofès greument el seu cunyat, que està moribund i gairebé arruïnat per causa de la seva malaltia. Em va dir que ell el representava i que havia vingut per demanar una satisfacció. Vaig intentar raonar amb ell, però no em va voler escoltar. Li vaig dir que tenia intenció de casar-m'hi quan el seu marit hagués mort.

—Casar-vos amb ella? —se sorprengué Flint—. Però... no era amb la filla d'Erquiza, que us volíeu casar?

—D'on heu tret aquesta idea?

—Déu meu! —s'esgarrifà Flint—. I com va reaccionar el de Castro?

—Em va dir que ell mai no consentiria que la seva germana es casés amb un petit burgès. Em va escridassar i em va dir que una baronessa no es rebaixaria a casar-se amb un idiota com jo. Li vaig dir que era ella, que ho havia de decidir, i em va prohibir que la tornés a veure, que si ho volia fer, seria per damunt del seu cadàver i que, ara, l'ofensa era de tal magnitud que s'havia de netejar en el camp de l'honor.

—No us va demanar diners?

—M'ho va insinuar.

—Llavors, pagueu —va fer Flint.

—Pagar seria tant com admetre que la baronessa de Malpica és una puta —s'enfadà Tom.

—Això li vau contestar? —s'esgarrifà Flint.

—Què podia fer?

—Quan tot s'embolica, ho fa de valent —murmurà Flint, bufà amb força i seguí parlant—: Em sembla que heu de conèixer alguns detalls interessants. Abans que vós, altres han tastat les argúcies d'aquesta dona —féu Albert Flint, i Tom gairebé se li llançà al damunt, però el secretari de l'ambaixada l'aturà—. Més val que m'escolteu —digué, tot aixecant la mà.

Tom es va fer enrere, però se'l quedà mirant amb duresa.

—Sempre és la mateixa història —continuà Flint—. Primer el cel i les mels del seu cos i, després, sobtadament, un bon dia es presenta el seu germà i diu que heu ofès el baró de Malpica, un pobre home impedit. Llavors, ell s'ofereix per salvar l'honor del seu cunyat —explicà—. Us ho cregueu o no, la baronessa viu dels diners que treu d'uns quants babaus com vós.

De nou, Tom va estar a punt de saltar sobre Flint. Aquell insult, a la seva estimada...

—No toleraré...

—Sí que tolerareu i, a més, callareu —es quadrà Flint—. Teniu els vostres deures i no podeu posar en perill la vostra vida.

—És l'honor, el que està en joc.

—L'honor de qui? —el tallà Flint, aixecant encara més la veu—. El d'un marit que no se n'assabenta de res, el d'una dona que ha entabanat una bona colla d'homes o el vostre? I, si és el vostre, a canvi de què?

—Un cavaller...

—Un cavaller s'enfronta a un cavaller i no es rebaixa a lluitar amb un estafador. José Manuel de Castro és molt conegut per les seves aventures. Honor per honor. Mai honor per res —seguí Flint en el mateix to.

—Veig que doneu per fet el resultat del duel i us recordo que en un duel som dos, i qualsevol d'ambdós pot ferir l'altre —replicà Tom, amb arrogància.

—Sou dos, evidentment. No obstant això, en un duel els números compten ben poc. Les habilitats, molt més. El capità Lear, membre de l'ambaixada, va passar pel mateix tràngol i va morir, tot i que era un bon tirador d'esgrima. Tanmateix, José Manuel de Castro és, potser, la primera espasa de Madrid. No treballa i la seva vida es redueix a entrenar-se de cara als duels i jugar-se els diners que treu del negoci amb la seva germana —explicà Flint, però, en veure que Tom encara dubtava, prosseguí—: Voleu més casos? Andrew McFar, un altre empleat de l'ambaixada, va haver de marxar de Madrid pel mateix motiu. El fill del comte Reggozi, que havia vingut a Madrid per qüestió de negocis, ha estat la darrera víctima. Tots acaben igual.

Tom es va quedar en silenci. No podia creure el que estava escoltant, però la veu i el tarannà del secretari de l'ambaixada eren ferms. Déu meu! Ni tan sols s'havia preocupat d'assabentar-se de qui era el seu rival. Només havia pensat en Mariana.

—Ja és massa tard —va fer Tom, abatut i perdut.

—Amb José Manuel de Castro mai no és massa tard —somrigué Flint.

—Hem quedat demà a primera hora del matí, quan despunti el sol.

—Ja teniu padrí?

—Encara no. Tenia previst parlar amb el meu soci, d'aquí una estona.

—Bé! Que parli amb els seus padrins i que arrangi la situació. Feu-li veure que un escàndol afectaria l'empresa. Els vostres clients són gent que mira amb molta cura aquests detalls.

—I si José Manuel no accepta?

—Acceptarà —rigué Flint—. No us hi amoïneu. L'únic que vol són diners —llavors adoptà un posat seriós—. Us hi jugueu massa. Anglaterra no perdonaria un error com aquest. Vós espereu la gràcia del rei i el govern espera de vós que féu el que heu de fer. En cas contrari, un cop sortiu malferit, perquè en sortireu, us haureu d'enfrontar a la justícia britànica.

El cor de Tom encara lluitava amb la ment. Era impossible que Mariana l'hagués entabanat d'aquella manera. Les seves abraçades, les seves paraules, les carícies, les tardes d'amor... Però, la realitat, malgrat que fos dura, apuntava cap a la veritat de les paraules de Flint. En un plateret de la balança estaven el seu amor i la seva il·lusió i, en l'altre, l'oportunitat que el destí havia dipositat a les seves mans i per la qual havia lluitat tant i tant. I ara tot penjava d'un fil.

—Entesos —acceptà Tom.

Flint va prendre el barret i s'acomiadà amb un cop de cap. Tom també va prendre el barret i sortí per dirigir-se a l'empresa. Havia de parlar amb el seu soci.

Don Santiago va escoltar amb atenció tota aquella història. De tros en tros deixava anar un renec. Després, demanava disculpes i seguia escoltant. Quan Tom va acabar, l'empresari s'aixecà lentament, tancà els ulls i respirà fondo. Sants del cel! Havia tingut el pressentiment que la baronessa portaria problemes, però no s'imaginava que arribarien fins a aquell extrem.

—Quants diners t'ha demanat?

—No ha esmentat cap xifra, però m'han dit que amb deu mil duros n'hi haurà prou.

—Fill de puta! —aixecà la veu l'empresari.

—Haig de pagar. Un escàndol d'aquestes proporcions afectaria l'empresa —digué Tom, emprant l'argument i les paraules de Flint—. Ho sento de debò.

—No em preocupa l'escàndol —reaccionà Don Santiago —. Sento un gran afecte per tu. La resta són bajanades.

—Sereu el meu padrí?

—Negociaré amb aquests malparits. Segur que tots són de la mateixa camada. Aquesta bestiesa s'ha d'aturar com sigui. A més, els duels estan prohibits.

—Sí, però continuen existint. I ningú no fa res per aturar-los.

Don Santiago agafà el barret i sortí del despatx. Tom el va seguir i es dirigí cap al seu. Pel moment no podia fer altra cosa que esperar.

Només entrar-hi, es va trobar amb Angelines.

—Què hi fas, aquí? —demanà Tom.

La noia feia un posat estrany, ple de preocupació. Gairebé espantat.

—Què significa un duel? —va fer ella.

—Et dediques a escoltar darrere de les portes?

—Si algú no vol que el sentin, no ha de parlar a crits —replicà ella—. Quin duel és aquest?

—Coses d'homes —respongué Tom, intentant donar per tancat el tema.

—Per causa d'una dona? Potser, d'aquella baronessa que és una p... —es va quedar amb la paraula a la boca.

Hi ha mots que una boca femenina i educada no pot pronunciar, malgrat que la cremin per dins. Això li havien ensenyat.

244

—Ets massa jove per entendre certes coses.

—I tant que sí! —va esclatar l'Angelines—. Sóc massa jove per entendre que et jugaràs la vida per algú que no et mereix; sóc massa jove per entendre que, si mors, la meva vida ja no té sentit; sóc massa jove per entendre...

Va callar. Havia parlat massa, i ho havia fet amb el cor. Havia dit el que mai no hauria gosat dir. Havia canviat el distant vós per un familiar i enamorat tu. L'havia mirat amb ràbia, però no amb la ràbia de l'odi, sinó amb la vehemència de l'amor. Ara sentia vergonya. Acabava d'esfondrar les seves pròpies muralles i es veia despullada i a mercè d'aquell home.

Va abaixar la mirada, va girar cua i va marxar corrents cap a l'escala. Tom s'havia quedat bocabadat. Per primer cop havia vist una dona en Angelines, forta, lluitadora i enamorada.

No la va aturar, tot i què desitjava fer-ho. Va veure com desapareixia per la porta gran de fusta, la que donava al carrer, i va entrar de nou al seu despatx. Es va seure a la cadira. En un esclat de llum, ho veia clar. S'havia equivocat de Ventafocs, havia trastocat els papers del conte i havia atorgat el títol de princesa a la dona equivocada. En el fons, la Ventafocs era ell. I ara, quan despertava del seu somni, descobria que encara hi havia més diferències amb el conte de Perrault. Si Don Santiago no se'n sortia, Tom perdria molt més que una sabata. Segurament hi perdria la vida.

Tres hores després va tornar Don Santiago. Va creuar la porta del carrer amb el cap baix i els llavis premuts. Es dirigí directament cap a l'escala, sense respondre la salutació dels empleats i pujà amb pas ferm i decidit. Manolo l'esperava a la porta del seu despatx, però Don Santiago va passar de llarg i entrà al de Tom.

Tom va aixecar el cap d'una embranzida. No havia escoltat cap cop, simplement la porta s'havia obert.

—No hi ha manera de trobar José Manuel de Castro. Els seus padrins diuen que ja parlaran amb ell i ens tornaran la contesta! —gairebé cridà Don Santiago, desesperat—. Jo penso que és mentida. He intentat negociar amb ells i rebaixar la xifra, però no m'han escoltat. Per mi que volen més diners.

El jove va assentir diverses vegades amb el cap, amunt i avall.

—No l'hi permetria, a un fill meu, i tu ets la més gran persona que he conegut mai. Ets noble i assenyat —seguí parlant Don Santiago. Llavors es va quedar callat, meditant, i digué en veu baixa—: Gairebé sempre —Recuperà el to i afegí—: A tu tampoc t'ho permetré. Si no responen, demà durem els diners i pagarem. Si no en tens prou, jo t'ajudaré.

Tom es va emocionar. Des que era Espanya, ningú no li havia parlat d'aquella manera, tret de Maria, que li havia dit moltes coses amb els ulls. I... d'Angelines, naturalment.

—No caldrà. Tinc els diners i pagaré.

—Aquest José Manuel de Castro és un malapeça. Es veu que té un historial que posa els pèls de punta. Ha mort un home i n'ha ferit uns quants més.

Cap a les vuit del vespre, Tom va rebre a casa seva la visita de Don Santiago. No hi havia resposta per part de José Manuel de Castro i haurien d'esperar fins l'endemà.

Va sopar lleuger i se'n va anar a dormir d'hora. Mai no se sap el que el destí pot amagar i val més estar preparat.

Li va costar un xic dormir-se. De nou va pensar en Anglaterra, en Reigate i en el que havia passat uns anys abans.

Aquell dia havia anat a la plaça, on havia quedat amb el forner per tal de veure si podia donar classes particulars de lectura als seus fills. Estaven parlant quan va arribar la seva mare, tot corrents.

—Atura'l, si us plau. Atura'l —li havia pregat, agafant-lo per les espatlles, mentre recuperava l'alè.

—A qui haig d'aturar, mare? —s'havia sorprès ell.

—Al teu pare. Ha anat a veure el senyor de Brooksheeld.

—Per què l'haig d'aturar?

—Ha pres l'espasa.

—Per què, mare?

—No preguntis ara! —havia fet ella—. Atura'l o farà una bogeria. Atura'l!

No va preguntar res. Va sortir cames ajudeu-me i no va parar de córrer fins atrapar la mansió de Brooksheeld. Però va arribar tard. El cos del seu pare romania estirat al terra; Peter, el fill del senyor de Brooksheeld mantenia l'espasa a la mà, tacada de sang; la gent del servei s'ho miraven tot amb cara d'espantats; ningú deia res; Tom va caure de genolls al costat del seu pare. Què havia passat?

—Ningú no insulta la casa de Brooksheeld —va escoltar que feia la veu de Peter—. Traieu del jardí aquesta porqueria i netegeu la sang.

Tom va mirar Peter, incrèdul. Aquell home, amb qui havia jugat de petit, el fill del senyor de Brooksheeld, que l'havia triat a ell per tal que servís al mestre d'esgrima per entrenar el seu fill en el maneig de l'espasa, tot i què era tres anys més jove, parlava del seu pare amb un menyspreu absolut, després d'haver-lo mort. Com s'havia pogut enfrontar a un home gran, que no podia mesurar-se amb ell, que no tenia prou capacitat per sostenir una espasa entre les mans? I com podia insultar un cadàver d'aquella manera?

El dolor i la ràbia s'apoderà d'ell, va prendre l'espasa que reposava al costat del cadàver del seu pare i es va aixecar.

—El meu pare no és cap porqueria —va fer.

—Feu-lo fora, a ell també —ordenà Peter amb menyspreu.

—Fes-ho tu, si pots —el desafià Tom.

Albert Salvadó

Poc després, Peter de Brooksheeld queia mortalment ferit. La lluita havia estat curta i Tom va ser empresonat a l'acte.

Va ser acusat d'assassinat i dues setmanes després el cap de la policia va ordenar que el conduïssin a Londres. Pel camí, en una de les aturades, va aprofitar un descuit dels guàrdies que l'acompanyaven i va escapar.

Durant dies i dies va intentar tornar a Reigate i, finalment, ho va aconseguir. El buscaven pertot arreu i només va poder veure la seva mare uns moments. Va agafar quatre coses, entre elles el conte de la Ventafocs, el primer llibre que el seu pare li havia regalat quan era un vailet, i va escapar perseguit de ben a prop. Gairebé no havia pogut parlar amb la seva mare i res no sabia dels motius del seu pare per anar a buscar el senyor de Brooksheeld. La seva mare li va donar diners i li va dir que es dirigís a Dover. Havia de deixar Anglaterra. Dos dies després, de nit, va contemplar les terres britàniques des de la borda del vaixell que el conduiria fins a les costes franceses.

Per què el pare havia anat a trobar el senyor de Brooksheeld? Què hi tenia en contra d'aquell home? Tot va anar tan ràpid i ell va haver de fugir tan de pressa que no havia pogut assabentar-se de res i la seva mare va guardar silenci davant de les seves preguntes. Per què?

I amb aquests records i aquestes preguntes es va adormir.

16.- PRIMERA SANG

El matí era fred, el sol encara no despuntava i els arbres semblaven amagar el carruatge que ja feia uns minuts que havia arribat. El silenci era total, com si el parc s'hagués confabulat amb l'acte que anava a tenir lloc. Només, de tant el tant, el renill d'un dels cavalls gosava trencar aquella subtil harmonia que envolta la natura que dorm. D'aquí ben poc les primeres llums de l'albada esquinçarien la penombra i foradarien la vegetació per colar-se entre les fulles i retallar-hi figures que el lleuger vent transformaria en mil i una noves formes.

Dins del carruatge, Don Santiago sentia calfreds. Evidentment no els podia atribuir a la temperatura, que no era baixa, sinó als mals averanys que li passaven pel cap. Havia fet tot el possible per convèncer els padrins de José Manuel de Castro. Fins i tot havia tornat a intentar parlar-ne abans de prendre el cotxe i dirigir-se a casa de Tom.

Tanmateix, no hi havia hagut res a fer. Els dos padrins del desafiador li havien contestat que ja era massa tard i que, si tenia res a dir, que esperés fins trobar-se a la part més frondosa del parc, on els arbres els amagarien de les mirades alienes que, a aquella hora, no devien d'existir.

L'empresari va mirar Tom. El jove romania callat, mirant a través de la finestra del carruatge i esperant. Ja era l'hora i el seu contrincant feia tard. Quant de temps els faria esperar? Ell estava convençut que el senyor de Castro actuava com el que era: un jugador. Sabia que uns minuts són preciosos, que esdevenen eternitat quan esperes i que poden conduir a la desesperació. Un cavaller hauria arribat a l'hora exacta. Això ja li proporcionava una idea de qui era el seu rival, si és que no es produïa l'acord que Flint li havia exigit. Anglaterra així ho vol, li havia dit.

Don Santiago va consultar el rellotge. Ja passaven cinc minuts de l'hora. Potser havia passat alguna cosa que impedia que el senyor de Castro acudís a la cita. Seria un miracle! Ell havia sortit de casa seva sense fer soroll, sense despertar el servei i, en atrapar la porta, li havia semblat escoltar passes. Possiblement es tractava d'Angelines, que la nit anterior, durant el sopar, va estar callada gairebé tota l'estona, i no va tastar el segon plat ni les postres. Es va retirar d'hora, però no va anar a dormir. Ell l'havia sentit caminar per l'habitació. Només una dona enamorada es preocupa d'aquesta manera per un home. Llàstima que el destí no feia les coses quan les havia de fer!

Durant la tarda anterior es va assabentar de qui era el senyor de Castro: un jugador, un fatxenda, un home que corria darrere de les faldilles, i un malparit. Tot menys un cavaller. Tom no hi tenia res a pelar. La tarda anterior també havia passat pel banc i havia parlat amb Don Pedro per demanar-li els diners. Sabia que Tom duia un pagaré a la butxaca, però ell s'havia estimat més portar els diners en efectiu. Si José Manuel de Castro era tal com li havien dit, no rebutjaria una bossa ben plena.

Don Santiago va començar a resar. Tom li queia molt bé. No només perquè l'havia salvat de la ruïna, sinó perquè era un home com cal. Tant era així que l'havia triat per espòs de la seva filla. Quina decepció! Ai, Angelines! Què deuria d'estar pensant la seva filla?

Matilde s'havia llevat d'hora i, en passar per davant de l'habitació d'Angelines va veure llum per sota la porta. La noia mai no es llevava tan aviat. Potser, fins i tot, no havia anat a dormir. La nit anterior, quan va pujar per ajudar-la a despullar-se, la va fer fora. Ja ho faria ella sola, li havia dit. I, malgrat que va insistir, res no en va treure. Matilde també estava al corrent del que s'hi coïa. Tothom n'estava. Gairebé juraria que tot Madrid ho sabia.

—I per què no ho aturen? —li havia demanat Angelines.

—Perquè els homes són una colla d'hipòcrites. Fan lleis que després no compleixen —li havia respost ella.

La va deixar sola. Pobra Angelines! Havia dit que el senyor Headking era un fatxenda i un cregut, que no era gens atractiu i que ella mai no podria enamorar-se'n, i menys casar-s'hi, amb un home com aquell. Una dona que no sent cap atracció per un home no es comporta d'aquella manera, pensà Matilde.

Va trucar a la porta i esperà uns moments. I si la nit anterior s'havia descuidat el llum obert? Obrí amb molta cura i hi ficà el cap. El llit no estava desfet i Angelines romania asseguda a la butaca, davant del mirall. Encara duia la mateixa roba.

A través del mirall, Matilde podia veure que els ulls d'Angelines apareixien enrogits. Segurament havia plorat.

—És l'hora. Oi que sí? —va fer, sense apartar la mirada del mirall.

Matilde va afirmar amb un lleuger cop de cap. Era l'hora.

—L'estimes —va dir. I no pas en to de pregunta.

—L'estimo —va respondre Angelines i es tapà la cara amb les mans—. És un imbècil, però l'estimo —repetí entre somics.

—El teu pare ha sortit aviat. Ahir va arribar amb una bona bossa de diners. Segurament pagarà i tot s'acabarà. No t'has d'amoïnar —la consolà.

—Com s'ha pogut embolicar amb una dona com aquesta? És lletja i porta la malícia reflectida a la cara. T'has fixat en els seus ulls?

—Em sembla que és una mica guenya. L'ull esquerre el tomba cap endins.

—Oi que sí?

—Perquè s'estreny la cintura tan com pot, que si no... semblaria una botifarra —l'encoratjà Matilde.

—Com pot una dona com aquesta entabanar un home intel·ligent com Tom?

En què quedaven? Era imbècil o intel·ligent?, somrigué Matilde.

—I si queda malferit? —es tombà Angelines i mirà Matilde als ulls—. I si es mor?

—No hi pensis. Ja coneixes el teu pare. És capaç de negociar amb el mateix diable i sortir-se'n.

Les fulles del terra es van bellugar. Aquest cop no era el vent, sinó que la remor arribava de més lluny. Poc després aparegué un altre carruatge, avançà lentament i s'aturà a uns vint metres d'on eren ells. La porta s'obrí i tres homes van baixar-ne. Les seves siluetes semblaven fantasmes enmig de les primeres llampades.

—Ja han arribat —digué Tom.

—No et moguis del costat del cotxe i espera que parli amb ells —ordenà Don Santiago.

Van baixar. Tom havia triat una calça i mitges, enlloc del pantaló sencer, amb ratlla. Li resultaria més còmode si havia de lluitar. També havia escollit una camisa ampla, que no el destorbés gens ni mica. De color blanc, tal com manen les normes. I, pel que va poder veure, el seu contrincant havia fet el mateix.

Els dos padrins de José Manuel de Castro es dirigiren cap a Don Santiago, que també avançà unes passes.

—Bon dia, senyor Erquiza —el va saludar un d'ells.

—Bon dia, senyors —respongué Don Santiago.

—Normes de cavallers —digué qui havia parlat—. No es pot llençar l'espasa al contrincant...

—Abans de parlar de les normes, senyor Ardides, haig de dir que el meu representat ha decidit presentar les seves excuses i pagar. No ha d'haver d'enfrontament —el tallà Don Santiago, i va treure la bossa de sota la capa.

Ardides es va tombar i es dirigí cap a José Manuel. Van estar parlant uns moments. Després, Ardides va tornar.

—El senyor de Castro diu que és massa tard —va fer.

—Ja ho vaig intentar ahir...

—El senyor de Castro ha estat ofès en la seva persona, en la de la seva germana, la baronessa, i en la del seu cunyat. Són massa ofenses per acceptar unes simples excuses.

—Unes excuses i uns diners —replicà Don Santiago—. Hi ha deu mil duros —féu.

Ardides dubtà. La quantitat era prou important. De manera que es dirigí de nou cap a José Manuel.

Poc després, tornà.

—El senyor de Castro diu que en vol cent mil.

—Cent mil duros? —exclamà Don Santiago—. No tenim tants diners. En tot cas, hi podem afegir-hi deu mil més. Ara mateix. Amb un pagaré.

Ardides parlà de nou amb José Manuel. Don Santiago es mossegava els llavis i resava.

—Si només teniu vint mil duros, hi haurà duel. El senyor de Castro diu que, després d'haver acabat amb el senyor Headking, es conformarà amb els vint mil duros, perquè és norma de cavallers que qui perd ha de satisfer tots els deutes —va ser-ne la resposta d'Ardides—. En cas contrari, han de ser cent mil. I d'aquí no baixa. Ell és un cavaller.

—Sí, un cavaller —murmurà Don Santiago.

—Ho poseu en dubte?

—El senyor de Castro encara no ha guanyat —s'enfadà Don Santiago, però rectificà a l'instant—. Vull dir que no cal arribar a certs extrems. El senyor Headking considera que el senyor de Castro té raó i...

—No en parlem més, senyor Erquiza. El temps corre i ja hi ha prou llum pel duel —el tallà Ardides, un cop més—. Normes de cavallers.

—Un moment. Haig de parlar amb el meu representat —digué Don Santiago.

—Ràpid, per favor —féu Ardides.

L'empresari es dirigí a parlar amb Tom.

—Aquell malparit vol cent mil duros —va fer, molt enfadat—. Haurem d'hipotecar...

—Ni parlar-ne —el tallà Tom—. Estem pagant els vaixells i no podem disposar de tants diners sense posar en perill l'empresa. No ho permetré.

—Ens en podem sortir. Tu i jo junts...

—No. Molt em temo que el senyor de Castro busca alguna cosa més que diners.

—Què pot buscar?

—No ho sé, però no perdem més temps. Digueu-li que accepto el duel.

—No pots, home! —féu Don Santiago—. Què t'has begut l'enteniment?

—Fa molts dies que me l'he begut, tot sencer. No vindrà d'una mica més —digué Tom.

Don Santiago anava a replicar, però la mirada del jove ho deia tot. No hi havia res a pelar. De manera que tornà a parlar amb Ardides.

—Normes de cavallers —acceptà Don Santiago.

L'hauria volgut insultar, saltar-li al damunt i rebregar-lo per terra. En la seva joventut ho hauria fet. Tanmateix, ara eren altres temps i altres circumstàncies. Només hauria faltat que aquell duel es convertís en un doble duel.

Es va retirar i es dirigí cap a Tom.

—Déu meu! —va fer Don Santiago—. No sé com aturar aquesta bestiesa.

—Ja heu fet tot el que podíeu fer. Us ho agraeixo —somrigué Tom—. La vida és així —afegí, i es tragué la jaqueta i el mocador del coll.

Ardides va venir fins a ells amb dos florets a la mà. Els va agafar per la punta, va estendre el braç per recolzar-los i els va oferir a Tom.

—Trieu-ne un —va fer.

Tom va mirar les armes i en va agafar una. Les dues eren idèntiques. Ardides va fer una lleugera reverència amb el cap, es va retirar i va dur l'altra a José Manuel.

Evidentment, el de Castro sabia que cent mil duros eren massa diners, però, més evidentment, si la seva germana volia trencar el negoci, ell havia de venjar-se'n. O menjaven tots dos o no menjaria ningú.

Els dos homes van avançar fins situar-se l'un davant de l'altre. Ambdós duien l'arma a la mà dreta.

—Normes de cavallers, senyors. L'arma no pot abandonar les mans i no pot ser llençada, no es pot ferir un rival que és al terra, no... —va recitar totes les condicions imposades pel costum. Finalment, quan acabà, es va apartar i ordenà—: En guàrdia, senyors.

Els dos florets es van alçar i les puntes es creuaren.

Les darreres notícies que Albert Flint havia tingut eren que encara seguien les negociacions. Això havia estat la nit anterior, cap a les deu. Després s'havia ficat al llit i s'havia dormit de seguida, però cap a les sis s'havia desvetllat i s'havia llevat. Haurien arribat a un acord? Havia fet bé de parlar amb l'ambaixador? I és clar que sí! Sí, com a resposta a les dues preguntes. No podia ser d'altra manera. Don José Manuel de Castro només buscava diners. Un cop cobrada una bona quantitat, perdia tot interès per qualsevol altre tipus de satisfacció. Tanmateix, per què s'havia despertat? ¿Podia ser tan estúpid de trencar la seva paraula i enfrontar-se amb aquell desgraciat, Tom Headking? No! Era absurd.

Evidentment no havia triat les mateixes paraules que l'ambaixador per evitar el duel. No havia dit a Headking que no era un cavaller, malgrat que l'argument de Sir Arthur Gray era contundent i demolidor. No obstant això, Flint sentia simpatia per aquell jove.

No hauria d'haver enviat el missatge a Gordon, va pensar de sobte. Sí, s'havia precipitat i ara ja no podia aturar el missatger. Quan Gordon rebés les notícies... Mare de Déu! No volia ni pensar-hi. Hauria d'haver esperat per veure el desenllaç i llavors... Llavors, si tot anava bé, ni tan sols hauria de reportar aquell incident i, si anava malament... No, no volia ni pensar-hi, va repetir-se.

Els florets es van apartar. José Manuel somreia divertit. Havia encertat. No semblava que Headking fos un expert amb les armes. L'empunyava bé. Això, sí. Però no feia la sensació que fos capaç de gaire més cosa. Va avançar dues passes amb rapidesa per temptejar el seu rival i va llençar una estocada fluixa, que Tom desvià amb agilitat. Això no havia estat malament. Potser s'havia precipitat en la seva valoració, pensà José Manuel.

Bé, jugaria una mica amb ell. Acabar massa aviat deixaria tan palesa la seva superioritat que la gent ni en parlaria. Al contrari, dirien que s'havia aprofitat d'un pobre desgraciat. Matar-lo? Potser n'hi hauria prou de deixar-lo estès i malferit. Tal vegada, una estocada en algun punt delicat? Sí. Era una bona idea. Un punt delicat per a un home. Això buscaria. I la seva germana... Ah, la seva germana! Potser, llavors, li permetria gaudir dels seus favors. Tots els homes es tornaven bojos amb ella. Havia de descobrir el seu secret. Però, ara, la feina n'era una altra i s'hi havia de concentrar.

Isabel va entrar i va descórrer les cortines per tal que hi entrés la llum del matí. Mariana havia donat ordre que la despertessin aviat. S'havia d'empolainar per sortir al carrer i atansar-se fins l'església de la Virgen de la Esperanza. Allà hi serien les seves amigues. Aquella era l'única sortida que es permetia, cada matí, amb el seu marit a punt de morir. A punt de morir? El molt idiota s'arrapava a la vida amb desesperació. Què volia? Continuar fent-li la guitza? Seguir patint com un desgraciat?

Mariana no havia aconseguit fer-se una posició entre la gran noblesa, entre els importants, però totes les dames de segona fila li retien el seu respecte. El seu respecte o la seva enveja? Totes admiraven José Manuel i sentien enveja d'ella, de tenir un germà com el que tenia, malgrat que elles, naturalment, no el veien precisament com a un germà ni desitjaven que tingués cura de la seva virtut, sinó d'una altra cosa be diferent. Somrigué divertida, davant d'aquest pensament. Que se'l quedessin tot per a elles. D'aquí poc rebria la notícia que Tom havia tornat. Llavors, parlaria amb ell, Abelino moriria i la seva vida canviaria.

Feia un parell de dies que havia enviat de nou Isabel a l'empresa de Tom. Encara no havia tornat, li havia comunicat la serventa, tot seguint les instruccions de José Manuel.

Tom era tot un home i ella no havia mentit quan el seu germà li ho va demanar. A més, era un bon partit. Tenia diners, un bon negoci i com a home era el millor que mai no havia trobat.

Bé! El baró moriria aviat i Tom ocuparia el seu lloc. Ai! Una nova vida l'esperava.

Tom va desfer el molinet i es quedà plantat davant José Manuel. Ja portaven uns quants minuts. No podria dir-ne quants, però ja sabia moltes més coses del seu contrincant. El de Castro es creixia per moments. Tenia molt clar que Tom no era un rival de talla. Fins i tot, Tom havia comès algun petit error. No pas greu, i, per sort, l'havia esmenat de seguida. Feia temps que no agafava l'espasa i el seu rival havia decidit jugar una estona amb ell. Aquí podia trobar la seva única oportunitat, si mantenia el cap clar i recordava els ensenyaments que va rebre a casa del senyor de Brooksheeld, quan era company del seu fill i li servia per entrenar-lo en el maneig de l'espasa. El que no sabia Peter era que Tom es quedava quan ell marxava i que el seu mestre, un gran mestre, li va ensenyar alguns detalls i alguns trucs que el fill de l'amo no prenia en consideració, però que a ell li van obrir les orelles i els ulls i li van permetre salvar la vida. Peter de Brooksheeld va caure en un tres i no res. Tanmateix, el de Castro era d'una altra pasta. Tenia experiència i sabia molt bé el que es feia.

—Mai no repeteixis dues vegades el mateix cop —li havia dit aquell mestre—. Però això no treu que puguis iniciar un moviment que recordi el teu adversari un altre ja assajat i el porti a caure dins l'error de respondre de la mateixa manera.

258

L'art de l'esgrima és l'art de la improvisació acuradament estudiada. Encara que pugui semblar que tot és producte de la intuïció, res no ha de quedar a la improvisació. Quan facis una passa has de saber quines són les vint possibles següents. D'aquesta manera reaccionaràs de la forma més adient. Procura que el teu adversari es confiï, que cregui que és superior, perquè quan més es confiï més possibilitats hi ha d'un error. I, sobretot, procura mantenir sempre el cap fred.

I ho havia fet durant tota l'estona. Però, tenia davant seu algú que no cometia errors, algú que movia una espasa com si fos la continuïtat del seu braç, que mesurava cada moviment i que no oferia punts dèbils. Tom era conscient que, si José Manuel hagués atacat a fons des del primer moment, possiblement ja s'hauria acabat el duel. Havia de seguir esperant la seva oportunitat. I no fallar!

José Manuel el va fer recular deu passes amb tres estocades. Se'l veia gaudir. Tom va atacar dos cops i el seu rival va somriure satisfet. Aquell rampell de Tom li permetia guanyar punts davant dels seus testimonis, que dirien que no havia estat gens fàcil.

Don Santiago contemplava l'escena i patia amb cada moviment de José Manuel. La diferència era tan evident que l'única cosa que li quedava per fer era implorar als cels que l'estocada no arribés a un punt vital. S'havia clavat les dents tres vegades al llavi inferior. Fins i tot pensava que es devia haver fet sang.

Aquella història ja durava massa, va pensar José Manuel. Si més no, ell ja en tenia prou. Havia quedat a les deu amb una dama i encara havia de rentar-se i vestir-se. De manera que hauria d'enllestir. Va recular una passa, va aixecar l'acer, el va posar horitzontal a l'altura de l'espatlla, i atacà amb passes curtes i mesurades, tot empenyent Tom cap enrere.

De sobte abaixà l'espasa ben de pressa i simulà una estocada per tornar a pujar-la i buscar el costat del seu rival.

Tom va esquivar l'atac en el darrer moment, però no va poder impedir que la punta de l'acer li esquincés la camisa i el ferís. Es va plegar d'un costat, va ser a punt de caure, però és va refer i s'encarà al seu rival, tot llençant un parell d'estocades al seu adversari, que va recular.

En aquell moment una taca vermellosa es destacà damunt del blanc de la camisa i a Don Santiago el cor li va fer un salt.

—Sang, senyors! —va fer l'empresari—. S'ha d'aturar el duel.

—Normes de cavallers, senyor Erquiza —replicà José Manuel, amb un ampli somriure.

—Bé! —somrigué Don Santiago—. El duel s'ha acabat.

—S'hauria acabat, si el senyor Headking no hagués aixecat l'espasa —seguia somrient José Manuel—. Però, ho ha fet. Ara, ja no és un duel a primera sang.

—Però...

—Silenci! —digué Ardides—. Normes de cavallers. El senyor Headking no ha acceptat la primera sang.

Don Santiago va engolir saliva i es mossegà de nou els llavis. Ell no hi entenia gaire, de duels. Va mirar Tom. En els ulls del jove va veure que acabava de cometre un greu error, però la ràbia havia pogut més que no pas el seny.

José Manuel va avançar de pressa i mirà d'obrir una escletxa en la guàrdia de Tom, que va poder reaccionar. El de Castro es va preparar de nou i va avançar amb rapidesa.

Havia arribat el moment definitiu, pensà Don Santiago, i va engolir saliva. Només esperava que Tom, en rebre una altra ferida, es deixés caure. Les normes de cavallers impedeixen atacar l'adversari quan és al terra.

17.- PUNT I APART

El comissionat va abandonar el seu despatx per dirigir-se al de Sir Blum. Es va arreglar els punys, va donar una ullada a les mitges i...

—Ferguson! —va fer un salt enrere.

Un altre cop aquell idiota i les seves aparicions teatrals. Encara el mataria d'un atac de cor, si ell no liquidava abans Ferguson.

—Us portava un missatge extremadament urgent de Madrid, però Sir Blum me l'ha pres de les mans —va fer el funcionari—. Per això us esperava.

—Què diu el missatge?

—Headking ha estat desafiat per José Manuel de Castro.

Els llavis de Gordon es van corbar cap avall, encara més, i aparegué un petit rictus al seu ull esquerre.

—La baronessa? —va demanar amb timidesa, i por.

—Em temo que sí, senyor.

El comissionat va posar uns ulls com taronges, no va respondre i començà a caminar cap al fons del passadís, en direcció al despatx de Sir Blum. Aquella notícia tindria, de ben segur, conseqüències terribles.

Va entrar preocupat i va copsar de seguida el mig somriure de Sir Blum, que no podia amagar la seva satisfacció.

—Discret i prudent —va fer el cap dels Serveis d'Informació—. Van ser aquestes les vostres paraules? —afirmà lentament—. Discret i prudent —repetí, tot mirant el missatge—. Anònim! —afegí.

Gordon estava vermell com un tomàquet i no era capaç de replicar el seu superior. Sir Blum es va aixecar de la cadira, li lliurà el missatge i li va girar l'esquena.

—El vostre home, triat per vós, discret i prudent, ha caigut als peus de la baronessa. Igual que el capità Lear —digué Sir Blum, mirant per la finestra.

—El missatge no diu que s'hi hagi enfrontat —replicà Gordon.

Sir Blum es va tombar lentament i mirà el seu subaltern. Somrigué divertit.

—Només diu que el duel tindrà lloc... Millor dit: que ja ha tingut lloc —senyalà la finestra—. ¿Penseu que és propi d'un home discret i prudent enfrontar-se amb la primera espasa de Madrid?

—Hauria de conèixer els detalls per pronunciar-me. Encara no sabem si s'hi ha enfrontat. Potser Flint ha aconseguit aturar-lo. Si més no, això és el que hi diu: que ho intentarà —repetí Gordon. No tenia cap més argument.

—Oh!—va fer Sir Blum, aixecant les mans. Se'l veia gaudir com mai—. Com ho vau definir? Ah, sí! Un alè d'aire fresc. Van ser també aquestes les vostres paraules? Vós ho teniu tot controlat. Un pla infal·lible, vau dir. Sí! Un pla que no va enlloc —digué amb sarcasme—. Hem pintat el Forrester i l'hem refet de dalt a baix per tal de convertir-lo en un altre vaixell; hem reparat l'Argos per deixar-lo en condicions; hem enviat canons a Gibraltar per armar-los; i ara no ens serviran per a res. On és la infal·libilitat del vostre pla? I on és l'home perfecte?

Era evident que Sir Blum sentia una immensa satisfacció, perquè ja donava per mort Headking, i a Gordon per destituït i enterrat.

—Lord Grenville ha hagut de marxar, però torna d'aquí tres dies —digué Sir Blum—. Teniu temps més que sobrer per fer un informe detallat de tot aquest afer i de tots els que porteu entre mans —i li va girar de nou l'esquena. La conversa s'havia acabat.

El comissionat va fer que sí amb el cap, sense badar boca, i va sortir.

Aquell vespre, Helen va veure el seu marit completament derrotat. No havia parat de parlar tota l'estona amb veu baixa, un murmuri, gairebé una oració.

—Els nostres fills ja són grans —va dir la senyora Gordon—. Tenim prou diners per viure tranquil·lament la resta dels nostres dies. A més, tu ja et volies retirar.

—Sí, però no pas d'aquesta manera. És el meu honor, que està en joc —contestà Gordon.

—No podies preveure aquesta circumstància.

—Flint l'hauria d'haver previngut —negà Gordon—. I jo l'hauria d'haver fet vigilar de més a prop. M'he confiat massa.

—Si no vols sopar, anem a dormir. Demà serà un altre dia.

—Sí. Possiblement, el meu darrer dia.

—Anem.

—Ja vindré. Vull estar sol una estona.

Helen va abandonar la sala i tancà la porta. Prou que sabia que aquella feina ho era tot per al seu marit, malgrat que, quan s'enfadava, deia que es retiraria, que ja havia treballat prou.

Què faria, ara? No suportaria retirar-se d'aquella manera. Què en pensaria la gent? I els seus fills? Tota la seva vida havia treballat per al govern de Sa Majestat. No podia ser que un error ensorrés una brillant carrera. Tanmateix, Sir Blum era venjatiu i implacable i no s'aturaria fins que Gordon hagués estat expulsat del ministeri. Malament!

*** ***

Mariana va baixar el vel del seu barret i va sortir al carrer. Va contemplar la gent que caminava i es dirigí cap a la petita plaça. Eren prop de les deu i el sol s'havia aixecat alegre. Respirà fondo.

Enfilà cap a la portalada de l'església i traspassà el llindar per dirigir-se cap als bancs que hi havia davant de l'altar.

La nau romania en silenci. Quan va arribar a la pila d'aigua beneita, va haver d'esperar uns instants per tal que els seus ulls s'acostumessin a la penombra. Va fer el senyal de la creu i, llavors, va descobrir la senyora de Pontefondo, amb dues dones més. Semblava parlar animosament, en veu baixa, i les altres dues se l'escoltaven i afirmaven amb el cap.

Bé, havia arribat el moment de la representació teatral de cada matí. Caminaria fins a elles, s'agenollaria al seu costat, prendria el rosari i creuaria les mans davant del pit. Després, amb una estudiada tristor, aixecaria els ulls, pietosament, cap a la imatge de la Verge, i deixaria que els seus llavis es moguessin. De fet era un moviment mecànic i no pronunciava cap paraula, però com les seves amigues no ho sabien...

Es va atansar lentament. Encara no l'havien vista. En arribar al seu costat, va poder escoltar part de la conversa.

—Segur? —feia una d'elles.

—Ja pots pujar-hi de peus —deia la de Pontefondo.

—Quina vergonya! —va fer l'altra, esgarrifada.

—De què parleu? —va demanar Mariana.

La senyora Pontefondo va callar, va dirigir una significativa mirada a les altres dues dones i les tres es van aixecar i van abandonar l'església.

Però... però... què havia passat?

*** ***

Matilde va obrir la porta i es va esglaiar en veure que Don Santiago entrava gairebé arrossegant Tom, que arribava amb el braç plegat al seu costat esquerre i una bona taca de sang que omplia la camisa blanca.

La criada es va dur la mà a la boca per aturar el crit, però un altre esglai omplí el rebedor.

Angelines va arribar tot corrents i va agafar Tom per l'altre costat. El jove va deixar anar una queixa i es va plegar més. Llavors, ella es va espantar encara més i el deixà anar.

—De pressa. Portem-lo al sofà —ordenà—. I tu, Matilde, crida un metge. Que vingui ara mateix.

Don Santiago va acompanyar Tom fins al sofà de la sala, mentre Matilde sortia corrents i Angelines obria les portes, cercava un coixí i el disposava per tal que el ferit hi recolzés el cap.

—Déu meu! —va fer en veure la grandària de la taca de sang—. Porteu-me aigua i benes —ordenà al seu pare, que va abandonar la sala.

—Ho sento —va fer Tom—. No volia...

—Calla, que estàs ferit —el mirà Angelines amb preocupació, mentre obria la camisa.

Don Santiago va tornar amb un cossi ple d'aigua i unes quantes benes.

Angelines enretirà la camisa i començà a eixugar la sang. Li feia por descobrir l'abast d'aquella ferida i procurava fer-ho tot amb molta cura. El seu pare romania quiet, al seu costat, aguantant el cossi d'aigua que de seguida va prendre un color vermellós.

—Porteu-me més aigua neta —digué Angelines.

Don Santiago sortí corrents i tornà poc després. Els dos joves romanien en silenci. Tom la mirava.

—És un noi molt fort i se'n sortirà —va fer l'empresari.

—I vós, què en sabeu? —li contestà Angelines—. Podria morir.

—No és la meva intenció —digué Tom.

Angelines el mirà. Un parell de llàgrimes s'escapaven dels seus ulls.

La porta del carrer s'obrí i poc després apareixia Matilde acompanyada del metge, que va apartar Angelines i examinà la ferida.

—Per sort sembla que no afecta cap òrgan —digué el metge—. Amb una bona desinfecció i un bon cosit n'hi haurà prou. Haureu de fer uns quants dies de repòs. Aquest cop José Manuel de Castro s'ha conformat amb ben poca cosa.

—Seria més correcte dir que no ha pogut fer res més —digué Don Santiago, amb veu orgullosa, més calmat en sentir les paraules del doctor.

El metge va deixar estar la seva feina, sorprès per les paraules de l'empresari.

—Tom l'ha enviat a l'hospital —afegí Don Santiago.

—No és possible! —féu el metge.

—I tant que ho és! —rigué Don Santiago. Ara, se'l veia eufòric—. Ha estat increïble. Tot i ferit, Tom ha estat capaç d'aturar una estocada, canviar el floret de mà i... Com t'ho has fet?

Don Santiago no era capaç d'explicar amb paraules el que havia vist al parc, però ho recordava vivament, com si fos ara mateix. José Manuel havia decidit rematar la feina i s'havia llençat endavant amb l'espasa ben dreta cap al pit de Tom, que havia desviat l'estocada cap a dreta. Sense donar-li temps de res, el jove, situat a la dreta del seu adversari, havia canviat l'espasa a la mà esquerra, havia aixecat el braç ben alt i l'abaixà recte. La punta del floret va entrar entre la clavícula dreta i l'espatlla de José Manuel, com si es tractés d'un brau que rep l'estoc del matador. De Castro havia deixat anar la seva arma i havia tombat el cap, sense acabar de creure el que veia. L'acer, completament vertical, a un dit del seu nas, li acabava de perforar el pulmó, i allà s'estava. Va notar que li mancava l'aire, va caminar dues passes enrere i va caure assegut a terra. De lluny escoltava la veu d'Ardides, que protestava.

—Això no és de cavallers —deia Ardides, desencaixat.

—Us equivoqueu, senyor —respongué Tom—. Les normes de cavallers diuen que l'arma no abandonarà les mans ni serà llençada. Jo no l'he llençada. Simplement l'he canviada de mà. I no l'he deixada fins que ha estat enterrada en el senyor De Castro.

—No discutiu, imbècils —es va sentir que feia la veu mig apagada de José Manuel.

S'havien endut el ferit i Don Santiago, eufòric, havia abraçat Tom, que es va queixar. El pobre empresari havia oblidat la ferida del jove. Llavors, l'havia acompanyat fins al cotxe i havia ordenat que els portessin a casa seva.

Ara, se sentia feliç. Tot havia acabat i bé podia dir que les seves oracions havien estat escoltades pel bon Déu.

—Ha estat a punt de matar-te, malparit —va fer Angelines, agenollada al costat de Tom, i va aixecar la mà per clavar-li un mastegot, però s'hi repensà, va començar a plorar i va sortir de la sala.

—T'estima, noi —exclamà Don Santiago, ben content i cofoi.

—Com pot estimar-me, després del que he fet?

—Coneixes ben poc les dones —rigué Don Santiago—. Si no fos perquè estàs ferit, t'hauria clavat un bon mastegot. Això només ho fa una dona enamorada. Oi que sí, doctor?

—I tant que sí! —feu el metge, amb una bona riallada.

*** ***

Sir Arthur Gray va omplir els seus pulmons amb l'aire de l'estada. Tenia davant seu Albert Flint, que li acabava de comunicar la notícia.

—Envieu un missatge urgent a Londres. No vull que lord Grenville pateixi.

—Ja he donat l'ordre, excel·lència —respongué Flint.

—Bé! Una gran notícia. L'honor britànic ha estat venjat —somrigué Sir Gray—. Sempre he dit que un cavaller anglès és un cavaller de cap a peus.

—Sí, excel·lència —afirmà Flint, i féu una lleugera reverència abans de retirar-se.

Un cop fora, Albert Flint va negar amb el cap, mentre feia esclafir la llengua. El que havia dit Sir Gray no era precisament que un cavaller anglès fos un cavaller de cap a peus, sinó que Headking no era un cavaller. Com canvia la visió de les coses, segons quines siguin les circumstàncies!

*** ***

Francisco, el majordom de Godoy, va ordenar descórrer les cortines en el precís instant que el primer ministre entrava al menjador.

—Només prendré cafè —va dir Godoy—. Un cafè amb llet, ben calent —corregí—. Amb dues torrades i melmelada —encara hi afegí.

El majordom va fer una reverència i sortí per donar les ordres oportunes. Godoy es va seure i desplegà el tovalló. Feia cara de cansat. La nit havia estat llarga. Llarga i completa. Aquella dona tenia una pell suau i un coll llarg. Però el més llarg de tot era la seva llengua. I com la bellugava, la condemnada!, somrigué amb el record.

Francisco va tornar de seguida acompanyat de Maria, que duia una safata.

—El cap de policia és aquí, excel·lència —anuncià.

—Ruipérez? —s'estranyà Godoy.

—Diu que és un afer delicat.

—Fes-lo passar i esperem que no m'espatlli el cafè.

Francisco es va retirar i va tornar acompanyat d'un home ben vestit, amb un gran bigoti, no gaire alt i un xic gras, que va acotar el cap només trobar-se en presència del primer ministre.

—Excel·lència —va fer.

—Seieu, Ruipérez —li indicà una cadira Godoy—. Voleu prendre una tassa de cafè?

L'interpel·lat va fer que sí amb el cap i Godoy va fer un gest a Maria, tot assenyalant la cafetera i el convidat.

Maria va prendre una tassa, l'omplí de cafè, cercà el sucre i es posà davant del cap de policia.

—Dues, si us plau —, va fer Ruipérez, sense mirar Maria.

—No us pot sentir. Indiqueu-l'hi amb els dits.

Dues, va fer el cap de policia amb els dits i Maria es retirà per ficar dues culleradetes de sucre a la tassa.

—Aquest matí ha tingut lloc un altre duel —va dir Ruipérez.

—Feia dies que no teníem diversions —féu Godoy—. De qui es tracta?

—De Don José Manuel de Castro.

—Això vol dir que hi ha un pobre desgraciat que no volia pagar pels serveis de la baronessa de Malpica —rigué Godoy—. Qui és?

—Un anglès resident a Madrid. Tom Headking, és el seu nom.

—Headking? De què em sona?

De sobte Maria, que es dirigia cap al cap de policia per deixar la tassa de cafè davant d'ell, va tremolar i el cafè es va vessar. Ruipérez va fer un salt enrere, a la cadira.

—Disculpeu-la, senyor —s'avançà ràpid Francisco, amb un tovalló a la mà, i mirà de posar-hi remei abans el cafè no atrapés la calça del cap de policia.

Maria també va ajudar. Les mans li tremolaven.

—Què li passa?

—No ho sé, excel·lència —respongué Francisco, que s'encarà a Maria, interrogant-la amb la mirada.

Maria va aplegar les mans com si recés per tal de demanar perdó.

—No ha estat res —digué Godoy amb un somriure i un gest per calmar la dona.

La serventa féu una lleugera reverència, es retirà unes passes i va buscar un lloc que li permetés estar al cas dels moviments dels llavis.

—Em dèieu, senyor Ruipérez que el rival era Tom Headking —convidà Godoy al cap de policia a continuar.

—És soci de Don Santiago Erquiza, que té una empresa...

—Ah, sí! Ja sé de què em sona. I és clar! Erquiza és qui em proporciona l'oli i els formatges per recomanació de Sa Majestat la Reina. Pobre home! Erquiza s'haurà de buscar un altre soci.

—No. El senyor Headking ha rebut una ferida al costat, però és viu —respongué Ruipérez.

—Millor per ell.

Maria va deixar anar tot l'aire dels pulmons en un sospir, que va obligar Ruipérez a tombar-se cap a ella, sorprès.

—Passa alguna cosa? —s'interessà Godoy—. Oh, no us hi amoïneu. La pobra és sordmuda.

—Segur que és sordmuda? —s'interessà Ruipérez.

—I tant que sí!

—Doncs, perdoneu-me, però jo diria que sap de què hem parlat —replicà Ruipérez, tot tombant la cara i abaixant la veu.

—És impossible —rigué Godoy.

—Quan he pronunciat el nom de Headking, a ella li ha caigut la tassa —digué Ruipérez gairebé sense bellugar els llavis—. I quan he dit que Headking era viu, ha sospirat alleugerida.

—Poden ser imaginacions vostres.

—És possible —féu Ruipérez un gest amb el cap. No s'ho acabava d'empassar.

Godoy va fer un gest amb la mà i Francisco i Maria abandonaren el menjador.

—La policia sempre sospita de tothom —somrigué Godoy —. Esteu més tranquil, així? Bé, ¿és greu la ferida del senyor Headking?

—No, però la de José Manuel de Castro, sí. I molt! Es tem per la seva vida.

—Ha guanyat l'anglès? —féu Godoy.

—Sí, excel·lència.

—Això sí que és una novetat! Us agraeixo que em porteu aquestes notícies.

—No és per això, que he vingut, malgrat que hi està relacionat.

—Ah, no?

—La notícia ha corregut per tot Madrid. D'aquí poc us vindrà a veure Monsenyor Mendoza. El clergat exigeix que es compleixi la llei i que s'acabin els duels.

—No hi ha cap problema. Suposo que, un cop fora de circulació José Manuel de Castro, viurem una època tranquil·la. L'aprofitarem per endurir la postura oficial.

—Sí, però què fem ara, en aquest cas? Els inquisidors també s'hi han ficat pel mig.

Godoy va fer un mos a la torrada, respirà fondo, mastegà lentament, tot meditant, i somrigué.

—Si a de Castro li hem disculpat els seus èxits, també se li hem de disculpar el seu fracàs. No creieu?

—Fem com si res no hagués passat? Penseu que Monsenyor...

—Ja m'ocuparé d'ell.

—I si la baronessa interposa una denúncia?

—La baronessa? —rigué Godoy—. No crec que ella tingui el més petit interès a interposar una denúncia. Perdut el seu defensor, l'escàndol encara seria més gran.

—Com vós maneu, excel·lència.

—No, amic meu. Com la lògica mana, més aviat. No obstant això, tingueu ben present que ja no volem més duels. Escampeu la notícia.

—Entesos —acceptà Ruipérez.

El cap de policia apurà la tassa de cafè, s'aixecà, saludà i marxà.

Godoy es va quedar pensarós. Deien que Mariana de Malpica era una dona força especial, que tornava bojos els homes. Quin seria el seu secret? Ara que ja no comptava amb el seu defensor, tal vegada seria més assequible. De fet la baronessa de Malpica era parenta seva. Llunyana, per part del seu marit, el baró, a qui ni tan sols recordava. Potser, l'hauria d'anar a visitar o fer-la venir. No seria cap mala pensada, si l'infortunat del seu germà arribava a morir. Consolar les pobres dones forma part dels afers d'estat, que ha de vetllar en tot moment pel benestar dels ciutadans i de les ciutadanes. ¿No era aquesta, la filosofia que predicaven els francesos amb la seva revolució?

*** ***

El ministre Grenville va veure aparèixer Gordon. Feia estona que estava reunit amb Sir Blum i no havien cridat el comissionat fins que el cap dels Serveis d'Informació s'havia despatxat a plaer.

—Endavant, Gordon. Seieu —indicà lord Grenville una cadira.

Li queia bé, aquell home. No obstant això, no podia passar per alt que les circumstàncies afavorien a bastament Sir Blum, que havia demanat la dimissió immediata de Gordon. L'havia qualificat d'inútil, d'ambiciós, d'imprudent i d'unes quantes qualitats més. La decisió no era fàcil.

—És evident que ens hem equivocat en deixar en mans d'un assassí un afer d'aquesta grandària —digué el cap dels Serveis d'Informació.

—Sir Blum —el va tallar lord Grenville.

El cap dels Serveis d'Informació deixà caure les parpelles amb aire de suficiència i s'acaronà la barba.

—Perdoneu, lord Grenville, però de bon començament vaig dir que Headking no era adient per aquesta feina tan delicada. Un assassí...

—Prou, Sir Blum. Parlaré jo —el tallà de nou.

—Jo continuo pensat que Headking és el nostre home —digué Gordon.

Lord Grenville el va mirar sorprès i Sir Blum va posar uns ulls com taronges.

—Encara goseu defensar-lo? —va fer el cap dels Serveis d'Informació, i va estar a punt d'esclafir de riure—. Això és inaudit. A més, com sou capaç de dir això, si el més segur és que ja sigui mort?

—Sí, senyor. És el nostre home —somrigué Gordon, i deixà damunt la taula el paper que duia a la mà.

Lord Grenville va prendre la nota i la llegí. Va aixecar els ulls i es va quedar mut. Després, reaccionà i passà el document a Sir Blum.

Havia arribat l'hora de la venjança, però no pas per Sir Blum, sinó per Gordon.

—Headking ens ha lliurat d'un perill que ja ens ha costat tres homes. Ningú no ho hauria fet millor —digué amb un somriure.

Sir Blum bufà diverses vegades amb els ulls ben oberts. Era una olla a punt de bullir i, fins i tot, les orelles se li havien enrogit.

—Tota l'operació se n'ha anat en orris —va fer, amb ràbia—. Fins ara era discret, però aquest assumpte li haurà proporcionat fama i els serveis de policia espanyols li hauran clavat els ulls al damunt. Sigui com sigui, ja no ens és útil.

—Permeteu-me que us corregeixi, Sir Blum. Ara, Headking és més valuós que mai —replicà Gordon—. Si la policia espanyola l'investiga, descobrirà que és un proscrit. No és això el que volíem?

—No és això el que volíem? —repetí la pregunta lord Grenville, mirant el cap dels Serveis d'Informació.

—Bé... sí... —va fer Sir Blum, i va callar.

—Espero que els canons que vam enviar a Gibraltar estiguin a punt. No se sap mai quan els haurem d'instal·lar a bord de l'*Argos* i del *Forrester* —somrigué Gordon, amb ironia.

—Ja són a punt, senyor ministre —respongué Sir Blum, amb els llavis ben premuts i prims.

—Doncs, si més no, hi ha una cosa que heu fet bé —digué lord Grenville.

Sir Blum es va aixecar de la cadira i, sense acomiadar-se, es dirigí cap a la porta i sortí.

Un cop es van quedar sols, Gordon sospirà satisfet.

—A partir d'avui, punt i apart —va fer el ministre.

—Què voleu dir?

—M'heu entès perfectament, Gordon. Tots plegats som dins del mateix vaixell. No toleraré ni un sol enfrontament més, entre vós i Sir Blum. Quant a Headking, no vull cap més heroïcitat.

—Suposo que això val per a tots dos —gosà dir Gordon.

—Preocupeu-vos de vós i no us amoïneu per Sir Blum —i va donar per acabada la conversa.

—Entesos, senyor —acceptà Gordon— Per cert —va fer, i lord Grenville el va mirar als ulls—. Ara que ja no estem en guerra, potser seria el moment de recordar al primer ministre que vam prometre a Headking el perdó del rei.

—Me n'ocuparé personalment.

El comissionat es va aixecar i es dirigí cap a la porta.

—Gordon —el va aturar lord Grenville.

—Senyor ministre? —es tombà.

—En coneixeu els detalls?

—No, senyor.

—M'agradaria tenir un informe detallat. De primera mà. Això ens ajudaria.

—Em posaré en contacte amb Flint, senyor ministre.

Gordon féu una reverència i sortí. Un cop va tancar la porta, somrigué. El seu honor havia quedat sa i estalvi.

18.- UN PETIT ENRENOU

L'ascensió de Napoleó, aquell jove general que els havia fet fora de Toló, començava a ser preocupant. Acabava de ser nomenat comandant de l'exèrcit interior francès, gràcies al vescomte Paul de Barras, el seu protector. L'oficial que, segons Sir Blum, havia tingut un cop de sort, estava demostrant que era un gran estrateg i França tornava a acostar-se a Espanya, després d'haver signat la pau. El Directori i Godoy estaven negociant. El primer ministre espanyol, seguia pensant Gordon, era perillós. Havia capgirat la truita i havia sortit molt reforçat després d'haver aconseguit que França en tingués prou amb l'illa de Santo Domingo, cosa que a Anglaterra no els afavoria gens ni mica. Lord Grenville havia dit que només els quedava l'oportunitat d'atacar les Antilles, sempre que Espanya, tal com semblava, es mantingués neutral a Amèrica. A més, Godoy, després del tractat de Basilea, havia rebut el títol de Príncep de la Pau i William Pitt no creia que el rei Carles IV acceptés una nova guerra. L'economia d'Espanya estava molt malmesa. Tot i així, Espanya encara disposava de la millor flota naval de tots els temps. Tres-cents vuit vaixells no eren cap bajanada. Sortosament, Godoy, segons les informacions rebudes de Tom Headking, estava més preocupat pel Mediterrani que per l'altre costat de l'Atlàntic. De fet, no havia respost a l'increment de contraban que els vaixells britànics havien dut a terme al nou continent. Això els podia permetre expandir els seus mercats.

—Què hi ha del perdó de Headking? —havia aprofitat lord Grenville per plantejar de nou el tema al primer ministre—. Ara no estem en guerra i Sa Majestat no tindrà cap inconvenient. Sobretot, després de veure el que ha estat capaç de fer per Anglaterra.

—Tornaré a plantejar el cas.

Quan el ministre d'exteriors abandonà el despatx, William Pitt s'havia quedat pensarós. La policia espanyola havia investigat Tom Headking i havia arribat a la conclusió que no era gens perillós, perquè havien descobert que tenia deutes pendents amb la justícia britànica. Si tot anava com els fets i les informacions apuntaven, Espanya acabaria entrant en guerra amb Anglaterra i, llavors, Headking esdevindria una peça fonamental. Parlaria amb el rei George, però abans tornaria a bellugar els fills. No era oportú que l'home de Madrid perdés la seva qualitat de perseguit, afirmà amb el cap.

Oportú és una paraula oberta molt emprada en política. No anomena ningú i tothom entén allò que vol dir. A més, en política, els peons canvien de paper assignat en funció de les circumstàncies. Pujar-los a la categoria de cavalls o d'alfils no és fàcil. I els peons, habitualment, són peces puntualment importants, però mai decisives, i han d'estar a punt per ser sacrificats si la situació així ho exigeix. De manera que la resposta tornà a ser negativa i el perdó del rei no va arribar.

Va ser llavors, quan Helen Gordon va convèncer el seu marit que havia arribat l'hora de començar a bellugar-se.

MALEÏT CATALÀ!

Un altre dia gris, pensà Gordon, mirant el cel. Bé, va prendre la bossa i es dirigí cap a l'hostal de Ferenci, enmig del poble. La seva intenció, feia uns dies, havia estat arribar directament a Reigate, però, després de tornar a llegir amb molta cura tot el que deia l'informe que li havia proporcionat Brenton, havia pres la decisió d'aturar-se a l'hostal. A més, li venia de passada i la diligència no va perdre més enllà d'un parell de minuts en descarregar part de l'equipatge, encara que el conductor va remugar i es negà a dur-lo fins a la plaça.

Va enfilar el carrer ajudat del bastó. Caminar no era el seu fort i ja feia dies que patia dels peus. El metge deia que era un principi de gota i que havia de mirar de no menjar tanta carn. A la seva edat, si li treien el plaer de la taula, què li quedaria? Aquella era l'única carn que tastava, perquè Helen i ell ja no... En fi! Que no tastava altra carn que la que la seva esposa li servia cuinada i en un plat.

L'hostal de Ferenci era una casa de dues plantes, prou gran. La façana, de fusta i pedra, estava ben conservada i es veia de seguida que l'amo procurava mantenir-la atractiva.

Gordon entrà i es dirigí cap al taulell, darrere del qual hi havia una dona d'uns trenta-cinc anys, rosa i rabassuda.

—Voldria una habitació —anuncià.

—Per quants dies, senyor? —demanà la dona.

—Només una nit. He hagut d'aturar-me perquè la gota m'està matant. Demà seguiré el meu camí cap al sud. Necessitaria aigua calenta i sal. És possible?

—Sí, senyor. Ara mateix ordenaré que l'hi duguin a l'habitació.

La dona va sortir del darrere del taulell i li pregà que l'acompanyés. El va conduir a través d'un passadís fins a una habitació situada a la planta baixa. En tenia de millors, li va explicar en to de disculpa, però havia pensat que, si li feien mal els peus, potser no hauria de pujar escales. Gordon li agraí el detall i diposità la bossa damunt del llit, que es veia còmode i ample.

—El sopar és a les sis —va anunciar la dona.

—Ja no hi és el senyor Ferenci? —demanà Gordon.

—No, senyor. Fa sis anys que l'hostal va canviar d'amo.

—Llàstima. M'hauria agradat saludar-lo. Jo viatjava molt per aquesta zona, quan comerciava amb teles, i el coneixia. Ara em dirigeixo a Brighton, per visitar la meva filla gran. Què se n'ha fet del senyor Ferenci?

—Va morir fa un parell d'anys. El pobre ja era gran i estava malalt.

—Pobre home! —va fer Gordon—. Bé, és llei de vida. És vostè, qui porta l'hostal, ara?

—El meu marit, Benjamin Harris.

—No hi és?

—Ha sortit, però aquest vespre hi serà. El podrà veure al menjador.

—Gràcies —féu Gordon, amb un somrís.

Poc abans de les sis, Gordon va treure els peus de l'aigua calenta, es posà les mitges, es calçà, es vestí la jaqueta i abandonà l'habitació per dirigir-se cap al menjador. Brenton era molt eficient, quan cercava informació. Ell, de fet, ja coneixia totes les dades que li havia proporcionat la mestressa de l'hostal. I moltes més.

Al menjador hi havia tres taules ocupades. Una per un matrimoni i les altres dues per dos homes. Va saludar i es va seure en la primera que va trobar. Estava allunyada de les altres i al costat de la porta. Això ja convenia als seus plans i, si algú es demanava per què s'havia assegut lluny d'ells, la mestressa ja se n'ocuparia d'explicar-los que patia gota i que no podia caminar.

Per la porta de la cuina aparegué un home d'uns quaranta anys, pèl-roig i alt, que s'atansà amb una bona rialla i l'informà que disposaven de verdura i carn.

—Prendré la verdura, però la carn... —va fer Gordon, brandant el cap.

—Li ha anat bé, l'aigua amb sal?

—Sí! Ha estat un gran alleujament. Gràcies.

—Doncs, així, li duré un bon plat de verdura i un tros de pastís.

Gordon afirmà amb el cap i contemplà com Harris es dirigia cap a una taula i s'interessava pels seus clients.

Va allargar el sopar intencionadament, fins que els altres hostes abandonaren el menjador. Llavors, va tornar a aparèixer l'amo.

—Tot bé, senyor?

—Perfecte. Us felicito. No és com en temps del senyor Ferenci. I també haig de dir que ho teniu més arreglat que no pas ell —va lloar, passejant els seus ulls per les parets—. Ferenci ja era gran i ho tenia tot un xic descuidat. Allò no era bo pel negoci. Ara, sembla que va força millor.

—No ens podem queixar, senyor —respongué Harris, orgullós.

—Com ha canviat! —l'esperonà.

—Només entrar-hi ens vam adonar que calia fer reformes, pintar de nou, arreglar les goteres i afegir-hi mobles nous.

—Devíeu esmerçar-hi uns bons diners.

—No va ser barat, però pagava la pena.

—I tant que sí! —afirmà Gordon amb un cop de cap—. Només hi ha una cosa que... —simulà que dubtava.

—Què, senyor? —demanà Harris, mentre llençava una ullada al voltant a la recerca d'algun error en les parets, en el terra o en la decoració.

—Tan generós era el salari d'un antic sergent de la policia que us ha permès comprar un hostal i pagar totes les reformes?

Harris va posar cara de babau.

—Us diu alguna cosa el nom de Thomas Headking? —llençà Gordon.

Aquell home el va mirar amb cara d'espantat. No era capaç d'articular una sola paraula.

—Seieu, que hem de parlar —somrigué Gordon.

*** ***

Portava dies i dies donant-li voltes. Londres no li havia fet cap favor. Al contrari: la seva vida cada cop era més embolicada. Hauria pogut continuar a Barcelona i no hauria passat res del que havia passat. Gordon l'havia entabanat i era evident que el rei George no li concediria mai la seva gràcia. Flint ja no sabia quina excusa triar. Tot estava en bones mans, li repetia cada cop que es veien. Tot segueix el seu curs, però ja feia més de tres anys que durava aquella situació ambigua.

Després de l'aventura amb Mariana, Tom havia descobert en Angelines una dona de debò, enamorada. I ell, també n'estava. Els dies que va passar a casa del seu soci, li havien obert els ulls. Jugar-se la vida li havia servit per reflexionar de valent. Què havia fet Anglaterra, per ell? Res! Excepte utilitzar-lo. I, ara, què tenia? Res! Excepte un bon feix de problemes. Les preguntes que, en certa ocasió, havia posat a Flint, el torturaven.

Angelines no va permetre, sota cap circumstància, que abandonés aquella casa fins no estar complement restablert de la ferida, malgrat que el metge deia que no tenia gaire importància i que només calien unes setmanes de repòs. Ella es va entestar en preparar-li l'habitació que havia estat de la seva germana Petra. I durant gairebé tres setmanes va tenir cura d'ell com si fos un infant desvalgut. Li duia el menjar, li llegia llibres, l'obligava a descansar i li prohibia que anés per l'empresa, tot i què el seu pare burxava per tal que Tom s'hi reincorporés.

—Una mica d'exercici li farà bé —deia Don Santiago.

—Ni parlar-ne —responia ella—. Els homes us penseu que sou molt forts i després les ferides tornen a obrir-se.

Durant aquelles tres setmanes, van tenir molt de temps per parlar i Tom va estar a punt, en diverses ocasions, d'explicar-li moltes coses, però a l'últim sempre es mossegava la llengua. Hauria hagut de demanar-li perdó per la seva estupidesa amb la baronessa de Malpica, però no havia gosat; havia desitjat estrènyer-la entre els seus braços i dir-li que l'estimava, però no va poder; havia volgut explicar-li qui era i d'on venia, però... ¿com fer-ho, sense acceptar que havia enganyat tothom? Havia enganyat els que més l'havien ajudat, els que sentien simpatia i afecte per ell i els que li havien obert les portes de casa seva.

No devia res a Anglaterra. Ho havia fet tot per obtenir una gràcia que mai no arribava. Sempre hi havia una excusa. Déu meu! Havia confiat en Gordon, com en altre temps havia confiat que Peter Brooksheeld era un amic, i la realitat li escopia a la cara la seva innocència i la seva estupidesa. Després d'haver fugit de casa seva i haver viatjat per mig Europa, després d'haver lluitat amb Brunell per fer-se un lloc a Barcelona i després d'haver servit el seu país amb lleialtat, descobria que el món estava podrit.

Qui hi havia per damunt de Gordon? Sir Blum i lord Grenville. Dos representants de la noblesa. De quina noblesa? La mateixa paraula era ofensiva. A ell no li estranyava, gens ni poc, que Europa sencera fos un cau de merda, on tothom lluitava contra tothom. La noblesa s'aprofitava dels plebeus tant com podia. William de Brooksheeld, que l'havia acollit a casa seva amb afecte perquè servís de company de jocs del seu fill, després l'havia acusat d'assassinat i havia ordenat que l'empresonessin; Sir Blum l'havia perseguit per tot el continent; lord Grenville li havia promès una gràcia inexistent; la baronessa de Malpica havia jugat amb ell de la pitjor manera que podia imaginar... Només els seus iguals li havien fet costat. Maria li havia salvat la vida amb la nota que va dipositar a la seva mà, sota la poma; Don Santiago havia intentat ajudar-lo i, quan el van ferir, l'havia acollit a casa seva; Angelines havia tingut cura d'ell durant tot aquell temps... No s'havia d'estranyar que el poble francès a l'últim sortís al carrer i tallés totes les testes nobles, malgrat que, després, es mengessin entre ells mateixos. Europa estava canviant i els reis i els nobles ja no hi tenien cabuda. Les velles estructures socials ja no funcionaven, les estructures econòmiques feien aigües pertot arreu. Sort que ells, a l'empresa, comerciaven amb tot Europa, perquè Espanya s'enfonsava cada cop més. Quan l'edifici social i el món econòmic no funcionen, s'han de canviar les estructures polítiques. França ja ho estava fent i, possiblement, la taca s'estendria per tot Europa. Si més no, Tom així ho esperava.

Com desfer tot el que havia muntat? Ja no li quedaven ànims per continuar amb tanta mentida. Parlaria amb Maria i la trauria del palau de Godoy per dur-la de nou a Barcelona. Parlaria amb Don Santiago i li explicaria... Sants del cel! Què li explicaria? I quan parlés amb Angelines, no la perdria?

Què hi tenia al final de tot el camí? Res! Absolutament res. Havia perseguit una quimera i ara es trobava que, altre cop, hauria d'abandonar-ho tot i fugir. Cap a on? Una pregunta sense resposta, perquè el seu estat d'ànim era tan baix que no era capaç d'agafar un mapa i assenyalar un sol punt. I ho havia de fer, perquè el camí que havia triat no conduïa enlloc.

George Washington acabava de crear una nova nació en un nou continent, mentre la vella Europa seguia entestada, s'aferrava a les arcaiques estructures i lentament queia del seu pedestal. Anglaterra havia perdut bona part de les colònies, Espanya tenia des de feia dies problemes a Mèxic, a Argentina, a Perú, a Bolívia... Noves mentalitats, amb nous plantejaments, aixecaven la bandera de la llibertat. Potser Amèrica seria la seva solució.

*** ***

Gordon se la imaginava més gran. Si més no, l'edat consignada a l'informe de Brenton feia pensar que trobaria una cara més arrugada o una dona més grassa. Tanmateix, la senyora Anna Headking es mantenia prou bé.

S'havia tret el barret abans de trucar a la porta que li havien indicat unes cases més enllà.

—Li porto notícies del seu fill Tom —va fer Gordon.

La senyora Headking el va mirar sorpresa.

—El meu fill... —encetà Anna.

—El vaig conèixer a Espanya —la va tallar Gordon, abans no digués alguna cosa que no convenia o li tanqués la porta al nas—. Un home molt agradable, que em va pregar que passés a visitar-la —somrigué.

Anna va dubtar durant uns instants. Aquell home semblava inofensiu.

—Passeu, si us plau —va fer.

Gordon va entrar i es va trobar amb una casa confortable. Estava ben decorada i tenia pinta de ser gran. Sobretot per a una dona sola. Anna el va conduir fins a una petita sala que donava al jardí del darrere, que, tot i no ser gaire gran, es veia força arreglat.

Durant una bona estona, Gordon li va explicar una història que havia estat rumiant. Li va dir que Tom l'havia salvat d'uns desgraciats que volien robar-lo, a Madrid, que havia convidat el seu fill a sopar i que havien fet una bona amistat. Anna el va escoltar amb interès i finalment li va oferir una tassa de te. Gordon, amb molta habilitat, la va fer sentir distesa.

—Em va demanar que me n'assabentés si li feia falta alguna cosa, però veig que té una casa molt bonica —va fer, en un moment de la conversa.

—Una dona sola, té poques necessitats —respongué Anna.

—Sí. El senyor de Brooksheeld va ser força generós —va somriure.

Anna li tornà el somrís i afirmà amb el cap, però a l'instant es posà tensa i el va mirar amb recel i temor.

—Qui és vostè? —demanà.

—Ja l'hi he dit. Un amic de Tom —va fer Gordon.

—No és veritat. Què és el que vol? —replicà Anna.

—Entesos —somrigué Gordon. De fet ja no pagava la pena seguir fingint. L'afirmació i la reacció de la senyora Headking li havia proporcionat moltes respostes— Veurà. Darrere d'aquest afer hi ha una història estranya. Per exemple: la manera com Tom va poder escapar no queda del tot clara.

—Surti d'aquesta casa! —va fer Anna.

—Benjamin Harris, el sergent que va deixar fugir Tom, m'ha explicat que va rebre una suma de diners molt generosa, que vostè els hi va pagar. D'on els va treure?

—No n'ha de fer res! Vaig ajudar el meu fill. Qualsevulla mare ho hauria fet.

—Cert, però vostè no és la seva mare. Oi que no?

Aquella dona respirà fondo i els seus llavis tremolaren. Va apartar la mirada i es fregà les mans damunt la falda. Jugava amb els dits.

—El van acollir quan tenia dos anys, segons m'han explicat a la pensió on m'hi estic —seguí parlant Gordon—. També m'han explicat que vostè va treballar a la mansió Brooksheeld, fins que Tom va matar el fill dels amos.

Digui'm, senyora Headking, què va passar el desgraciat dia de la mort del seu marit?

La senyora Headking es posà dempeus.

—Fora de casa meva —ordenà.

Gordon s'aixecà de la cadira i es dirigí cap a la porta. Tanmateix, abans de sortir, es va tombar cap a la senyora Headking.

—Un tribunal trobarà coses interessants en aquesta història i li demanarà d'on van sortir els diners. Més val que busqui una resposta convincent.

—Fora d'aquí! —cridà, l'empenyé i tancà la porta.

Bé, va fer Gordon, arronsant les espatlles. Amb tota la informació que havia tret de la patrona de la pensió podia bellugar-se i cercar noves dades. Que la senyora Headking l'hagués fet fora de casa seva no tenia més importància.

Una setmana després, William Pitt, sense dir res a lord Grenville, va cridar el comissionat. Evidentment, Gordon es va estranyar. Poc que sabia que el primer ministre havia rebut la visita de lord Bristol, que es queixava que el funcionari estava molestant la gent de Reigate i volia saber qui li havia ordenat i què havia investigat.

En política res no es fa a canvi de res i Pitt havia recordat a lord Bristol l'afer amb els catòlics, confrontació en la qual el rei no estava disposat a transigir. Les pressions de l'església anglicana pesaven massa i el primer ministre es trobava en una situació compromesa amb els seus votants. Però, amb el recolzament de lord Bristol, potser el rei canviaria de parer, havia suggerit Pitt. I lord Bristol acceptà reflexionar sobre el cas, sempre i quan Pitt l'ajudés a ell.

Quan Gordon va entrar al despatx del primer ministre, el va trobar amb un posat greu.

—No teniu cap més feina, que viatjar a Reigate? —va fer Pitt.

—No sabia que el govern de Sa Majestat també es preocupava per com els funcionaris ocupem el nostre temps lliure —replicà Gordon.

—Si ens afecta, no tenim més remei que preocupar-nos. He rebut queixes pertot arreu. Què hi fèieu a l'hostal Ferenci?

—Vaig haver de descansar perquè els peus...

—No em vingueu amb històries dels vostres peus, perquè heu recorregut un llarg camí —el tallà Pitt. Prengué el document que tenia davant seu, el brandà i digué—: Heu molestat la senyora Headking i heu visitat tres orfenats i quatre advocats. Us hi heu presentat com funcionari del ministeri d'afers estrangers i heu estat revisant plecs i més plecs de documents d'adopció. A això li dieu temps lliure?

—Bé m'haig d'ocupar dels meus homes.

—Llavors, per què parleu de temps lliure? —replicà Pitt —. Qui us ho ha ordenat?

—És una iniciativa personal.

—Em podeu explicar què heu descobert i per a què serveix?

—Tom no és fill dels senyors Headking —digué Gordon —. Tinc còpia dels documents d'adopció.

—I què? —féu Pitt.

—Anna Headking va pagar una important quantitat de diners per tal que deixessin escapar Tom.

—I què? —repetí Pitt.

—La senyora Headking era l'esposa d'un mestre d'escola. No podia disposar d'aquestes sumes. Per tant, algú li va donar els diners i jo estic convençut que va ser William de Brooksheeld.

—Us heu begut l'enteniment? —exclamà Pitt—. Com podia el senyor de Brooksheeld pagar perquè deixessin escapar l'home que havia mort el seu fill?

—William de Brooksheeld es va casar amb lady Miriam, que era vídua i ja tenia un fill: Peter. No han tingut cap més fill, perquè lady Miriam ha patit set avortaments. De manera que era el seu padrastre i no pas el seu pare.

—On voleu anar a petar?

—Peter tenia tres anys més que Tom —explicà Gordon —. Lady Miriam es va quedar vídua quan encara no havia parit i es va casar amb William de Brooksheeld quan el seu fill tenia un any. Això vol dir que Tom va néixer quan ja eren matrimoni. Si el senyor de Brooksheeld fos el pare de Tom, significaria que va tenir una aventura i, el que encara és més esgarrifós, que el seu propi fill va matar el fill de lady Miriam.

—Ara sí que estic segur que us heu begut l'enteniment —va fer el primer ministre, esparverat.

—Doncs, jo no n'estic tan segur —respongué Gordon—. La vertadera mare va morir a Londres, on tenia llogades unes habitacions. La patrona m'ha explicat que la noia ja va arribar embarassada i que era un cavaller elegant que pagava, fins que va morir. Llavors, el cavaller en qüestió li va ordenar que dugués el nen a l'orfenat. I així ho va fer. Quan van omplir la fitxa, la dona va donar el nom de la mare i recordà que li havia dit que era natural de Reigate. Curiosa coincidència. No creieu? —somrigué.

—Coincidència, com vós dieu. La patrona de les habitacions va dir, en algun moment, que el cavaller en qüestió fos Brooksheeld?

—No —negà Gordon—. No el va veure mai.

—Llavors, d'aquí a formular l'acusació que el pare de la criatura és William de Brooksheeld, hi ha un abisme. No creieu?

—Depèn —aixecà les celles Gordon i inclinà el cap lleugerament—. Encara no us he dit que la noia en qüestió havia treballat a la mansió de Brooksheeld, d'on va marxar precipitadament, sense ni tan sols acomiadar-se, pocs mesos abans de parir.

—Acabeu d'una vegada, Gordon. M'esteu posant nerviós.

—Sí, senyor primer ministre. Feia temps que el matrimoni Headking buscava un fill i els metges els van dir que Anna no en podia tenir. Llavors van decidir adoptar-ne un i la senyora Headking, que treballava a la mansió Brooksheeld va demanar consell a l'amo de la casa, que els va adreçar al seu advocat, que es va fer càrrec de buscar una criatura i de fer els tràmits corresponents. Això ho he sabut per la patrona de la pensió on vaig estar a Reigate, una dona molt xerraire que era gran amiga d'Anna Headking, però que ja no ho és. La patrona de la pensió es va enfadar amb la senyora Headking perquè diu que és molt interessada i que va sempre darrere dels diners.

—Aneu al gra, si us plau —l'esperonà Pitt, que ja començava a perdre la paciència.

—Sí, senyor. El destí, que és molt juganer, va fer que adoptessin precisament aquell nen. El destí o... —es va quedar callat un instant—. N'estic segur perquè els documents i els noms coincideixen. Tampoc no deixa de ser curiós que William de Brooksheeld escollís Tom com a company de jocs del seu fill. Perdó. Vull dir fillastre. El temps passa i, ara, imaginem, per un moment, que la senyora Headking, que treballa a casa dels Brooksheeld, descobreix alguna cosa que li fa sospitar que el pare de la criatura és el senyor de la casa. No sé: una carta, per exemple, o algun document o també podia haver escoltat alguna conversa. Llavors, decideix que aquella informació pot ser una font d'ingressos important i li comunica al seu marit. Però, no surt com ella esperava i el senyor Headking...

—Absurd! —rigué Pitt—. El senyor Headking s'enfada i vol matar William de Brooksheeld. Absurd! —repetí—. Per què va anar amb l'espasa a la mà a trobar el senyor de Brooksheeld aquell matí? Absurd! —féu per tercer cop—. Potser volia obligar-lo a pagar?

—Jo també m'he fet les mateixes preguntes —negà Gordon amb lents moviments de cap—. Sembla absurd, però no ho és a partir de l'instant en què podem imaginar que el senyor Headking també hi veu un bon negoci, però ell vol estar ben segur que la informació és correcta. Investiga i troba que el nom de la vertadera mare no és altre que Lorna Headking, la seva germana, que va desaparèixer de Reigate per aquelles mateixes dates. Curiós. No creieu, senyor primer ministre?

William Pitt es quedà mut.

—Ara ja disposem d'un motiu perquè el pare adoptiu de Tom arribi a casa seva, tot tornant de Londres, trobi la seva esposa, li expliqui, prengui l'espasa i vagi a buscar al senyor de Brooksheeld, mentre Anna Headking surt corrents per demanar Tom que l'aturi. Peter, jove i impulsiu, només escoltar els crits del senyor Headking, també va prendre l'espasa. I, finalment, Tom arriba, es troba el drama i s'enfronta amb qui està insultant el cadàver del seu pare. Perquè ell no en sap res de la seva vertadera mare.

Pitt es va quedar pensarós. Una història complicada, però possible. Més encara, si tenia en compte que la fortuna dels Brooksheeld venia de lady Miriam i no pas de William. El tema era massa embolicat. William de Brooksheeld era amic personal de lord Bristol, que bé podia voler tapar aquell afer.

El primer ministre va mirar significativament el seu subordinat. Gordon, tal com deia lord Grenville, era com un buldog quan anava darrere d'una informació. No s'equivocava gaire sovint i, menys encara, explicaria tot el que havia abocat si no estigués prou segur.

—Què penseu fer, ara? —demanà.

—Arribar fins al final, senyor primer ministre. Vam discutir un preu pels serveis de Tom Headking i me'l vau acordar. Vós, personalment, en aquest mateix despatx. El seu perdó. Ho recordeu?

—William de Brooksheeld ocupa un càrrec important i lady Miriam pertany a una de les grans famílies d'Anglaterra. Ningú, ni tan sols lord Grenville, no ha de saber-ne res, de tot això.

—I el perdó de Tom Headking? —insistí Gordon.

—Això, millor m'ho deixeu a mi —digué Pitt i el mirà amb duresa—. A canvi, oblidareu tot aquest afer i deixareu les coses com estan.

—Sí, senyor primer ministre. Com vós maneu —digué Gordon inclinant el cap.

La reunió s'havia acabat i William Pitt va contemplar com aquell home, gras i pesant, tancava la porta en sortir del seu despatx.

Gordon no havia d'anar lluny d'osques. El fet que lord Bristol es presentés al seu despatx era prou significatiu. Segurament Anna Headking havia parlat amb William de Brooksheeld, que s'havia queixat al seu amic. Tot quedava aclarit. Lord Bristol volia tapar l'afer perquè la noblesa rebria un bon cop i, ara que França i Espanya havien negociat un tractat defensiu i ofensiu, no convenia a la seva classe social. Una història com aquella no seria del gust del poble.

Bé, somrigué. Gordon li havia proporcionat un bon material per poder millorar les seves relacions amb lord Bristol. Li explicaria tot aquell afer i li demanaria que l'ajudés a obtenir la gràcia del rei per a Tom Headking, per tal d'aturar el comissionat. Naturalment, el secretari particular del rei també l'hauria d'ajudar amb el tema de les prerrogatives dels catòlics. L'aniria a veure de seguida.

Al primer ministre li agradava la manera que tenia Gordon d'explicar les coses, tot posant-hi un toc de suspens, i, donades les circumstàncies, va intentar un plantejament similar. Només que, per fer-ho més interessant, va amagar deliberadament que el comissionat havia arribat a la conclusió que el pare de Tom era William de Brooksheeld. De manera que va anar desgranant totes les passes de Gordon, va explicar qui era la mare, on havia treballat i, quan ja era a punt de pronunciar el nom, es va quedar callat i somrigué. Li oferia a lord Bristol l'oportunitat que fos ell que pronunciés el nom del pare de la criatura.

—Compreneu, ara, l'abast del problema? —va fer lord Bristol.

—I tant que sí! No seria un bon tema per al poble.

—Efectivament —afirmà lord Bristol—. En altres temps, això no tenia cap importància, però avui en dia, un fill bastard de la corona és un assumpte força delicat.

Un fill bastard de qui?, va estar a punt de fer William Pitt, però va callar. El seu cervell acabava de rebre un bon cop de mall. Havia de guanyar temps i refer-se, perquè la situació havia donat un gir inesperat i increïblement sorprenent. El rei!

—Tenim un petit enrenou damunt de la taula. Com se us va ocórrer acceptar el pla de Gordon i triar Tom Headking? —demanà lord Bristol.

—Tot plegat va ser un cúmul de despropòsits — respongué Pitt. Havia de seguir guanyant temps— I vós, sabent el que sabíeu, per què no ho vau aturar? —li tornà la pregunta.

—Vaig cometre l'error de suposar que Tom Headking fugiria només sentir-se descobert. Fins al present no havia fet altra cosa. Però, quan vaig veure que demanàveu el seu perdó, ja era massa tard. Com vós dieu, va ser un altre cúmul de despropòsits.

—Puc demanar-vos quin paper hi juga William de Brooksheeld, en tot aquest afer, a més d'haver perdut el seu fill?

—Quan era jove, Sa Majestat visitava la mansió Brooksheeld amb certa freqüència. Al rei li agradaven les festes que el seu amic William li muntava. En una d'aquestes estades, es veu que el rei es va enlluernar amb una noia del servei. Es va interessar molt per ella. Potser, massa i tot. No podem afirmar res de forma categòrica, perquè quan es va descobrir que la noia estava embarassada, William la va interrogar sobre qui era el pare i ella va respondre que no podia pronunciar el seu nom. I és clar que hi havia un bon plec de convidats, però tot apuntava cap al rei. Llavors, em va venir a veure i em va posar al corrent del cas. Vam haver de prendre una decisió.

—Llavors, el rei no en sap res?

—No. Per a ell, si és que va tenir alguna cosa a veure amb aquella noia, va ser una aventura. De fet, no se'n recorda de res del que va poder passar. L'esposa de Brooksheeld no hi era, la festa es va allargar, tothom havia begut molt i allò esdevingué una orgia. El problema és que precisament aquella noia, que li feia gràcia al rei, quedés embarassada.

—Tot són suposicions —somrigué Pitt.

—Suposicions que, ben o mal fonamentades, han desembocat en una situació incòmoda. Si s'arriba a saber, l'enrenou seria terrible —va fer lord Bristol.

—No veig per què. No és el primer cas d'amants reals dins la història.

—Cert, però els temps canvien i ja no vivim l'època d'Enric VIII —replicà lord Bristol—. Que el rei tingui amants entre la noblesa no escandalitza ningú. Tots els monarques europeus en tenen. Fins i tot, moltes consentides per la reina. No obstant això, que el rei participi en cert tipus de celebracions i que quedi embarassada una noia del poble que, segons va dir, va ser forçada, tenint en compte que França ja ha tallat el cap del seu monarca, avui en dia podria resultar perillós per l'estabilitat d'Anglaterra. Quan tot va passar, el rei era jove i podríem trobar una disculpa, però no oblideu que pocs anys després, el 1788, va estar a punt de ser declarat boig. Si aquesta història es destapa, sortirien vells fantasmes. I no ens convé. En aquells dies ho vam solucionar amb l'ajut de William de Brooksheeld. Però ara hem de trobar una sortida.

—Una sortida per a què? No dieu que ja ho vau solucionar?

—Ho estava, fins que va tenir lloc el desgraciat incident que va costar la vida al fill de Brooksheeld. Sou conscient del problema que representaria atorgar el perdó a Tom Headking?

—Sóc conscient que, si Headking no obté la gràcia del rei, Gordon no s'aturarà i és capaç d'esbombar-ho tot —féu Pitt, que encara no s'havia refet de totes aquelles sorpreses.

—Aquí està el problema —murmurà lord Bristol. Llavors aixecà la veu—. Si Tom Headking obté el perdó, tornarà, farà preguntes i... —i deixà la frase penjada.

No calia ser cap llumener per albirar el resultat final.

—Quanta menys gent sàpiga res de tot aquest afer, millor —seguí lord Bristol—. De manera que ni Sir Blum ni lord Grenville no han de participar-hi. I, evidentment, Gordon s'ha d'aturar immediatament i William de Brooksheeld ha de quedar completament al marge. Ja n'ha fet prou i ja ho ha pagat prou car. Quan Tom va matar el seu fill i va ser detingut, Anna Headking el va anar a veure i li va dir que havia escoltat una conversa prou interessant. El feia, a ell, pare de Tom i l'amenaçava d'explicar-ho a la seva esposa. Us imagineu el que hauria significat? William no podia acusar el rei i va prendre una decisió ràpida i arriscada, però encertada. Aquella dona només volia diners. Em va venir a veure i vam deixar escapar Tom, vam pagar un sergent per tal que fes els ulls grossos i vam atorgar a Anna Headking una generosa pensió. Tot com si ho fes el mateix William de Brooksheeld. Sortosament, en tot aquest delicat tema hi havia un detall a favor nostre. Peter no era fill de William, com ja sabeu, sinó fillastre. No vull ni pensar el que hauria passat en cas contrari. Si m'ajudeu a trobar una solució, jo, a canvi, us recolzaré amb el tema dels catòlics.

—No és senzill —va fer Pitt, entre dents—. Us adoneu que tot el futur d'una persona és a les nostres mans i depèn de la decisió que prenguem?

—I vós us adoneu que és un futur del qual depèn la nació? —replicà lord Bristol—. Les persones no són res, si les comparem amb tot un regne. I, menys encara, si les enfrontem amb tot un continent. Europa està canviant ràpidament i ningú no s'esgarrifa. Quin és el seu futur? On és el seu passat? Les institucions trontollen i la història marca nous canvis, noves fronteres, noves conquestes, noves derrotes i nous èxits. Tom Headking no ha de saber mai la veritat que, per altra banda, nosaltres no la sabem del cert. Ell viu convençut que és fill dels Headking, i així ha de continuar sent pel bé d'Anglaterra. No hem de demanar-nos pel que seria de la seva vida si sabés segons què. Hem de viure el present i jugar amb les cartes que tenim a la mà. Quantes vegades, al llarg de la història, un canvi en el futur d'una persona ho ha capgirat tot? No és moment de jugar amb el destí i més val deixar-ho com està.

—Hi pensaré —va fer Pitt.

—Jo també pensaré la manera de convèncer el rei perquè concedeixi als catòlics les prerrogatives que demanen —somrigué lord Bristol.

Ja no hi havia res més per dir-se i el primer ministre es va acomiadar i sortí. Llavors, la porta petita, que hi havia darrere la taula de lord Bristol, s'obrí i aparegué un home d'uns seixanta anys elegantment vestit.

—Creus que ens ajudarà? —va dir.

—Sí —afirmà lord Bristol—. Té un compromís amb els seus electors i no pot fallar-los.

—I com saps que farà el que hem pensat?

—Perquè no hi cap altra solució —somrigué lord Bristol. Llavors s'atansà fins aquell home, li posà la mà a l'espatlla i digué—: No t'amoïnis més, William. El nom de Brooksheeld quedarà al marge de tot, la teva esposa mai no en sabrà res i, quan mori, heretaràs la seva fortuna.

—No creus que has anat massa lluny embolicant el rei en tot aquest afer? —demanà William de Brooksheeld.

—Jo no he acusat ningú. Només he parlat d'una hipòtesi. Sa Majestat havia begut molt i no recorda res d'aquell dia, malgrat que era dins l'habitació quan tu vas abusar d'aquella criada. El teu únic error va ser intentar fer alguna cosa per aquell nen i encarregar el teu advocat que s'ocupés dels tràmits d'adopció. Ja t'ho vaig dir. Quan t'hi jugues massa, els sentiments han de quedar al marge. Tom és fill teu, però també és el fill d'una criada. No pertany a la nostra classe. Comprens?

—Ho podíem haver solucionat nosaltres i no embolicar el primer ministre —es queixà William.

—Encara no has entès que, en política, s'ha de saber aprofitar totes les jugades? —el mirà lord Bristol, sorprès—. Pitt és molt llest, però és molt jove i l'experiència pot guanyar a la intel·ligència. Si ell pren la decisió, s'empastifarà fins al coll. Comprens?

—I si no la pren?

—La prendrà —somrigué lord Bristol—. La prendrà —repetí.

—I els catòlics?

—Tampoc ens han d'amoïnar. L'arquebisbe de Canterbury hi ha ficat la banya, i ja el coneixes. El rei no podrà fer altra cosa que negar-s'hi, malgrat que jo recolzi Pitt amb totes les meves forces. És una batalla perduda —digué lord Bristol, arrosà les espatlles i aixecà les celles, mentre dibuixava un tímid somriure.

*** ***

El pessimisme i l'optimisme, malgrat que siguin antagònics, sempre van del bracet. Passar d'un a l'altre de vegades depèn d'unes poques paraules escrites en un document i signades per un rei.

Tom no s'ho podia creure. Albert Flint li acabava de lliurar el seu perdó. Durant una bona estona, a casa seva, va seguir contemplant aquell paper que duia el segell de Sa Majestat George III, fins que va decidir que ja havia arribat l'hora de prendre decisions.

L'endemà va sortir molt d'hora, però no va anar a l'empresa, sinó que es dirigí directament a casa del seu soci. A aquella hora encara no hauria sortit.

Don Santiago es va sorprendre de veure'l, però la gran sorpresa va arribar quan Tom li va comunicar que tenia intenció de demanar la mà de la seva filla Angelines. Havia esperat aquest moment molt de temps i, ara, l'única cosa que se li va ocórrer va ser abandonar la sala, pujar les escales per dirigir-se a l'habitació de la seva filla i trucar a la porta.

La noia encara dormia i es va despertar sobtada. Es va llevar, va prendre la bata i va donar el seu permís perquè entrés qui trucava. Don Santiago obrí la porta.

—Vols casar-te amb Tom? —va preguntar, sense ni tan sols desitjar-li bon dia.

—No és ell, qui m'ho hauria de demanar?

—Ho acaba de fer. Vols casar-t'hi o no? —féu, desesperat.

—Ha vingut?

—Com vols que m'hagi demanat la teva mà sense haver vingut? —va fer Don Santiago.

De vegades, les dones t'entenen amb una mirada, i altres, necessiten confirmació de tot. Amb pèls i senyals.

Angelines va apartar el seu pare i va sortir corrents. Enfilà cap a les escales, però s'aturà i s'hi repensà, va tornar enrere, va apartar de nou el seu pare, es va contemplar al mirall, nerviosa, va intentar arreglar-se el cabell, va llençar el raspall, es va cordar la bata, va tornar a mirar-se al mirall, es va dirigir cap a la porta, va tornar enrere, va obrir l'armari...

MALEÏT CATALÀ!

—Entreteniu-lo. Que no marxi! —va fer. Després va treure el cap al passadís—. Matilde, on és el vestit blau?

L'empresari girà els ulls en blanc i va sortir. Pobre Tom!, va fer, brandant el cap a un cantó i a l'altre. No sap el que l'espera!

MALEÏT CATALÀ!

Qui no fa cas dels metges acaba pagant més d'una bona factura. Els peus l'estaven matant, perquè el dia anterior havia menjat fora de casa i no havia fet bondat, precisament. S'havia llevat de mala lluna, però no n'havia dit res, del mal que li feia la gota. Prou que sabia que, si s'hagués queixat, hauria hagut d'aguantar tots els retrets de la seva esposa. Helen, des que ocupaven la casa al camp, havia pres massa decisions. Verdura i més verdura. Semblava com si el fet d'haver abandonat el seu càrrec al ministeri també li hagués manllevat l'autoritat a casa seva. Això de llevar-se i no haver de sortir, de romandre tot el dia sense fer res de profit, excepte viure, havia escalfat els ànims de la senyora Gordon. I per desgràcia, Patty, la cuinera de tota la vida no havia pogut deixar Londres. Helen n'havia trobat una altra, però no era pas el mateix. No sabia cuinar com Déu mana. Tot ho feia insípid. Potser eren ordres de la senyora...

—El metge diu que no en pots prendre —el renyava Helen, quan copsava que el seu marit mirava amb massa deler el plat de carn guisada que menjava ella—. El metge diu que no pots sortir; el metge diu que...

Collons, amb el metge! La submisa Helen vertaderament no tenia prou amb el govern de la casa, sinó que havia pres el comandament de tot.

Ai!, va fer, i va començar a examinar la correspondència. Allò li recordava els vells temps, quan Ferguson li deixava damunt la taula els documents i els missatges rebuts dels seus homes a Europa.

Carta de Tom!, va fer, content. La va apartar de la resta, la va obrir i la va llegir.

—Helen! —cridà, i la seva esposa aparegué—. Tom acaba de ser pare per segon cop —rigué—. Una nena —seguí rient —. Diu que vindrà aviat i que ens visitarà.

—També vindrà Angelines? —s'interessà Helen.

—No hi diu res. Suposo que serà un viatge de negocis. A més, com vols que vingui, si acaba de parir?

—I és clar! —va fer Helen.

Gordon es quedà amb la carta a les mans i va contemplar el paisatge a través de la finestra. L'estiu estava resultant agradable i setembre es presentava bé. Ai, Tom! Va aconseguir el seu perdó. I tant que sí! L'única cosa que li va saber greu era que, quan per fi va desembarcar a Anglaterra, ja no va poder parlar amb la seva mare. La pobra dona acabava de morir. Una estranya infecció, deien els metges. I ell tampoc ho acabava d'entendre, perquè hauria jurat que aquella dona tenia corda per molta estona. Un cas vertaderament sorprenent. Pocs dies abans l'havien vista caminar pel carrer, com sempre, i de sobte, unes febres ben altes. William de Brooksheeld, fins i tot, li va enviar un metge de Londres. Una eminència, deien. Potser sí, però no va ser capaç de fer-hi res i la senyora Headking va empitjorar i va morir en un tres i no res. Pobra dona! Això és el que va dir William Pitt, quan li va comunicar la notícia. I no va fer cap posat d'estranyesa. Bé, tampoc no hi tenia cap relació, amb la mare de Tom.

Ara també recordava la darrera conversa amb William Pitt, quan li va lliurar el perdó de Tom Headking. Va ser el mateix dia que li va comunicar la desgràcia de la senyora Headking.

—William de Brooksheeld no és el pare de Tom —li havia dit, i li va mostrar un document oficial que li havia proporcionat lord Bristol, segons el qual, per motius diplomàtics, el marit de lady Miriam va ser fora d'Anglaterra durant els tres mesos anteriors a l'embaràs de Lorna Headking—. El destí, com vós dieu, és capriciós i un cúmul de circumstàncies han desembocat en una tragèdia. No sabem ni podem saber qui era el vertader pare de Tom. Possiblement, va ser un membre del servei de Brooksheeld. Tanmateix, el millor que podem fer, donades les circumstàncies, és no remenar més aquest assumpte.

Tal vegada, el destí va voler corregir un error i es va endur la senyora Headking. D'aquesta manera, Tom seguiria creient que era la seva mare i, pel que fa al motiu que va induir el seu pare a presentar-se a la mansió Brooksheeld, aquell maleït dia, continuaria sent-li un misteri. Com deia el primer ministre, no calia remenar res més. Bé, l'exprimer ministre, perquè havia dimitit uns mesos abans per causa de la seva desavinença amb el rei en el tema de l'emancipació dels catòlics, que va durar temps i més temps i, finalment, el rei es va decidir en contra de Pitt. El que era sorprenent és que lord Bristol recolzés amb tanta força les postures del primer ministre, en contra del rei. Però, l'arquebisbe de Canterbury va fer una bona tasca i no hi va haver res a pelar.

Aquella dimissió va ser una excusa prou bona perquè Gordon també presentés la seva renuncia i es retirés. El nou primer ministre, Addington, no era sant de la seva devoció, malgrat que lord Grenville continuava al càrrec del ministeri d'Afers Exteriors. Gordon ja havia suportat massa temps les bajanades de Sir Blum, que, fins i tot, havia fet fora Ferguson amb una manca absoluta de sensibilitat, tot titllant-lo d'inútil. No és que Gordon considerés que Ferguson era gaire útil ni que el defengués, però el pobre havia perdut el recolzament de lady Mody, la seva protectora i, per tant, totes les gràcies davant de Sir Blum. El cap dels serveis d'informació no era de fiar i canviava en funció de l'humor i de les circumstàncies. Ja l'havia aguantat prou.

Encara estava immers en aquests records, quan van sonar uns cops a la porta.

—Ja hi vaig jo. Tu no et moguis —va dir Helen, que acabava de sortir de la cuina i es dirigia a obrir. Segurament ja havia tastat el menjar per veure si duia massa sal.

Poca estona després, va tornar acompanyada de lord Grenville. Gordon, en veure aparèixer el ministre, gairebé va fer un salt a la butaca.

—Senyor ministre —s'aixecà.

—Passava per aquí i he aprofitat per fer-vos una visita.

—És un honor. Voleu seure? —li indicà una de les butaques—. La meva casa és molt humil, però us podem oferir una tassa de te.

—L'acceptaré encantat —somrigué lord Grenville.

—Helen...

—Ara mateix —va fer la seva esposa i entrà a la cuina per donar les ordres oportunes.

Durant una estona van estar parlant de temes diversos i recordant vells temps. Lord Grenville li va cinc cèntims dels canvis que hi havia hagut des que deixà el càrrec i van prendre una tassa de te, tranquil·lament.

—Acabo de rebre carta de Tom Headking —informà Gordon—. Ha estat pare per segon cop. Una nena.

—És un bon element. I un bon anglès. Va fer néixer el seu fill aquí, i els ha deixat la filla per als espanyols —rigué lord Grenville, divertit.

—Sortosament el vam treure a temps.

—Sí —afirmà lord Grenville—. Tot i que, per culpa de la seva tossuderia, vam estar a punt de perdre'l. La policia espanyola ja començava a sospitar d'ell. Només va faltar que aquell idiota de l'ambaixada escampés, tot cofoi, que Headking havia obtingut el perdó del rei George. Com es va posar Flint!

Ambdós recordaven que Espanya i Anglaterra van entrar en guerra pocs mesos després que el rei signés el perdó de Tom Headking i que els anglesos residents a tot el territori espanyol van tenir seriosos problemes. A Tom li van ordenar que tornés immediatament, però ell va contestar que abans de marxar havia de salvar el seu contacte del palau de Godoy.

—Mai no va desvetllar el nom del seu espia —va fer Gordon—. Sempre que li preguntava responia que era millor així. I d'aquí no el vaig treure. Encara treballa per nosaltres? Vull dir... per al ministeri.

—No, ja no hi treballa, però no us hi esteu. Ja podeu dir per nosaltres —va fer lord Grenville—. M'agrada sentir-vos parlar com si no us haguéssiu retirat. De fet, us haig de confessar que us trobo a faltar.

Gordon deixà la tassa damunt la tauleta i s'atansà a lord Grenville en actitud de fer-li una confidència.

—Hi ha molts dies que jo també trobo a faltar l'activitat.

—Us diu alguna cosa el nom d'Alí Bei? —demanà lord Grenville, com si li hagués vingut al cap en aquell precís instant.

—Alí Bei? —va fer Gordon, buscant dins la seva memòria. De sobte, ho va recordar—. Va ser alguna cosa així com governador d'Egipte. Va atacar Síria i va organitzar un bon enrenou. Però, d'això ja fa uns quants anys. Potser, estem parlant de l'any 1773?

—Exactament. Teniu molt bona memòria —lloà lord Grenville—. Però jo no parlo d'aquest Alí Bei. Recordeu Domènec Badia?

—L'home del globus! —exclamà Gordon—. Com el podria oblidar? Maleït català!, deia Sir Blum —esclafí de riure—. I ho va tornar a repetir quan ens vam assabentar que havia presentat al rei Carles IV un pla per envair Portugal.

—Maleït català!, no parava de repetir Sir Blum —recordà lord Grenville, també entre riallades. De sobte, deixà de riure—. Què me'n diríeu, si us comuniqués que Domènec Badia és a Londres?

—Què? —Gordon va fer un bot a la butaca— I què hi fa?

—Prepara un viatge al Marroc.

—Què hi té a veure amb Alí Bei? —s'interessà Gordon. Evidentment, lord Grenville no havia pronunciat aquell nom per casualitat.

—Això és el que m'agradaria saber —murmurà el ministre—. Ai! Sí, us trobo molt a faltar. Cada cop que parlo d'aquest tema amb Sir Blum, continua fent: maleït català! I no en trec res més.

—Doncs, retireu-lo del cas. Ara ja no té lord Bristol, que li feia de paraigües.

—És veritat, però necessitaria algú amb prou talla com per encarregar-li el tema. I no el trobo —es queixà lord Grenville—. I això que, fins i tot, he pensat que hauria de ser algú que no depengués de Sir Blum, sinó directament de mi —se'l quedà mirant, i afegí—: Amb llibertat absoluta de moviments i recursos il·limitats. Evidentment, el sou estaria en consonància amb el càrrec.

—Oh! —va fer Gordon—. Llàstima que ja m'hagi retirat.

—Precisament, demà tinc l'agenda bastant buida. Si veniu a Londres, podríem dinar plegats. Què me'n dieu, Alfred?

Alfred! Era el primer cop que Lord Grenville li deia pel nom de pila. Oh!, va pensar Gordon.

—Hauria de convèncer la meva esposa i, ara, mana més que mai. Els metges li han donat massa arguments.

En el moment d'acomiadar-se, el ministre va agafar la mà de la senyora Gordon i hi va dipositar un petó. Helen es va quedar bocabadada.

—Me n'oblidava —va fer lord Grenville, tot dirigint-se a Gordon—. El rei ha decidit concedir-vos el títol de Sir, pels serveis prestats. De fet, el document ja ha estat signat. De manera que, encara que sigui extraoficialment, ja puc dir-vos Sir Alfred Gordon. —Llavors, va mirar Helen als ulls, només un instant, i després tornà a mirar Gordon—. Ens veurem demà, Sir Alfred?

Gordon es va adonar que el mal de peus li havia desaparegut i que, de sobte, caminava damunt de núvols. Sir Alfred Gordon! Va inflar el pit, tan com va poder i es tombà cap a Helen, que havia posat uns ulls com taronges i que romania amb les mans agafades i la cara vermella com un tomàquet.

—Demà vaig a Londres. Dinaré amb lord Grenville —anuncià amb èmfasi.

—Bé! Molt bé —va fer Helen, i intentà somriure.

Segur que no se n'havia assabentat del que li acabava de dir el seu marit i havia respost mecànicament, va pensar Gordon. Això que tot un primer ministre i un lord et besi la mà, per a una dona com ella, havia estat un somni. I, si hi sumava que seria l'esposa de tot un Sir, el món esdevenia un paradís.

Lord Grenville va marxar i Gordon, dret com un pal, es dirigí de nou a la butaca, s'hi assegué i ordenà.

—El sopar a les sis. Vull anar al llit d'hora. Demà m'espera un dia molt atrafegat.

—Sí, Sir Alfred —va fer Helen amb un fil de veu, i es dirigí cap a la cuina.

Domènec Badia..., somrigué Gordon, tot meditant. Un bon element. Sir Blum, després del cas de l'assumpte del globus a Còrdova, havia dit que ja estava acabat, però més tard havia tornat a aparèixer amb un pla per envair Portugal. I Sir Blum, en aquesta ocasió, va tornar a dir que allò eren bajanades i que aquell home era un escalfat. I és clar que també havia dit que Napoleó era un oficial que havia tingut un cop de sort. Pobre Sir Blum! No n'encertava ni una.

Com el tractaria, ara, que ambdós serien iguals? Ell li diria: sí, Sir Blum? I el seu antic cap li hauria de respondre: em dèieu, Sir Gordon?... O, tal vegada, deixarien els tractaments de costat i, senzillament, es cridarien pel nom: Alfred i Arthur, va pensar Gordon i va fer un gest cerimoniós, amb la mà, com si ja hi estigués parlant.

Domènec Badia i... Alí Bei. Què hi tenien a veure l'un i l'altre i quina n'hauria rumiat l'home del globus? Un viatge al Marroc, havia dit lord Grenville.

No era gens d'estranyar que Sir Blum hagués exclamat: Maleït català! I esclafí de riure, perquè ell, després de ser nomenat Sir, hauria de fer: Beneït català!

ALTRES OBRES D'ALBERT SALVADÓ

Si heu gaudit amb la lectura, potser us interessi conèixer altres obres d'Albert Salvadó, totes disponibles en format de llibre electrònic.

MALEÏT MUSULMÀ!
(Segona part de la trilogia L'OMBRA D'ALÍ BEI)

Amb un deix d'humor que planeja al llarg de tota la novel·la, i sense deixar de costat la crítica mordaç al món de la política, on tot s'hi val, Albert Salvadó ens presenta MALEÏT MUSULMÀ!, la segona part de la seva celebrada trilogia L'OMBRA D'ALÍ BEI, i ens guia a través d'una de les aventures més increïbles de la història real. «Mereixeria ser portada al cinema», han dit molts dels seus lectors.

Domènec Badia viatja a Londres i Alfred Gordon desvela el misteri d'Alí Bei. No obstant això, ara, apareix un nou enigma: Què pretén el govern de Godoy? Perquè després de l'aventura del globus, tot és possible...

Badia, sota la disfressa d'Alí Bei travessa l'estret de Gibraltar i desembarca a Tànger. A partir d'aquí, sense cap coneixement de la llengua ni dels costums d'aquelles terres, s'inicia la seva gran aventura al Marroc, país que recorrerà de cap a cap, coneixent el sultà Sulaiman i a una bona part dels homes que ocupen el poder. Entre ells troba Abd-as-Salam, el germà cec del sultà, que el conduirà pels camins del plaer i li descobrirà un món ocult.

Mentrestant, a Madrid, Godoy espera amb ànsia les notícies del viatger, que és com anomena a Domingo Badia, i somia amb la conquesta del nord d'Àfrica per obtenir els cereals que Sulaiman li nega. I tot això sota l'atenta mirada dels serveis secrets anglesos.

Qui va ser en realitat Alí Bei? Un conspirador i un espia? O podria haver estat un científic i un explorador? O fins i tot un aventurer, un vividor i un polígam? O... tal vegada un altre misteri per resoldre?

MALEÏT CRISTIÀ!
(Tercera part de la trilogia L'OMBRA D'ALÍ BEI)

Amb MALEÏT CRISTIÀ!, Albert Salvadó ens condueix fins al desenllaç de la seva trilogia L'OMBRA D'ALÍ BEI, un personatge que va marcar tota una època i que, encara avui en dia, continua despertant un interès inusitat. Una obra que a mesura que s'avança en la seva lectura, cada vegada apassiona més, fins que les sorpreses se succeeixen i expliquen qui va ser de debò Alí Bei.

Europa canvia, Napoleó ha estat derrotat i enviat a l'exili.

En aquest context, Domènec Badia (Alí Bei) ha de fugir a França i s'estableix a París amb la seva família. Allà publica el relat dels seus viatges pel Nord d'Àfrica i els dedica al rei Lluís XVIII.

No obstant això, la vida no és fàcil en un país que no és el seu i Badia descobreix que ha d'integrar-se, si vol assolir els seus objectius, però no compta amb que el Duc de Richelieu no és Godoy i no creu en els seus projectes.

A partir d'aquí Domènec Badia haurà de ser capaç de trobar el camí que li permeti convèncer al govern francès perquè li financïï una nova expedició, única manera d'adreçar la seva malparada economia familiar. Tot Això sota l'atenta mirada dels serveis secrets britànics que observen els seus moviments amb creixent preocupació. Més encara quan

Domènec Badia aconsegueix el seu objectiu i parteix per a una nova expedició.

Però la gran aventura de Domènec Badia, Alí Bei o Othman Bei, l'home de les mil cares, encara no ha arribat. Ell és capaç de crear una trama portentosa amb què es burlarà d'anglesos i francesos. És aquí on vertaderament naix la llegenda del més gran de tots els viatgers del segle XIX.

L'INFORME PHAETON

Aquesta no és una novel·la normal. Si la comenceu, heu d'acabar-la. No perquè ho digui l'autor, sinó perquè, potser, no podreu deixar-la fins a tancar l'última pàgina.

A través d'un relat ple de misteri, un escriptor troba una explicació alternativa a tot el que ens han explicat, que mou el seu interior i li obre les portes d'un món fascinant, fins a conduir-lo a un descobriment demolidor que ho canvia tot: el Diluvi Universal el vam provocar nosaltres mateixos, l'ésser humà. No va haver-hi cap intervenció divina. I ho demostra.

Diu la llegenda dels indis Hopi: «L'explosió demogràfica, la multiplicació de les mega-polis i dels transports aeris van fer que l'Home no es conformés únicament amb la creació... sempre desitjava més i més. No deixava de produir fins i tot el que no necessitava i com més tenia, més en reclamava.»

De quines «mega-polis» i de quins «transports aeris» parlaven? Perquè la llegenda Hopi té segles i segles d'antiguitat.

Per altra banda, hi ha un mínim de 83 relats i llegendes que parlen d'un gran cataclisme i de muntanyes d'aigua que ens van caure al damunt. I tots aquests relats parlen d'un home previsor, que en el nostre cas va ser Noè. Però cada regió té el seu salvador particular: Nata, Ouassou,

Montezuma, Manu, Bergelmir, Yima, Nan-Choung i molts més Noè repartits per tota la geografia mundial.

La piràmide de Kheops... Només és una tomba per a un faraó? Realment va ser construïda per Kheops?

I, per si fos poc, hi ha un llibre silenciat i apartat de la Bíblia, anomenat el Llibre d'Enoc (un dels patriarques bíblics) que parla sense embuts d'experiments genètics, naus, estacions orbitals...

Davant de tot aquest desplegament d'informació silenciada, el protagonista d'aquesta misteriosa història es demana: El que ens han explicat és la veritat? I el que és més interessant: Les llegendes són només llegendes o són crits d'un passat que ens implora que no l'oblidem?

EL RELAT DE GÜNTER PSARRIS

Els que l'han llegit diuen que es tracta d'un relat dur, però que és, al mateix temps, el més tendre i humà que ha escrit Albert Salvadó.

En una cabanya en meitat dels Pirineus, tres homes troben el cadàver d'un pastor, la fotografia d'un oficial nazi i un manuscrit.

Aquesta és l'apassionant història de Günter Psarris, a qui el món va convertir en assassí, malgrat que ell mai va deixar de ser una gran persona. Va viure durant la Segona Guerra mundial, a l'Alemanya de la bogeria, va ser tancat al camp de Mauthausen i va sobreviure. No obstant això, el preu que va pagar per això va ser molt elevat.

Aquesta és també la història d'algú que va estimar amb bogeria, que va ser deportat i que el món, lluny de casa seva, el va tractar amb duresa i li va robar tot el que tenia. Fins i tot l'amor. I aquesta és una història plena d'esperança i de lliçons, d'un episodi recent de la humanitat que ha quedat marcat per la violència, la brutalitat, el salvatgisme i el menyspreu absolut per tot allò que és sagrat: la vida humana. No obstant això, Günter Psarris sap que la vida contínua i que l'amor és etern. I això ningú l'hi pot robar.

EL PUNYAL DEL SARRAÍ
(Primera part de la trilogia de JAUME I EL CONQUERIDOR)

Sens dubte, la trilogia de JAUME I EL CONQUERIDOR és una de les obres més aclamades d'Albert Salvadó. Va estar durant més de quatre mesos en les llistes dels més venuts. S'han venut en format imprès més de 70.000 trilogies.

EL PUNYAL DEL SARRAÍ és la primera part d'aquesta trilogia i comprèn els primers 20 anys del monarca que es va asseure al tron durant més de 60 anys.

Ser fill de rei no és sinònim de nàixer predestinat, i LA HISTÒRIA DE JAUME I, anomenat EL CONQUERIDOR, constitueix la prova més evident. A la tendra edat de tres anys era un presoner, però un home amb una voluntat de ferro és capaç de canviar el futur i convertir-se en el rei més gran del seu temps. Pocs regnats han estat tan llargs com el seu. Més de seixanta anys al tron! No obstant això per arribar cal lluitar. I no tan sols al camp de batalla. Jaume va haver d'escalar els escalons que condueixen al tron, i per fer-ho, abans va haver de rebre l'ensenyament que s'adquireix a l'Escola dels Sons i que només podia atorgar-li Lluïs d'Estemariu, un cavaller templer proscrit.

LA REINA HONGARESA
(Segona part de la Trilogia de JAUME I EL CONQUERIDOR)

LA REINA HONGARESA és la segona part de la trilogia de JAUME I EL CONQUERIDOR, una de les obres més aclamades d'Albert Salvadó. Ha estat més de quatre mesos en les llistes dels més venuts.

Jaume ja és rei. Ha aconseguit pujar els graons que ascendeixen fins al tron, ha pacificat ARAGÓ i CATALUNYA i s'ha assegut en el lloc més alt del poder. Ara arriba el moment de contemplar l'horitzó i iniciar les grans conquestes. MALLORCA i VALÈNCIA l'esperen.

És aquí on apareix amb tota força de la passió, la seva conquesta més important, Violant d'Hongria, LA REINA HONGARESA, una de les històries d'amor més tendres i, al mateix temps, més turbulenta. Entre places, castells i lluites internes amb els nobles, cauen les muralles i els cors. I enmig s'alça Violant, LA REINA HONGARESA. Sens dubte és l'etapa més apassionant i més apassionada de JAUME I EL CONQUERIDOR.

PARLEU O MATEU-ME
(Tercera part de la trilogia de JAUME I EL CONQUERIDOR)

PARLEU O MATEU-ME és la tercera i última entrega de la trilogia de JAUME I EL CONQUERIDOR, la gran aventura en l'Europa del segle XIII, una de les obres més aclamades d'Albert Salvadó, sens dubte. Més de quatre mesos a les llistes dels més venuts.

314

MALEÏT CATALÀ!

El rei Jaume ja ha conquerit Mallorca i València, però els seus enemics són cada vegada més poderosos. Ara s'enfronta a l'Església, a les enveges i intrigues dels nobles i a les lluites dels seus fills per conquerir el poder. Els regnes de Castella i Lleó s'enfronten amb Aragó i Catalunya i hi ha revoltes i aixecaments en la Corona.

En aquesta tercera part, Jaume I el Conqueridor, el rei que va conquerir terres i cors, ens ofereix el seu llegat ideològic i en ella descobrirem el desenllaç de la trilogia i com utilitzar l'última vocal de l'Escola dels Sons, la que Lluís d'Estemariu, el cavaller proscrit, no va poder ensenyar-li i que obre la porta de l'esperit.

www.ingramcontent.com/pod-product-compliance
Lightning Source LLC
Chambersburg PA
CBHW070550260626
47161CB00002B/564